謝婷婷，

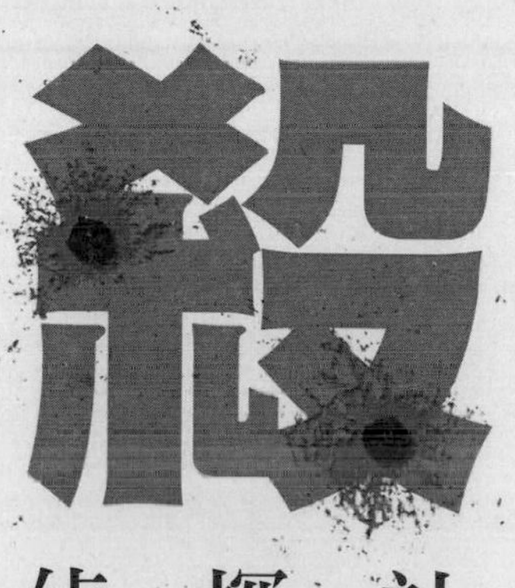

偵／探／社

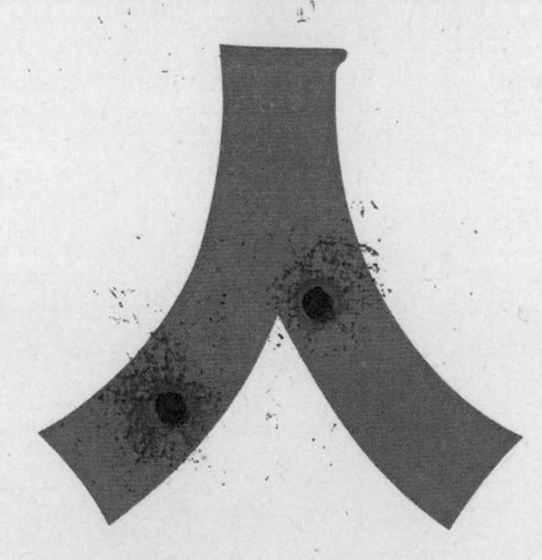

凌徹

2013.6.8.

凌徹

1

「完全犯罪是很難達成的。」偵探說道。

「應該很多人都是這麼想。印象中，只要提到完全犯罪，就會覺得必須花費許多工夫，還要加上一點好運，才有可能實現。但是在現實世界中，卻有著很多未被解決的懸案。是吧，就算我不舉例，兩位也一定能夠想到很多犯罪案件，最終是沒辦法抓到犯人的。」

兩名委託人坐在偵探對面的沙發上，注視著他，不發一語。

「咦？兩位臉上好像充滿疑惑啊。哈哈哈，真不好意思，我想你們應該不會特別去注意這些事情吧。沒辦法，幹我們這一行的，很容易就會將注意力放在古今中外的犯罪事件上。總之，每次思考到這裡，我就會覺得，其實所謂的完全犯罪，好像也沒有想像中的困難。」

偵探年紀大約四十歲左右，男性，中等身材，穿著深藍色的西裝，也坐在沙發上。長相平平，臉上最大的特徵，就是他的鷹勾鼻了。上半身前傾，雙手隨著說話的內容而舞動，態度相當熱烈。

「雖然完全犯罪是推理小說家的夢想，我們好像也只能在小說裡看到致力於完全犯罪的犯人，但是說老實話，只要翻翻過去的歷史，眞相永遠隱藏在黑暗中的案件實在是多不勝數。」

「你的意思是，我們要委託你們調查的案件，是像完全犯罪一樣難以解決的事件？」

「也不能這麼說。」偵探立刻回答。

「只是從表面上看起來，這個案子的確不好下手。線索太少了，很難辦。不知道兩位相不相信直覺？我是相信的，這一行做久了，總是會有些案子，從一開始你就知道很棘手。明人面前不說暗話，希望兩位能夠理解。」

在偵探正對面的委託人，是一名年紀看似三十多歲，穿著黑色襯衫的男子。

「就是難辦，所以才來委託你們調查。」黑衣男子說，「要是我們自己找得到兇手，也不必來找你們了。」

「是的，謝謝您的委託。」

另一名委託人，則是看來差不多只有二十歲出頭，相當年輕的男子。他對著偵探問道：「聽說你們和別的徵信社不同，專門受理殺人事件？」

「沒錯，因爲調查殺人事件是警方的工作，只有具備公權力的他們才有權限進行調查，徵信社只是私人企業，也不能干涉警方的職權，受理殺人案件只是自討苦吃罷了。」

「這麼說來，你們就很特殊了。」

黑衣男子微微瞇著眼睛，像是在打量偵探，不過偵探不爲所動，臉上還是掛著笑容。

「的確，我們很特殊，專做別人不做的事。」

「若不是剛好有人介紹，我們也不會找上你們……所以你們並不在乎打壞和警察之間的關係嗎？」

「倒也不是。基本上我們不會犯法，雖然有時可能遊走在法律的邊緣，卻也不會因爲受理殺人事件而砸了自己的招牌。請兩位放心，既然我們敢接委託，就有把握可以進行調查。」

偵探拿起手邊的資料。的確，這個案子不是外遇跟監，也不是企業間諜，而是確確實實的殺人事件。一間再普通不過的民宅，小偷闖入卻被屋主發現，偷竊不成轉而變成強盜殺人，屋主慘遭殺害，兇手逃之夭夭。

「像這種情況，實在是非常棘手。兇手與被害者素不相識，要追查也不知從何追查起。」

「沒錯。」年輕男子回答。

偵探接著說道：「以前有人說過，想要殺人而不被逮捕，那就到遠方一個從來沒去過的地方，在暗巷裡殺死從來沒見過的人，犯案後馬上離開。這麼一來，根本就不可能會被查到。」

「那是玩笑話嗎？好像是在教唆或教導別人如何犯罪。」

「這個嘛，雖然像是玩笑，不過聽起來還滿眞實的。姑且不論是不是在教導犯罪，單就這種情況來看，如果沒有目擊者或是監視器，也沒有留下太明顯的線索，照常理判斷，好像是很難被逮捕。老實說，世界上的懸案這麼多，就連身邊的人下手的都不一定破得了案了，更何況是遠方的陌生人。」

「但問題是爲什麼要去殺一個無冤無仇的人，就只是爲了不要被抓到？」

「的確，那是本末倒置了。殺人這個行爲，應該先有觸發的要素發生，才會驅使犯人下手。然後因爲不願意接受制裁，所以不想被逮捕。像剛剛講到，沒有導致殺人的要素產生，只是爲了不被抓到而去殺人，根本就不符合一般人的常識。所以剛剛只是舉個例子而已，並不是要教兩位怎麼犯罪。」

偵探笑了。

「剛剛提到完全犯罪，」黑衣男子說道，「所謂的完全犯罪，指的是犯案的兇手沒有被抓到嗎？」

「單以結果來看，這種說法是可以接受的。不過若要談到細節，倒是有更多可以討論的地方。」

「怎麼說？」

「打個比方，例如犯罪的罪行完全沒有曝光，根本沒有人知道發生過這件事。或是雖然有犯罪，可是找不到犯人。還有犯行和犯人都很明確，但就是找不到證據來將他定罪。這些情況，通常都被認爲是完全犯罪。」

「簡單的說，犯罪之後不會被制裁，就是完全犯罪了。」

「這個想法雖然有點簡略，不過倒也是很接近事實了。」

「我曾經看過一部電視劇，犯人很明顯就是某個人，卻沒有證據可以證明，就像你剛才說的一樣。」

偵探露出笑容。

「是的，不過我卻覺得，那是寫故事的人太高估犯罪者，也太低估警察了。現實生活中的警察可不像小說或電視劇裡描寫的那麼無能，若要以這種想法來挑戰警方，只不過是自討沒趣。就我自己來說，那種完全沒有曝光的犯罪，才有資格稱爲完全犯罪。」

「如果是這種情況，就和沒有發生過沒什麼兩樣了。」

「是的。沒發生過的事，警察哪會管？不要說沒發生過，就算知道可能會發生什麼事，只要還沒發生，警方也無能爲力。」

「嗯。」

「所以說，只要不被發現，就和沒發生過一樣。不過這當然就有點弔詭了，或許有人會覺得，既然沒發生過，那可說是連犯罪都不成立，更別提完全犯罪了。」

「這只是文字遊戲罷了，犯罪畢竟是犯罪，就算沒被發現，仍然還是有著犯罪事實，不可能因此一筆勾銷的。」

「您說得沒錯。所以我還是認爲，這種完全沒有被發現的犯罪，才算是眞正的完全犯罪。」

「我倒是沒想到，來偵探社委託案子，居然會聽到關於完全犯罪的事。」

「哈哈哈，真是不好意思，我個人比較喜歡聊天。一想到這個，話匣子就停不下來了。」

兩名委託人互望一眼。

「我是有點好奇，為什麼會從這個案子裡，想到完全犯罪？」

「這個嘛，說穿了倒也沒那麼奇怪。剛剛提到，如果有一個人到遠方殺死陌生人，可能就不是那麼容易調查。」

「是。」

「但有什麼人會無緣無故去殺人呢？有一種情況是有可能的。」

「喔？什麼情況？」

「職業殺手。」

兩人露出恍然大悟的表情。

「我曾經聽過一些案子，後來被懷疑是職業殺手幹的，其中有幾件的情況，和你們的案子很類似。」

「但就這個案子看來，應該是偷竊失敗才變成強盜殺人，會和職業殺手有關？」

「很難說，也許偷竊只是偽裝出來的假象，真正的目的其實是殺人。」

「原來如此，那也不是不可能的。那偽裝成偷竊的動機是什麼？」

「那就需要調查了，我還沒有辦法在尚未行動前就得到解答，哈哈哈。」

「好吧。所以你會提起完全犯罪，是因為想到職業殺手的關係。」

黑衣男子思考片刻，繼續說道：「不過如果犯下完全犯罪的是職業殺手，好像就有點無趣了。我還是覺得那種明明是最可疑的嫌疑犯，卻沒有證據可以逮捕，才是比較有意思的完全犯罪。」

「原來您是這麼想的。」偵探的笑容依舊。

「說到職業殺手，其實買兇殺人有很大的風險，雖然那是一種不沾手的方法，卻沒有辦法保證是否會反遭勒索。不只是殺手，甚至連去找徵信社調查，結果反而被偵探勒索的案例也是很常見的。啊，我們徵信社是正派經營，宗旨是幫客戶解決問題，絕對不會做這麼骯髒的勾當，請兩位放心。」

「哈哈哈，這我們自己會判斷，你不用特別強調。不過說到職業殺手，就算會有這種風險，但我想總是會有人有這種需求的。」

「不過有時候不見得需要直接下手，也有可能間接導致別人死亡。」

「喔？怎麼說？」年輕男子問。

「例如有人自殺，是眞正的自殺，所以表面上看來並沒有加害者。但其實加害者在先前就已經做了很多事情，讓被害者走投無路，最後只能選擇自殺。追根究柢，如果沒有加害者的行爲，死者不見得會走上自殺這條路，只是加害者又沒有直接下手，所以這筆帳不能算到他們身上，就是像這種尷尬的狀況。」

「倒是沒錯，也是會有這種事發生的。不過這和完全犯罪沒有關係了吧？除非加害者的目的就是要逼使被害者去自殺，否則加害者仍然沒有殺人。」

「是啊，我只是想到，在完全犯罪中，有些案例是連加害者都找不到的，所以才聯想到這種情況。自己沒有直接下手殺人，卻害得別人去自殺，就算稱不上是完全犯罪，但加害者也同樣不用受到制裁，結果其實差不多。」

「像這種情況，你曾經聽過什麼案子嗎？」

「喔，我們的確受理過這樣的委託案。兩位也知道，我們專門處理警方不調查的殺人案件，所以如果被害者是明確的自殺，沒有其他疑點，就算被害者的家屬想要討回公道，也不太可能尋求公權力。老實說，警方的立場也沒錯，如果導致被害者自殺的原因是別的犯罪事件，那麼他們還有介入的理由，但如果只是私人恩怨，其實也是沒辦法的事。如果有人因爲女朋友被搶了而自殺，難道要警察去找那個橫刀奪愛的人，讓他接受制裁嗎？不可能嘛。」

「你說的是沒錯。」

「像我們遇到的案例，可以說出來給兩位參考一下。當然那比橫刀奪愛嚴重多了。」

「好啊。」

偵探停了一下，像在整理思緒。不久後開口說道：「這幾年以來，詐騙集團橫行，被害的人不計其數，相信兩位一定也都知道。」

「對。」

「有一名老婦人，得了癌症。很不幸的，她被詐騙集團盯上，目的當然是錢。詐騙集團賣給老婦人一種據說是可以治病的健康食品，還有許多號稱是有治療能力的產品，老婦人被騙走好幾百萬元。」

「然後呢？錢都被騙光了，也就活不下去了，是嗎？」

「對，很殘酷吧。不過就是有人會做出這種事來，專門攻擊別人的弱點，卻絲毫沒有罪惡感。這個案例是從健康下手，其他還有很多例子，像是結婚詐欺也是，利用許多人想要找個伴侶共度一生的心情，把別人的錢全都騙光，連感情都受創嚴重。實在很沒人性啊，雖說現在是笑貧不笑娼的時代，但有些事情還是不能做的，不是嗎？」

「當然是這樣。結果那個老婦人死了，對吧。」黑衣男子說。

「嗯，她自殺了。」

「唉，家屬很難過吧。」

「是啊，那當然了。家屬痛恨詐騙集團，不過說句老實話，他們對於老婦人也不是完全沒有怨言。不管騙子再怎麼花言巧語，如果自己不上當，那也就不會有事了。有很多人被騙，其實說到底也都是因爲自己貪心，以爲投入的錢可以賺個好幾倍回來，才會被騙的。」

「話是沒錯，詐騙集團是罪魁禍首，被騙的人也應該理解天下沒有白吃的午餐。」

「正是如此。」偵探繼續說，「不過老婦人卻不是貪財，她只是想活下去，才會誤信詐騙集團的話，還是很讓人同情的。家屬雖然對於錢被騙走的確是有怨言，但那也是人之常情，誰會知道老婦人竟然因此而想不開。這跟貪心想要快速賺大錢的情況不同，我可以體會老婦人的心情，所以感到很遺憾，也覺得詐騙集團眞是罪該萬死。」

「偵探先生，你的正義感眞是強烈。話說回來，爲什麼會提到這個？」年輕男子問道。

「啊，對對對，眞是抱歉，一開口就忘記了。像老婦人這樣的情況，很明顯是詐騙集團害她去自殺的，可以看成是加害者。可是這個加害者卻又不是直接下手，能夠制裁他們嗎？沒有辦法。」

「不過詐騙集團是騙錢吧，這和剛剛那種橫刀奪愛的情況不同，還是可以找警察報案的。」

「但就算破獲詐騙集團好了，還是只能追究詐欺的罪行，而不是殺人罪。加害者間接殺了人，卻不會因為殺人罪而遭到制裁，結果是一樣的。」

「嗯……」

「好像有點離題了，我只是要說，像老婦人的情況，如果詐騙集團後來逃之夭夭，完全不知去向，那麼就算家屬想要找出害死老婦人的兇手，也是不可能找到的。加害者根本就不明嘛，和職業殺手一樣，完全沒有辦法。」

「的確是這樣。」

「總之呢，害死對方，卻又不髒了自己的手，也查不到自己身上。像這樣的犯罪，可就很難解決了，最後變成完全犯罪，也是很有可能的。」

「嗯。」

「我還知道另一件案子，兩位可能會感興趣。」

「和我們的案件有關嗎？」

「沒錯。」

兩名委託人看似突然有了精神。

「你說吧。」

偵探似乎就在等這一句話，他清了清嗓子，開口說道：「在一棟老舊的公寓裡，發生了殺人事件。被害者是頭部中彈，一槍斃命，沒有什麼掙扎與打鬥的痕跡，似乎是在很短的時間內就遭到殺害。從現場的情況看來，下手的人行事非常迅速俐落，不可能是門外漢或毫無經驗的人。」

「也就是說，是職業殺手？」

「不，這很難說。也許很像是殺手犯下的案件，但也不能排除其他的可能性。」

「這個案子還有後續嗎？既然你知道這件事情，應該不會這樣就結束了吧。」

「不，其實還眞的是只有這樣。不過關於兇手，我倒是覺得很有意思，還滿値得討論的。」

「怎麼說？」

「如果說兇手做案的手法很熟練，那麼考慮到職業殺手，是很合理的。」

「沒錯，所以剛剛你才說了一堆有關職業殺手的事。」

「是的。但是除了殺手，我覺得還是有別種可能性的，不見得只有殺手才能簡單俐落的殺人。」

「喔？你指的是什麼？殺人魔？」

「您說的是電視或電影上的那種瘋狂殺人魔？傑森或是佛萊迪之類的嗎？哈哈哈，像那種血流成河的血腥場景，畢竟還是在螢幕上才能見到，我自己倒是不曾見過。當然了，最好不要遇到比較好，我對於殘酷的景象並不太能接受，也不喜歡看到血。」

「那你說的是？」

「因爲兇手使用的武器是手槍，所以只要能夠熟練地運用槍枝，都有機會迅速地槍殺被害者。有一種職業，是有機會去接觸到槍枝，而且必須接受定期訓練的。」

「等一下，你說的該不會是……」黑衣男子的話突然停頓，他似乎已經知道偵探的想法。

「例如……警察。」

偵探點頭。

「不會吧。」像是要打斷不祥的想像一樣，年輕男子很快地說。

「當然了，我只是提供一種想法，並不是說警察就是兇手。只不過以熟悉槍枝運作的職業看來，警察是必須考慮在內的。」

「這也不是不能理解，畢竟很多戲劇裡，也常會安排警察就是犯人，只不過總是讓人覺得很不舒服就是了。畢竟公權力還是要用來保護人民的，我比較不能接受這種設定。」

「是，所以我也只是說出可能性而已。當然，除了警察之外，黑道也是常常使用槍枝的。因爲試槍而意外被流彈波及的殺人事件，過去也曾經出現過。很可憐啊，我覺得被害者眞的死得很冤。」

「是啊，眞是飛來橫禍。」年輕男子說道。

「不過話說回來，你講到這裡，那我也想到了一種職業，說不定也是會用槍的。」

「喔？是什麼？您說說看。」

黑衣男子盯著偵探，慢慢說道：「就是私家偵探。」

偵探或許沒想到矛頭會指向自己，愣了一下，然後才大笑出聲。

「哈哈哈哈哈，您眞的很幽默啊，哈哈哈哈哈。」

「開玩笑的，哈哈哈。我想，你們在辦案，應該是靠身體力行的四處調查，而不是靠手槍吧。」

「當然了，持有槍枝可是非法的，我們又不是警察，哪能隨身帶著槍。而且就算有手槍，也和破案沒有關係，又不是把槍亮出來，案子就能自動偵破了，您說是吧。如果可以的話，那倒是省事多了，呵呵。不過您怎麼會聯想到私家偵探呢？我覺得這應該不是個會很容易出現的想法。」

「喔，其實也只是因爲在電影上看過，剛剛突然想到而已。」

「原來如此。」

「再說到剛剛那個案子，你說已經沒有後續了，是嗎？」

「這倒不是很準確的說法，不過目前能告訴兩位的，也只有那樣而已，沒辦法再多說。」

「是已經結束了？還是還在調查中？」

「還沒結束。」

「這是大約多久以前的事？」

「多久以前？喔，距離現在沒多久時間。」

「這樣啊，其實我是覺得有點毛毛的，因爲現在這裡也是老舊的公寓。」黑衣男子說。

「眞是巧合。」年輕男子說道。

「這倒不是巧合啦。」

「……你這麼說，是什麼意思？」

「因爲這裡就是現場啊。」

兩人的表情突然變得僵硬。年輕男子硬是擠出了一個笑容，結結巴巴地問道：「你說，這裡是現場？」

「是的。」

「所以……這裡……以前死了人？」

「不對。」

「不對？可是你剛剛才講……」

「不是以前，而是以後，接下來才會有人死亡。」

「你到底在說什麼！」

黑衣男子無法忍受偵探口中意義不明的言詞，終於大叫出聲。

偵探微笑著從懷中掏出一把手槍，手臂舉得筆直，對準委託人。

「殺人現場要等一下才會出現，因爲……」

兩人的臉色鐵青，偵探繼續說道：「被害者，就是你們。」

2

二〇〇二年十月二十五日，星期五。

下午五點，沈柏彥走到台北市重慶南路三段。

他正要去和方揚見面。

沈柏彥和方揚是大學同學，畢業於資訊系。他們不只是同系而已，在一年級剛入學時還是同寢室的室友。雖然從大二開始，兩人都搬出學校宿舍，在學校外頭租房子住，但也是在同一棟樓裡各租不同的房間，平常見面的機會就比其他同學多。

畢業、退伍、踏入社會，然後工作到現在，沈柏彥和其他大學同學幾乎都已經失聯，唯一還保持聯絡的只有方揚。

這一週，從星期一到星期五，沈柏彥到有開設資訊課程的電腦公司上課，學習一些新的技術。沈柏彥隸屬於資訊部門，公司每年都會撥預算讓資訊部的人去做教育訓練。對他們來說，這不只是學習新技術的時間，也是在一年到頭的忙碌工作中，難得可以得到幾天喘息的日子，所以大部份的人都會安排時間，找自己想學的技術去上課。

沈柏彥上課的地點在重慶南路一段，大約四點半左右就下課了。前幾天上完課後，他還是會回公司繼續處理事情，不過今天已經是星期五了，他不想回公司，想到方揚就住在附近，打算去找他聊聊。他先打了電話，確定方揚在家裡，然後走了過去。

從一段到三段，距離並不遠，所以他決定用走的。沒花多少時間，來到重慶南路三段。他走進巷子裡，到了方揚家樓下，然後打電話通知。沒多久，沈柏彥看見好友的身影。

方揚的濃密黑髮沒什麼整理，也有些雜亂。從大學以來，他就一直是這副順其自然的打扮，出了社會還是一樣。比起頭皮上的東西，他的注意力永遠都在腦子裡，永不間斷地累積知識才是他的風格。一百八十公分的身高，身材相當修長。穿著長袖淺灰色襯衫，袖子捲了起來，搭配上黑色長褲與皮鞋。他還是老樣子，沒有改變。

軟體工程師，這是方揚的工作。不過他看起來並不像是一般人印象中的工程師，反而像是在大學裡研究學問的年輕學者。因爲自己工作的關係，沈柏彥看過不少工程師，卻沒有一個和方揚相似。對於知識的無止境追求，應該是造成這種形象的最重要關鍵吧，沈柏彥心想。

方揚總是一副悠哉的模樣。

他們在附近隨便找了一間啤酒屋，吃飯、閒聊，再加上一大杯的啤酒，非常愜意。

聊到一半，沈柏彥突然想到某件事，於是他問道：「你知道什麼關於偵探社的怪事嗎？」

「偵探社？」方揚隨口回應，「怎麼突然問到這個？」

「應該不少吧，既然偵探社整天都在調查事件，碰到怪事的機會一定比平常人多。」

「說到偵探社，你應該比我還清楚才對。」

「你知道的奇聞怪事這麼多，總會有一些是和偵探社有關的吧。」

方揚沒回話，像是正在思考。沈柏彥也沒去打擾他，拿起面前的啤酒杯，大口喝下，喉間發出咕嘟的聲音。然後，酒杯離口，他重重地吐了一口氣。

痛快。

他看見方揚也拿起酒杯，同樣喝了一大口。

沈柏彥知道方揚不是喜歡喝酒的人，也不常喝，可能好幾個月才喝一次，而且幾乎都是沈柏彥拉著他一起喝。不過如果有酒在他的面前，他倒也是來者不拒。

喝完後，方揚放下酒杯，說道：「你想聽哪方面的故事？」

「都好。」

「有些故事是滿有趣的。例如有位居住在香港的奇人，竟然發現大學同學的血液是藍色的。」

「啊？」

「後來的發展可真不得了，特別是最後的結局，真是讓人唏噓不已。」

沈柏彥微瞇著眼，盯著方揚。

「還有一棟大廈，有人只是去那邊看房子，想買個一戶而已，沒想到搭上電梯後，電梯居然一直上昇。從時間來估算，應該早就已經超越大廈的高度，卻還是不斷上昇。好不容易停了下來，走進其中一間，然後來到陽台往下看，卻發現整層樓好像飄浮在空中，非常驚人。」

「喔。」

「他遇到的怪事可是數不清了，你應該也很清楚。」

「那個奇人名叫衛斯理吧。」

「沒錯。他的靈魂也去過外星球，在地球時間的六年後才回來。」

「是，我知道，他還認識不少外星人，跟勒曼醫院的交情匪淺，而且有個朋友正漂流在太空中，不知道到哪裡去了。等等，衛斯理又沒有開偵探社，在那位先生的世界裡，偵探社是小郭開的。說到小郭，大廈那件事其實也跟他有關。」

「你記得很清楚嘛。」

「大家都很清楚。」

「大家是誰啊？」

「衛斯理系列本來就是家喻戶曉的。」

「還有，他也曾經去過西班牙的小鎮，因爲聽說那裡的居民幾乎同時看見紅月亮，而且是鮮紅色的。很不可思議吧，月亮變成紅色的。」

「喔。」

沈柏彥懶得講話，不過方揚不理會，繼續說下去：「說到紅色，還有個非常有名的偵探。委託人有著一頭火紅色的頭髮，他因爲報上的廣告，而去應徵一份只有紅頭髮的人才有機會得到的工作。他很幸運的被選上，但奇怪的是，那份工作竟然是待在房間裡，不斷抄寫大英百科全書。這個案件實在非常有意思。」

「連福爾摩斯都出現了。」

聽到沈柏彥冷漠的回應，方揚攤攤手。

「是你說要聽偵探社的奇聞怪事，現在又一副無趣的樣子。」

「我要聽的不是虛構的故事，是眞實世界裡的，眞實世界，好嗎？」

「沒什麼差別吧。」方揚露出笑容。

「藍血人、紅月亮、奇怪的工作。小說裡的故事是假的，但那也只不過是反映出現實世界的不可思議罷了。事實常常比小說更離奇詭異，多的是這樣的例子。」

「話是沒錯啦。」

「小說是虛構的，儘管非常怪異，但是由於人類行爲並非總是理性，所以常會導致事情發展更爲離奇。好吧，剛剛是開玩笑的，先不管現實生活中的偵探社裡發生過什麼離奇的事件，倒是你，爲什麼突然想要聽怪事，應該是你自己本身就有關於偵探社的怪事要說吧。不要拐彎抹角，直接說出來聽聽。」

話題一下子就又跳回沈柏彥身上，不過他早已見怪不怪，於是又喝了一口啤酒，然後才說：「前陣子有個奇怪的傳聞。」

四周喧鬧的聲音依舊，但是這一句話卻讓氣氛沒來由地變得有些緊繃。

「聽說有一間偵探社，會殺死上門委託調查的委託人。」

「喔？」

方揚的語氣不似往常的平淡，好像有點興趣的樣子。

「會殺死委託人的偵探社？」

「沒錯。」

「只是傳聞，還是確有其事？」

「這個嘛……解釋起來有點複雜。並非全部都是事實，但也不是完全虛構。」

「所有上門的委託人都會被殺害？不可能吧。這樣的偵探社不可能經營的下去。」

「對。雖然不確定被害者是不是委託人，但是至少發生過一次殺人事件。」

方揚用手摸著下巴。

「偵探社，殺死委託人，很矛盾的組合。除非是偵探社裡的職員剛好認識委託人，而且又剛好有深仇大恨，否則發生這種事的機會微乎其微。」

「的確是，畢竟偵探社沒辦法挑委託人，都是委託人自己找上門的，兩者之間會有仇恨的可能性很低。所以才是怪事啊。」

「的確很奇怪。不過這個傳聞有什麼問題嗎？爲什麼特別提起？」方揚問道。

「嗯，是有個問題。」沈柏彥回答。

「什麼？」

「傳聞中會殺死委託人的偵探社，好像就是我認識的那間偵探社。」

「方揚看起來並不驚訝，他應該早就已經猜到了吧。」沈柏彥心想。

這也難怪，從提到偵探社開始，他必然知道事情十之八九是與沈柏彥有關。因此當沈柏彥說出來的時候，方揚的表情並沒有任何變化。

沈柏彥的工作是資訊業，與偵探社無關，只是因爲機緣巧合，讓他認識了在偵探社工作的人，也因此有機會與偵探社有所接觸。

他原本只是去幫忙看電腦的問題，去過幾次之後，由於社長想學習怎麼使用電腦，於是請他來上課。他對於偵探社很感興趣，既然有這個機會可以常進偵探社，他也就答應了下來。

原本社長打算以請家教的方式，依上課次數計酬，不過被沈柏彥婉拒了。如果要收錢，那麼以他的個性，就必須事先準備教材，排定課程，要做到最好才行，但他只是打算很輕鬆地教一些常用軟體的使用方法，不想弄得太複雜。雙方原本僵持不下，最後沈柏彥提出，希望社長可以說些故事給他聽，以此作爲交換，社長考慮後同意了，於是達成共識，他每週三晚上都會到偵探社教電腦課程。

關於沈柏彥如何結識偵探社的經過，方揚當然非常清楚。

只不過沈柏彥在偵探社所聽到的故事，倒是不曾向方揚提起過。並不只是出於保密的考量，他相信社長會說出來的，應該都是比較無關緊要的事件，主要還是方揚並不曾對偵探社的業務表示過任何興趣，因此他也從未說出口。

所以方揚知道的，僅止於沈柏彥每週都會撥一些時間去偵探社教電腦操作而已。只是或許這個傳聞的確很吸引人，所以方揚似乎也反常地多了點好奇。

會殺死委託人的偵探社。

「這個傳聞的眞實性如何？你應該調查過吧？」

「嗯，我是調查過。以案件來說，是屬於已經結案的事件。兇手與被害者的身分，殺人的情況與動機，一切都已經很明確。這些都可以從報紙上查到，並不是秘密。」

「當時曾經上過報嗎？」

「對，因爲是殺人事件。不過本來我就不意外，傳聞正是這麼說的。」

「江氏偵探社裡的探員殺了人？」

那間偵探社被暱稱爲江氏偵探社，這是因爲負責人姓江，所以直接取他的姓來使用。

「沒錯。雖然不知道有沒有什麼隱情，不過單就目前查到的資料，以及警方的調查結果，探員殺人是明確的事實。」

「就像是都市傳說成眞的感覺。」

方揚對於怪異事件有著濃厚的興趣，所以對於他在此時提起都市傳說，沈柏彥一點也不覺得突兀。

「就算證明這個傳聞是眞的，我也不會覺得高興。雖然我並不認識那名探員，但是江氏偵探社裡曾經有過殺人犯，感覺還是很不舒服。」

「那個人現在怎麼了？還在牢裡？」

「不。」

舉起酒杯，沈柏彥停頓了片刻，然後很快地喝了一口。方揚盯著他，沒有說話，只是等著沈柏彥繼續說下去。

「他死了。」

「死刑？不太可能吧。雖然有死刑犯，但是這些年眞正執行的人數已經愈來愈少。」

「沒錯，他甚至連大牢都沒進去。」

「喔？」

「殺人之後，他立刻就自殺了。」

「原來如此。」

「我簡單地從頭說一遍吧。這個傳聞是趙思琦無意間聽來的，她原本並不在意，只是聽過就算了。但是後來，她聽說偵探社以前還有一名探員，而且在殺人之後自殺。」

「趙思琦就是帶你去偵探社的人吧。」

「對。她覺得很不安，原本以爲『會殺死委託人的偵探社』只是謠言，卻沒想到自己公司好像眞的出過一名殺人犯。她不知道該不該跟社裡的人提，於是來找我商量。我也覺得很好奇，所以答應幫忙調查。我想，就算被害者眞的是委託人，但是江氏偵探社爲了保護客戶的隱私，在結案之後會立刻銷毀所有的調查資料與報告，所以社內不可能查到任何有關委託人的資料。」

方揚點頭。

「然後呢？你怎麼調查？」

「如果是你，你會怎麼做？」

「我嗎？會去查報紙吧。調查過去的新聞裡，是不是發生過和江氏偵探社有關的事。江氏偵探社專門調查重大犯罪案件，必須比其他徵信社更低調，以這種業務來看，通常是不太可能會上報的，如果會上報，那可不是小事。對了，你已經知道兇手的名字了吧，那直接用名字去查詢就好了。」

「我也是這麼想，所以就連上新聞網站，用兇手的名字去查。沒花多少時間，結果還眞的查到了。」

「就是你剛剛說的殺人事件？」

「對。事件並不複雜，兇手名叫葉永杰，樹葉的葉，永遠的永，杰是木的下頭四點火。」

沈柏彥用手指在桌上寫出「永杰」兩個字。

「從名字也可以看出來，是男性，當時四十三歲。他應該曾經是探員，而且是除了社長之外，第一個進入江氏偵探社的人。」

「嗯。」

「二〇〇〇年四月十八日晚上，他將被害者約到板橋與土城的交界處，河岸邊的廢棄公寓裡，先用手槍射擊對方的胸口，然後再舉槍朝著自己的右邊太陽穴開槍，兩個人都是當場死亡。現場沒有打鬥的痕跡，事情可能是在很短的時間內就發生。」

「廢棄公寓？」

「對，聽說是興建到一半，公司因爲週轉不靈而倒閉，結果就閒置在那邊了。後來可能有些產權的問題吧，再加上那裡畢竟不是市區，也沒拆除，就這麼留了下來，變成廢墟。平常沒什麼人會進去，到了晚上就更少了，看來或許很適合犯罪。」

「葉永杰殺人之後自殺，案情很單純，所以很快就結案了，是嗎？」

「沒錯，就是這樣。」

「被害者是男性還是女性？」

「啊，忘了提到這一點。他的名字是程明勳，男性，死亡時三十五歲。」

「葉永杰的手槍是怎麼來的？」

「報上的報導裡是說，因為偵探社業務的關係，他曾經認識一些黑道分子，透過這樣的管道去買到走私的手槍。」

「眞模糊的說法。」

「沒辦法，這又不是什麼大新聞，反正就是這樣。」

「不過對有門路的人來說，手槍應該是很容易買到手的吧，甚至還有人從網路上就能買到槍的零件，自己再組裝就行了。好吧，先不管槍的來源，這件案子沒有其他疑點了？」

「應該是沒有吧。」

「這能佐證傳聞的正確性嗎？如果傳聞是『殺死委託人的偵探社』，就表示被害者是委託人了，對吧。」

「這個嘛……」沈柏彥摸著後腦勺，「這我就不清楚了，報上沒有寫得這麼詳細。」

「也沒寫到葉永杰殺人的動機？」

「喔，這個有寫到。程明勳曾經是詐騙集團的一分子。」

「詐騙集團？」

「對，他們拿著據說有治療效果的神水，到處欺騙身上有疾病的人。說什麼癌症啦、糖尿病啦、高血壓啦，只要喝了神水之後，就能夠逐漸好轉與治癒。他們說神水是被仙人用木杖一指，從地底湧出的，所以有神奇的功力。是個規模不大的集團，但是騙到的錢至少也超過數千萬元。」

「什麼神水，大概是自來水吧。」

「沒錯，就是自來水。不過是什麼水不是重點，問題在於詐術，這些人就是有辦法說得讓被騙的人們掏錢出來。就像大家都知道不應該轉帳給陌生人，可是總會有人聽信詐騙集團的指示，莫名其妙就把錢轉帳出去。」

「程明勳曾是這個集團的一分子，那他騙了葉永杰嗎？」

「他騙的是葉永杰的母親，她已經七十一歲。年紀大了，也有不少病，身子不太好。」

方揚臉色一沉，他似乎猜到之後的發展。

「他的母親死了嗎？」

「對。不過並不是程明勳直接下手的，也不是病死。當她發現賣神水的人是詐騙集團，而自己的存款都被騙光後，覺得很羞愧，再加上久病厭世，結果燒炭自殺了。」

「但對葉永杰來說，這和被程明勳所殺並沒有兩樣。」

「所以他報仇了。」

「嗯……」

方揚沉吟。

「既然警方認定這是兇手殺人後自殺的案子，那麼應該不會有什麼額外的發展吧。」

「可能是吧，不過我也只是從報紙上看到這個案子，能夠得到的情報只有這樣而已。」

「假設警方的判斷沒錯，那麼還有一個疑點。」

「什麼疑點？」

「被害者是不是偵探社的委託人。」

「報上並沒有寫到這一點。」

對話突然停頓。過了一陣子，方揚說道：

「江氏偵探社過去曾發生的殺人事件，只有這一件嗎？」

「目前看來是只有這一件。」

「這不是已經解決的案子嗎？有什麼好煩惱的？還是你覺得……」

方揚將話說到一半，等待著沈柏彥的回應。

「我也不希望這事件又再搬上檯面。但是突然聽到這個傳聞，然後又發現傳聞可能為眞，老實說總讓人覺得毛毛的。」

「直覺嗎？」

「不是那麼難捉摸的東西，更何況我的直覺總是不太靈。應該說是期望吧，我希望這只是單純的流言，而不是什麼壞事的前兆。」

「希望如此。關於這個事件，應該就是這樣了吧。」

「對。我只調查到這裡，事件本身看起來沒什麼太大的疑問，所以我想應該就是到此為止了吧。」

方揚點點頭，舉起酒杯。沈柏彥也舉杯，兩人的酒杯相互敲擊，發出清脆的聲響。今朝有酒今朝醉，至少把眼前的這一杯先喝完再說。沈柏彥的心思從遙遠的事件拉回現實，看著杯中金黃色的啤酒，然後，大大地喝了一口。

3

江氏偵探社中，沈柏彥最先認識的人是趙思琦，她今年六月才從大學畢業，二十二歲。而他會認識趙思琦，則因爲她是公司同事林霈馨的學妹，透過這層關係才認識的。

沈柏彥畢業於資訊系，所以在他退伍後，當然也是找資訊的工作。他在一間生產電腦設備的上市公司找到工作，進入資訊部，負責公司內部系統的開發與維護。

他現在的階級是經理。其實他並沒有特別想要爭取主管職，只是在公司裡待久了，表現也不錯，很自然地就往上升。而且由於他是在資訊部，所以在升遷上更是沒什麼阻力。因爲資訊人員的流動率頗高，沈柏彥退伍後進了這家公司，一待就是五年，同期與前後期的同事多半都已經離職，與他同等資歷的人原本就少，再加上他的工作能力受到肯定，協理也就特別賞識他，不斷地拔擢他，終於他在今年升到了經理。

在二十九歲當上經理，對資訊人員來說，並不是罕見的事。不過沈柏彥對於職位並不執著，從來沒想過要出人頭地，只是對工作內容並沒有不滿意的地方，沒有離職的理由。每一次的升遷，工作都在他可負荷的程度內。就這樣，他升上了經理。

有個理論叫彼得定律，意思是說，在像是公司這樣的階層體系裡，每個人遲早都會升上一個自己無法負荷的職位。不過至少到目前，彼得定律尚未在他身上應驗。

或許這也和他工作狂的個性有關吧。他原本就有將工作做到最好的傾向，剛進公司時也常常加班。雖然他只是覺得回家之後也是一個人，待在哪裡並沒什麼差別，所以常常在下班時間還是待在公司，但這種行為卻意外地得到主管的好評。儘管他總是認真工作，但職場上有時做人比做事重要，態度也常常會比成果重要，讓主管留下好印象，的確會是工作順利的關鍵。而且他總是能夠完成任務，考績一直以來也都相當不錯。

至於林霈馨，和他不同部門，是隸屬於行銷企劃部，也就是負責行銷公司產品的部門。資訊部的特點是可以接觸到公司裡各個部門的人，因為每個人都必須用電腦，而且電腦總是會出現大大小小的問題，需要資訊部門的人員來處理。沈柏彥在公司裡待得久，再加上他也樂於與人相處，這麼一路走上來，公司裡的員工也認識不少。

林霈馨是公司裡少見的美女，沈柏彥是這麼想的。長相甜美，留著稍微挑染的過肩中長直髮，身材高挑勻稱，外型足以迷倒大多數男性。不過不包括沈柏彥就是了。

沈柏彥有時會想，雖然人都喜歡美的事物，但是不保證就會愛上帥哥或美女。會不會發生愛情與長相並沒有絕對的關係，觸電的感覺常與外貌或個人設定的條件無關，甚至可能會讓當事人迷惑。它會來就是會來，怎麼勉強或刻意都沒用。

電視上的名模讓人傾倒，但若她或他出現在自己面前，有人能說自己就一定會愛上對方？沈柏彥對林霈馨的感覺就是如此。他有時會覺得，這麼漂亮的女孩，應該很適合去當模特兒或明星才對。只是沈柏彥並不曾對她動心，那也是事實。

沈柏彥有時會去找林霈馨聊天，他並沒有抱著追求的念頭，兩人的互動也一直都很自然，只是普通的朋友，向她要MSN Messenger帳號時也是很順利的就要到了。

星期五晚上，下班回家後，他在MSN Messenger上看見林霈馨，沒想什麼就點開視窗找她聊天。林霈馨的回應很快，兩人也聊了很久。

然後他們講到一部新上映的冒險動作電影，沈柏彥一直想去看，不過想不到要找誰去。找方揚嗎？算了，找他喝酒也就罷了，他一定不會去看電影的。

一個人看電影有點無聊，找林霈馨去看好了，說不定她會有興趣。

沈柏彥提起這個話題，結果林霈馨答應了。兩人很快地約好第二天見面的時間與地點。

星期六中午，他們約在微風廣場。樓上有影城，附近又有捷運站，看完電影想逛街的話也多的是地方逛，所以沈柏彥決定在這裡看。林霈馨也沒有意見，就這麼定下來。

沈柏彥開車，在附近找停車位找了一陣子，不過最後還是早了十分鐘到。

他們約在微風廣場的一樓大門口。

林霈馨則剛好準時到。她穿著淡黃色的襯衫，搭配上及膝的裙子，腳上是輕便的涼鞋，臉上施了淡妝。很簡單的打扮，也非常適合她。

他們買完票，先到裡頭吃完午餐，之後上樓進電影院。電影看完已經四點了，散場後，搭著電扶梯往下走，順便逛了一下。

沈柏彥在考慮要不要約林霈馨吃晚餐，還是乾脆就這樣道別然後去找方揚喝一杯。

就在這時候——

「咦？小琦！」

他聽到林霈馨的驚呼聲，很快地轉頭看過去。

「霈馨！」

對方是個女孩，看來年紀很輕，應該比林霈馨還年輕。俐落的短髮，精緻的五官，長得很可愛，不過或許也是因為年紀的關係，沈柏彥覺得她看起來相當青澀，距離成熟女人還有一段距離。她身穿T恤與牛仔褲，非常休閒的打扮。

「妳來逛街？」

「對啊。妳呢？約會啊？」

她看了沈柏彥一眼，露出笑容。沈柏彥聽到約會兩字，心裡倒是有點意外，的確，在別人眼中，這的確是約會，只是他完全沒有這種想法。

「沒有啦，剛剛看完電影。妳呢？」

「因為放假待在家裡好無聊，就出來逛逛。這位是？」

「啊，他是我公司同事，沈柏彥。」

「妳好。」沈柏彥微笑著向她打招呼。

「她是我的學妹，趙思琦。」

「你好。你們同公司啊？」

「是啊。」

然後林霈馨向沈柏彥介紹，說道：「小琦在偵探社工作。」

「偵探社？」沈柏彥不自覺地發出驚訝的聲音。

「啊，雖然是在偵探社工作，不過我是在公司裡做些內勤的工作啦，並不是真的到外頭調查的探員。」

「原來如此。」

講到偵探，沈柏彥立刻就聯想到方揚。方揚雖然從不積極，總是別人遇上怪異的事件後，再丟給他去處理，但他畢竟腦袋很靈光，常常三兩下就能解決。拜他所賜，沈柏彥聽到了不少奇怪的案件。只是對於在現實生活中營業的偵探社，他還是第一次遇到。

「妳等一下要去哪裡？」林霈馨問。

「就在這裡逛逛吧。」

「要不要到樓下喝杯咖啡？」

沈柏彥很快地介入她們的談話。不可否認，他對於偵探社相當感興趣。

「樓下有星巴克，不如到那裡坐著聊吧。」

林霈馨與趙思琦互望了一眼，然後趙思琦問：「這樣不會打擾你們嗎？」

「不會啦。」

沈柏彥與林霈馨同時回答，發現說出一樣的話時，兩人都笑了。

趙思琦眨著大眼睛，也笑了出來。

「好啊。」

或許她已經看了出來，我們並不是男女朋友的關係吧，沈柏彥這麼想。

假日時的星巴克總是人滿為患，沈柏彥並不期望能找到位置，提起這裡只是個藉口，要是沒有位子可坐，那就到外頭也無所謂。不過運氣很好，剛好有人離開，所以他們很快就找到位子坐下。

沈柏彥喝著卡布其諾，邊聽她們聊天。他很想問關於偵探社的事，不過又不好意思隨便插嘴，只好一直聽下去。

不過很快的，話題轉到了他的身上。也許是趙思琦並不想讓他有落單的感覺，所以特別費心吧。

「霈馨，沈先生和妳同部門嗎？」

「不是耶，他是資訊部的。」

「資訊部，管電腦的嗎？」趙思琦對著沈柏彥問道。

「是啊。」

「說到電腦，我們公司前幾天有台電腦突然沒辦法上網，又不知道怎麼修，眞麻煩。」

「不能上網啊？」

「是啊，你覺得是什麼問題呢？」

「很難說，什麼情況都有可能。」

「這樣啊。」

趙思琦有點洩氣的感覺，這個問題可能讓她很困擾，才會一聽到電腦就脫口而出。

「雖然打電話找總公司的人來修，但是他們拖拖拉拉的，這幾天都沒辦法過來，也不知道要到什麼時候才有空。」

「總公司？你們偵探社還有總公司啊？」

「是啊，我們是誠聯徵信社的西區分部，偵探社只是暱稱而已。」

「這樣啊。」

徵信社，西區分部。好像很有趣的感覺。

「如果方便的話，我可以去幫你們修電腦。」

當然修電腦只是藉口，沈柏彥還是對偵探社很感興趣，他很想親眼見識眞正在營業的偵探社是什麼樣子，而且還有總公司與分部，規模聽起來就不小，讓他的興趣又更濃了。

「眞的嗎？」

趙思琦睜大雙眼，語氣很意外。林霈馨則是看著沈柏彥，一臉疑惑的樣子。這也難怪，主動說要去修電腦，可能是一件很奇怪的事吧。

「不會太麻煩你嗎？」

「不會啊，其實我對偵探社很感興趣，也想認識眞正的偵探。而且說不定哪天會有需要偵探社幫忙的時候，如果有認識的人的話就安心多了。」

「這樣啊。不過最好不要有事來找我們啦，沒事還是最好的。」

「說的也是。」

「但你眞的能來幫忙看電腦嗎？」

「嗯，你們偵探社在哪裡？」

「在萬華。啊，我找一下名片。」

趙思琦翻找了她的包包，拿出名片匣後，取出一張遞給沈柏彥。

名片上印著誠聯徵信社西區分部與她的名字，另外就只有電話與地址，非常簡單。可能是因爲萬華在台北市西邊，所以才叫做西區分部吧。

他們交換了手機的號碼，以便連絡。

原本打算去找方揚喝酒的想法已經拋到腦後，沈柏彥和她們繼續聊天，吃晚餐。到了九點，時間差不多了，於是他開車送她們兩人回家。

兩人都下車後，在回家的路上，沈柏彥拿出名片，想著什麼時候有空過去一趟。

就在幾天後，沈柏彥第一次前往江氏偵探社。

4

七月九日，星期二。

沈柏彥準時在晚上六點下班，隨即開車前往。沈柏彥的公司在內湖，從內湖出發，再加上又是下班時間，他原本以爲會塞車，但是車流比他想像的順暢，很快就到了萬華。

他把車停在附近的停車場裡，走路到偵探社去。

偵探社在巷子裡，這裡全都是老舊的公寓，大都是四層樓或五層樓左右的高度。因爲是晚上，只能靠著路燈的微弱照明，但還是可以看出外壁已經斑駁，大概都是二十年以上的老房子吧。

路上的行人三三兩兩。從週遭的公寓裡，燈光透過鐵窗發散出來，可以隱約聽見電視與說話的聲音。這個時間，人們大都已經結束一天的工作或是課業，正在回家的路上，或是在家休息了吧。

沈柏彥照著地址，找到那間公寓，隨即打行動電話給趙思琦。趙思琦很快地接聽，之後便立刻打開公寓一樓的鐵門，要他自己上樓。

偵探社在二樓，門口是雙重的鐵門，就像是一般的住家。門已經開了，她站在門口等著。

「歡迎歡迎。」趙思琦笑著說。

沈柏彥打了個招呼，走進室內。他打算脫鞋，卻發現門口沒有鞋子。

趙思琦注意他的舉動，說道：「不用脫鞋啦，穿著就行了。」

「不用脫沒關係嗎？」

「嗯，常常會有客人來，所以這樣比較方便。」

沈柏彥點點頭，不過他還是很疑惑，眞的會常常有客人嗎？他總覺得應該是難得一次才有委託人吧。

大門旁就是接待室，有電視、沙發與茶几，就像普通家庭的客廳。在接待室旁，用隔板隔出了另一個空間。隔板很矮，大概只到胸口的高度，不會阻擋視線。那裡大概是屬於辦公的區域吧，靠著兩旁的牆壁，總共放了三張桌子，桌上有電腦螢幕和散置桌面的許多文件，看起來和一般的辦公室並沒有什麼不同。

趙思琦帶著他從接待室走進辦公區，指著牆壁角落的那張桌子。

「就在這裡。」

沈柏彥點點頭，坐上椅子。電腦已經開好，他不需要開機，直接檢查上網的問題。

結果倒是出乎他的意料，並不是什麼大問題，只是因爲區域連線被停用，才會無法上網。沈柏彥重新啓用後，問題立刻就解決了。

「眞的可以上網了，眞是太感謝你了！」

趙思琦看來相當開心。

沈柏彥聳聳肩，說道：「還好不是什麼大問題。」

「果然學電腦的人來看，一下子就能解決問題了呢。」

「只是剛好比較容易而已，常常也會遇到很難搞定的問題。」

「是嗎？」

「嗯，碰運氣囉，這次比較幸運，沒花多少時間就解決了。」

「但還是非常感謝你。」

趙思琦笑得很開心。

「不會啦。你們公司都沒人在啊？」

「嗯，社長他們都出門了，最近有個案子，所以比較忙。」

「這樣啊，眞可惜，我還以爲可以和他們聊一聊。」

「咦，你想聊什麼？」

「其實我對偵探社還滿好奇的，因爲從來沒認識這行的人。」

「這樣啊。其實沒什麼特別的啦，就是別人有事來找我們，我們就接受委託，成功後再收錢而已嘛。」

「話是這麼說，但應該沒有這麼簡單吧。」

趙思琦歪著頭。

「因爲我做的都是內勤的工作，像是打電話和委託人聯絡啦，文書資料整理啦，或是回總公司處理事情之類的，並不會眞的出去調查。當然啦，我有時候會聽社長他們告訴我一些委託的案件，不過畢竟不是自己四處搜查的結果，也就比較沒有什麼實際的感覺。」

「原來如此。既然電腦已經沒問題，那我就先走了。要不要一起吃晚飯？」

「好啊，感謝你幫我們修電腦，我請你吃飯。」

「不用啦。」

沈柏彥笑了。

「妳跟我聊一下偵探社的事，就算是謝禮了。」

「那怎麼可以……」

「沒關係啦，走吧。」

這就是沈柏彥第一次來到偵探社的經過。

這次的接觸其實相當簡短，也沒有花他太多時間，只是沒辦法遇見社長與其他社員，無法更深入了解偵探社的內容，倒是比較可惜。

不過在這之後，他還是有很多次去偵探社的經驗。畢竟現代人每天都要使用電腦，也常會遇到一些無法解決的問題，總是需要有人來處理。

由於沈柏彥原本就對偵探社感興趣，所以當趙思琦打電話來請他幫忙的時候，他也總是很快就答應了。趙思琦其實是個外向的人，不過有求於人還是讓她每次都顯得很不好意思，反而讓沈柏彥也客氣了起來。

從七月開始，他每個月都會去個一到兩次，次數並不算多。不過沈柏彥本身是個容易交朋友的人，他並不會悶不吭聲的只是瞪著電腦，他的個性本來就不是如此沉悶。在處理電腦問題的同時，他有很多時間可以和別人聊天，也因此與偵探社裡的其他人逐漸熟識。

雖說還有其他人，但是除了趙思琦之外，偵探社裡也只有另外兩個人而已。

江連宗，是這裡的負責人，他們都稱呼他爲社長。這只是外號，其實他並不是眞正的徵信社社長。這裡是誠聯徵信社的西區分部，他是負責營運這個分部的人。但是這裡相當獨立，與總部並沒有太密切的關係，所以儘管是屬於誠聯徵信社的一部分，但在私底下卻被暱稱爲江氏偵探社，這當然就是取自於江連宗的姓了。

江連宗已經六十歲了，大約一七〇公分左右，長相很威嚴，給人一種看盡世事風霜的感覺。他原本是警察，退休後接受徵信社社長的邀請，特地爲他開了西區分部，由他來負責。

也因此，對他來說，這裡的工作雖是第二人生，但其實也只能算是興趣，他並不是想要靠偵探社的工作賺大錢或是達成什麼成就，純粹就是打發時間。因此，他從來也沒想過要擴大偵探社的規模，事情做不完反而會給他帶來麻煩，只要維持一定的業務量就好了。所以人手也不多，總共才三個人而已，他覺得這樣就已經足夠讓這裡營運下去。

最後一人名叫霍政明，三十一歲，和沈柏彥的年紀相近。身材很高，沈柏彥有一七九公分，而霍政明比他還高。五官的輪廓很深，看起來就像是混血兒，不過那也只是長相而已，他是個土生土長的台灣人。

兩個月過去，相處時間一多，沈柏彥和他們也都很熟了。然後，江連宗提出想要請沈柏彥幫他上電腦課的想法。

「雖然我已經這把年紀，不過覺得還是有需要學習電腦，你可以幫我上幾堂課，讓我也會一些簡單的電腦操作嗎？」

沈柏彥一口就答應下來。對他來說，這不是什麼困難的事情，也不至於花太多時間而影響到工作。他所想到可以教給江連宗的課程，就是一些常見軟體的使用，還有怎麼上網、收信之類的簡單操作。不過當江連宗提出家教費的時候，沈柏彥卻堅持不收。

「只是教一些簡單的操作，還不到收錢的程度。」

雙方都很堅持，不過主動權畢竟還是在沈柏彥這邊，他打定主意就是不收，於是向江連宗提出，如果沒什麼保密考量的話，希望可以講一些過去辦過的案子給他聽。

江連宗很驚訝。

「你對案件有興趣？」

「是啊，特別是實際承辦案件的警官，我還滿想聽聽這方面的故事。啊，當然是可以說出來的，我也不想知道一些不能聽的內幕，免得出事，哈哈哈。」

沈柏彥沒有說出方揚的事，那和江氏偵探社並沒有關係，他也不打算多費唇舌。因為沈柏彥常常從方揚口中聽到很多事件，已經相當習慣了，他在想，從江連宗這裡，應該可以聽到著眼角度不同的故事吧。

江連宗考慮片刻，最後還是答應了。

於是沈柏彥從常來修電腦的人，變成了社長的電腦家教。從九月中旬開始，每週三，沈柏彥都會固定花一個小時的時間來為江連宗上課。包括如何上網，如何使用瀏覽器，如何收發Email，以及基本的辦公室常用軟體，微軟的Word、Excel、Powerpoint，都是課程的內容。

然後作爲報酬，沈柏彥也聽到了不少故事。江連宗從來不提偵探社承辦過的案子，他說的是過去在當警察時所遇到的事件。或許是爲了保護偵探社的客戶隱私吧，沈柏彥這麼想。

對偵探社來說，沈柏彥仍然是外人，他不可能跨越進入組織的那條線。只不過在這些日子的相處下，他也的確已經處於距離偵探社最接近的位置了。

由於上課的關係，他們的交情理所當然的變得很不錯，閒聊時的話題也愈來愈廣。在有一次上完課後，坐在接待室看電視喝茶聊天時，他開口問了一直想問的問題，就是爲什麼江連宗會在退休後經營偵探社。

「社長，其實我一直很好奇，爲什麼會成立這個偵探社。因爲一般的徵信社給我的感覺，好像大都是調查外遇之類的委託，但是這裡似乎不太一樣。我偶爾會聽到一些大家談話的片段，好像都不是這些類型的案件。」

「沒錯，我們的確是不接這些案子的，總公司的人會去做。」

「這樣啊。我還以爲大家退休後都會想要享享清福，好好享受一下人生，社長怎麼會想到來開偵探社？」

「是啊，一般人應該都是這樣吧。今年我已經六十歲了，算一算，這偵探社也開始六年了吧。在我五十四歲那年，我的老伴走了，是癌症。她跟了我一輩子，我其實對她並沒有太好，警察的工作你應該也知道，總是沒日沒夜的，很難兼顧家庭。我老婆是個好女人，她從來不跟我抱怨，就只是拿著我每個月交給她的薪水，教好小孩，顧好家裡。就這樣也過了三十幾年。

結果到老了，只差幾年就可以退休享享清福，我正打算帶她到處去玩的時候，她就走了。唉，這種故事很常聽到吧。我很沮喪，工作大半輩子，結果老了以後居然是這個樣子，開始覺得繼續工作也沒什麼意思。反正孩子也大了，自己可以照顧自己，每個月都會固定給我一些錢，所以乾脆就辦理退休，不想再做了。」

沈柏彥只能點頭，聽到這種故事，他也不知道該怎麼反應。

「退休以後，整天在家裡看電視，不然就是到外頭晃，反而閒得發慌。這時候才發現，沒有工作原來是這種不踏實的感覺。如果你失業過的話，應該也會有同感吧。」

「啊，我從退伍後就一直工作到現在，中間還沒有斷層過。可能我也算是可以在工作中自得其樂的人，所以倒是工作得挺愉快的，也就沒有失業過。」

「那很好，你能這樣想很好。總之，從每天忙碌的工作中，突然間什麼事都沒了，剛開始的前幾天還能休息，之後實在閒到受不了。這時候我才眞的體會到，原來人不是只爲了錢工作的。工作佔據了人生的大部分時間，可以說就是人活著的意義。」

沈柏彥沒有搭腔，雖然他不討厭工作，不過要說工作是他人生的意義，至少目前他還難以認同。江連宗繼續說：

「你知道我們是誠聯徵信社的分部吧。老闆是我朋友，以前因爲一些案子而認識。在我退休後，他從我以前的警察同事那邊聽到消息，就來找我聊天。那時我整天都很無聊，他特地過來，我覺得很高興，也聊得很愉快。然後，他提到有些事情警察沒辦法處理的，如果我閒著沒事做，不如去幫那些人的忙，不但可以拿點報酬，也好過整天沒事做。」

「警察沒辦法處理的事？比方說？」

「例如跟蹤狂，你知道吧，不敢用正當的方式去愛人，只能偷偷摸摸的跟蹤對方，整天跟在別人屁股後面，害得別人心驚膽顫，深怕會遭到什麼暴力對待。但是真要說起來，跟蹤狂也只是跟蹤，雖然在心理上對被害者有著巨大的影響，但是在實質層面，他們卻又沒有造成任何可以觀察到的身體傷害。」

「沒錯。聽起來還眞是無奈，跟蹤狂明明就是犯罪，造成別人的恐懼，卻沒辦法給予制裁，眞是不公平。」

「事實就是這樣，與其埋怨還不如想辦法解決。像這種情況，警察是沒辦法插手的。除非眞的有犯行發生，否則警方也無能爲力。」

「原來如此。說的也是，社長是從警察退休的，既然已經不在政府機關裡，就不需要被太多規則限制住，反而比當警察時要自由。只要不犯法，看來的確是很適合處理這類的案件。」

「其實我本來並沒有那麼大的興趣，而且開公司要辦很多手續，想到就懶了。我一輩子當警察，沒開過公司，連要怎麼做都不知道，所以一開始沒有那麼積極想做。不過老闆大概老早就看穿我根本沒興趣開公司，所以他已經想好對策。」

「喔？是什麼對策？」

「不需要我來開公司，直接在誠聯徵信社底下多開一個分部，由我來負責。總公司基本上不會干涉我的行動，要不要找人、要不要接案子，全都由我來決定。至於薪水或是公司器材這些行政及財務的事情，就全部都讓總公司來處理。」

「也就是說，社長只要負責辦案，其他瑣碎的雜事都是由總公司處理掉。聽起來就變得相當簡單了，是個不錯的解決方案。」

「對。至於案子，除了自己找上門的之外，總公司也會將合適的案子轉過來。簡單的說，我只要用過去警察的經驗來辦案就好，其他都不用煩惱。我想想，覺得也不壞，後來就答應老闆，也才有現在這裡。」

「原來如此。這樣聽來也不錯，只要專心辦案就好。咦？社長剛剛說到，總公司會把合適的案子轉過來？」

「對。」

「但這樣不就搶了原本徵信社的生意了？是用地區來劃分嗎？不然總覺得好像不太合理。就算是同一間公司，各個部門還是各自營運，要爲自己的業績負責吧。」

「不是用地區來分隔。我們這裡和公司其他分部不同，接的案子不太一樣。」

江連宗的話中似乎另有玄機。剛剛在講成立過程的時候，沈柏彥只是覺得氣氛有點沉重，但是話題來到這裡，卻突然變得有些神秘感出現了。

「喔？怎麼說？對了，剛剛社長也講到，這裡是不接外遇調查之類的案子的。就是因爲業務的區隔嗎？」

江連宗微笑著點頭。

「我們這裡，專門接受重大犯罪案件的委託，特別是殺人事件。」

「殺人事件？」

「你知道一般徵信社的業務吧，多半都是在進行蒐證。」

「嗯，我大概知道。」

「總公司通常不會進行重大犯罪案件的調查，因爲徵信社不是眞正的執法人員，不是檢警調，也沒有公權力，基本上不可能接到這種案子。例如殺人事件、擄人勒贖，總公司是不會去從事這樣的業務，當然，這類案子也輪不到徵信社來處理。更何況徵信社也想和警察保持良好的關係，當然更不可能去插手。」

「是的。」

「但有時候還是會有一些犯罪的調查找上門，這時候，總公司就頭大了。」

「像是什麼情況？爲什麼這種調查不去找警察，會找上徵信社？」

「比方說委託人不願意事件曝光，寧可花錢私下解決。或是已經結案，但是委託人卻對結果感到不滿意，想要重起調查。還有像是剛才說到的跟蹤狂，像這些情況，都不會去找警察的。」

「原來如此，的確是會有這種情形。既然沒辦法調查，那麼不能推掉嗎？」

「有時候是人情壓力，對於認識的人總是不能推的一乾二淨。當然更多時候是看在錢的份上，當擺明了能有一大筆錢進帳的時候，在推出去前總是會先想辦法看看要怎麼留下來。」

「說得也是。」

「如果徵信社不願意將案子推掉，又沒辦法接下來，這時，該怎麼辦？」

沈柏彥思考片刻。原來如此。

「轉給別人，但是那個別人又是自己人。」

「非常好。就是這樣。」

江連宗露出笑容。

「所以我們這裡不接調查外遇之類的業務，那些事總公司自己會解決，我們只接重大犯罪的案件。我過去有警察的實務經驗，也累積了不少人脈，這就是老闆找上我的原因。西區分部，在誠聯徵信社之下，從事著犯罪搜查的工作，就是這麼回事。」

「原來如此。」

「不過更重要的是，我們不只是蒐證，還要解開事件的眞相，那才是我們和其他徵信社不同的地方。」

「解開眞相？」

「沒錯。如果是一般的徵信業務，通常就是蒐集委託人需要的證據，完成後交給客戶，然後收錢結案。但是我們不同，因爲處理的是重大犯罪事件，像是殺人事件，不能只是蒐證而已。客戶會來找我們，通常都是有疑問想要得到解答，也就是說，有謎團要解決，才會找上門。」

「說得也是，這和調查外遇是完全不同的情況。」

「沒錯，所以我們不可能只是蒐集殺人事件的所有情報，然後一股腦地全部交給委託人，那對客戶來說一點意義也沒有。他們要知道的是眞相，所以我們必須解開謎團，將眞相告訴他們。這其實也是老闆要成立這個分部的原因之一，我覺得這樣比較有意義，所以最後才答應要負責這個分部的業務。」

「原來如此。」

沈柏彥總算知道江氏偵探社的與眾不同之處。不過接下來，他卻也想到另一個問題。專門受理重大犯罪事件的委託，或許遲早會和公權力有所牴觸的吧，如果因爲某個案子而變成警方的眼中釘，那也不是不可能的事。

「如果出事的話，只要把這個分部關掉就好，對吧。」

沈柏彥試探地問道，這個問題其實相當尖銳。不過江連宗並沒有受到影響，他自己當然也很清楚這種情況吧。

「的確，就是如此。」

「但是這樣眞的不會影響到總公司嗎？再怎麼說，這個分部也是屬於誠聯徵信社的一部分，就算關掉這裡，對總公司應該還是會造成影響吧，例如商譽啦，或是和警方之間的關係。單單只是關掉一個人數這麼少的分部，好像還是不太足夠吧。」

江連宗大笑。

「就算眞的把這個分部結束掉，那也只是做做樣子罷了。也就是說，該談好的早就在私底下談好了，老闆和警方高層的關係可比想像的複雜多了。如果眞的出事，檯面下的交易一定早就講好，一切都談完之後，再讓這個分部關門，做出以示負責的樣子，意思意思一下。」

「說得也是。」

沈柏彥覺得自己想的還是不夠深入。檯面上能看到的，也不過就是最後的結果，過程中不爲人知的協商與交易才是眞正的重點。

「但是我在查案，自然會有分寸，不會去爲難以前的老同事，所以也沒出過問題。本來沒想太多，只是一路這麼做下來，很快的也已經六年了。」

說完經營偵探社的原由，江連宗身體向後靠在沙發上。

「不過比起一般的調查，還是像這種犯罪搜查比較有意思，結果現在絕大多數的委託都是殺人事件，倒是當初沒想到的。」

「一般徵信社恐怕不太容易碰上這些事吧。」

「是啊。」

從認識趙思琦，第一次得知江氏偵探社到現在，已經過了三個月的時間，他才終於得知偵探社的由來與業務內容。

不久之後，在與趙思琦的談話中，沈柏彥聽見了那個傳聞。

5

江氏偵探社只有三個人，除了江連宗與趙思琦，還有一名探員霍政明。從之前每個月來修電腦，到現在每週來上課，他與霍政明接觸多了，自然也變得熟悉，再加上他們兩人本來就年紀相近，有著同世代的話題，很容易就成為朋友。

十月十九日，星期六中午，沈柏彥來到萬華。昨天晚上，趙思琦打電話給他，說要找他聊聊。沈柏彥答應後，打算約在偵探社，但是趙思琦卻拒絕了。

趙思琦是個活潑開朗的女孩，但是從電話中，沈柏彥卻在她的語氣裡，感覺到有種不同於平常的詭異氣氛。

沈柏彥有點驚訝，因為他覺得趙思琦並不是那種神秘兮兮或是隱藏著許多秘密的人。也因此，這通電話讓他感覺相當不尋常。

爲什麼不直接約在偵探社裡，趙思琦並沒有說出原因，沈柏彥雖然覺得反常，但也沒多問，兩人就約在龍山寺捷運站。

他在附近的馬路上找到停車位，雖然有點遠，不過也沒辦法。停好車後，走向捷運站，遠遠的就看見趙思琦已經站在出口處。他走了過去，向她打招呼。

只是沒想到趙思琦的表情有點奇怪，似乎藏了什麼天大秘密的感覺。

沈柏彥正想問，趙思琦就搶先說道：

「我昨天聽到一個奇怪的傳聞。」

「傳聞？」

「嗯……」

「什麼傳聞？」

「我們先找個地方坐下來再說吧。」

於是他們在和平東路上找了一間咖啡廳，走了進去。按捺住好奇的心情，沈柏彥先讓趙思琦坐下，然後找服務生過來，在點完餐後，他才問道：「怎麼了？」

趙思琦的表情相當複雜，像是在整理該怎麼講。然後，她慢慢說道：「聽說……有一間偵探社，會殺死上門委託調查的委託人。」

「咦？」

沈柏彥非常驚訝，怎麼可能會有這種事。

「妳聽誰說的？」

「之前我不小心聽到政明在打電話，他這麼說的。」

「妳今天找我出來，就是為了跟我講這個？」

「嗯。」趙思琦點頭。

「不可能吧。」

再怎麼想，這都是不可能發生的事。私家偵探幫客戶解決問題，收取酬勞，就只是這樣的業務關係，怎麼可能會殺死客戶？

再說如果真有這樣的偵探社，應該早就關門大吉了，也不可能會繼續營業才對。殺人犯開設的偵探社？這未免太過非現實。不管怎麼想，這種傳聞都太離譜了，沈柏彥覺得難以置信。

「妳剛剛說『之前』，那是多久以前的事？」

「幾個月前吧，我記不清楚了，因為那時只是聽聽就算了，還以為是他接的什麼案子，所以沒有多問。」

「那為什麼現在又突然提起來？」

「我昨天回總公司去辦些事情，遇到之前一起工作的朋友。閒聊的時候，我才知道，原來我們分部除了社長和政明之外，本來還有另一個偵探。」

沈柏彥看著趙思琦。

「在妳調過去之前？」

趙思琦原本是在總公司工作，一年前才調到西區分部。這是因為江連宗覺得需要有人來幫忙處理文書，向總公司提出申請，於是就將趙思琦調了過來。

「嗯，所以我不認識。那個偵探叫葉永杰。」

趙思琦在桌上寫了一遍給沈柏彥看。

「他現在在哪裡？」

「……已經過世了。」

「啊？」

「聽說是開槍殺人之後，自己自殺了。」

「這……這不就和妳剛剛說的傳聞……不，還不一定，傳聞只是說殺死委託人，並沒有說偵探殺人之後自殺吧。」

「對，但是無論如何，都是偵探社裡的探員去殺人。」

「就算是這樣，政明在電話裡說到的，也不見得就是指江氏偵探社，說不定是另一間。」

沈柏彥也知道，這種說法並沒有什麼說服力，不過他還是覺得，至少先安撫一下趙思琦比較要緊，她看起來真的很擔心的樣子。這也難怪，總不會有人希望自己的公司出過殺人兇手，而且還有這種傳聞吧。

「葉永杰。」沈柏彥在心裡默念這個名字。

這個人物的出現，讓江氏偵探社開始變得有些神秘。就連趙思琦都不知道，來到偵探社才三個月的沈柏彥，當然更不可能聽過。

「我來查看看好了。」

「啊，眞的嗎？我只是找你商量而已，並不是要你去調查的。」

「我知道，只是我也很好奇，想知道是怎麼回事。其實傳聞歸傳聞，不管是不是有偵探社會殺死委託人，但是如果江氏偵探社曾經發生過這件事，妳既然在裡頭工作，還是知道一下比較好。」

「嗯。你打算怎麼查？」

「這個嘛……我想一下。」

沈柏彥沒有什麼調查的經驗，被問到這個問題，他一時也回答不出來。他只能先提出問題，多得到一些情報。他想到，現在還不知道事件發生在什麼時候，趙思琦並沒有提到這點，於是問道：「妳知道發生的時間嗎？」

「不知道正確的時間，但是我們分部成立了六年，所以一定是在這六年內發生的事。」

「妳可以看到人事資料嗎？」

「要把過去的人事資料調出來，必須回總公司去查，但是我沒有理由可以去看。」

「說得也是。我記得妳是在一年前調來的，沒錯吧。」

「對，超過一年了。」

「所以就是在妳來之前的五年內發生的事了。其實問社長最快了。」

「嗯，不過我不太敢問社長這件事，總覺得有種禁忌的感覺。」

沈柏彥點頭。沒錯，他可以體會趙思琦的顧忌。應該沒有人會將自己公司出過殺人兇手，當成茶餘飯後的話題來說的吧。如果是不熟的人也就罷了，但是在江氏偵探社這麼小的地方，彼此之間的關係必然更爲密切，他沒有把握江連宗或霍政明是否願意說出這件事。

「根據傳聞，殺死的是委託人。說到這個，我之前聽社長說過，你們社內在結案之後，是不會留下任何調查資料與報告的，是嗎？」

「對，一方面是為了客戶的隱私，另一方面我們自己也不希望惹上麻煩，所以在把調查報告交給委託人以後，我們會把所有的資料都銷毀。」

「這樣的話，就算死者眞的是委託人，也不可能從社內找到任何資料了。」

「對啊。你覺得怎麼辦？還能怎麼查？」

既然是殺人事件，應該曾經上報吧。沈柏彥能想到的方向，就是去找報紙上的報導了。如果眞是殺人，被報導過的可能性是很大的。

「我先查過去的舊新聞吧，如果是殺人事件，應該會上報的。我曾經加入線上新聞網站的會員，可以直接上網查過去的報導。」

「嗯，那就拜託你了。」

「別客氣。如果查到的話，妳打算怎麼做？」

「其實我還沒想那麼多，而且如果是已經過去的事，也沒必要特地挖出來。」

「是啊，只要不是什麼壞事的前兆就好了。」

晚上回家後，沈柏彥立刻登入新聞網站，用「葉永杰」三個字當成關鍵字來查詢。網頁的反應速度很快，結果立刻就跳了出來。只有一則新聞。

二〇〇〇年的葉永杰殺人事件，首次出現在他的面前。

沈柏彥很快地看完了報導。

現場是廢棄公寓，葉永杰殺人之後自殺。動機是詐騙集團騙了母親的錢，害她自殺，於是他殺人復仇。看來是已經結案的案子，應該沒有什麼問題才對。

偵探殺人是事實，但是被害者似乎不是委託人，偵探的動機也很明確，是爲母親復仇，是私怨。除了兇手的職業之外，沒有其他要素是與偵探社有關的，這麼一來，應該可以算是破除這個傳聞了吧。傳聞畢竟只是傳聞，在不斷流傳之後總是會產生扭曲，與事實愈離愈遠。

既然如此，也不需要擔心了。他將新聞報導的網頁存下來之後，Email給趙思琦，然後打電話給她，說出查到的結果。

趙思琦看完報導，雖然還是對傳聞有點在意，但是沈柏彥也安慰她，傳聞常常是將事實誇大後的產物，偵探葉永杰殺人是事實，而在口耳相傳之下，變成了偵探社會殺死委託人。也許就只是這麼簡單。

然後，在和方揚的閒聊中，沈柏彥無意間說出了這件事。

他只是當成聊天的話題，不是像過去一樣，將難題交給方揚解決，所以方揚並沒有給他意見。而沈柏彥自己的工作也開始變得忙碌，再加上案件看起來並沒有什麼疑點，因此也就不需要再加以調查。

會殺死委託人的偵探社。

葉永杰殺人事件。

誇大的傳聞，已結束的案件，對現在的生活並沒有影響。就像是石頭丟入池中，儘管激起了一些漣漪，最終還是歸於平靜。

趙思琦不再提起這件事，沈柏彥也不再想起。

直到方揚打電話給他的那一天。

十一月十七日，星期天下午。

沈柏彥坐上駕駛座，開車就往方揚的家中而去。

路上車流量雖大，但也相當順暢，很快地就來到重慶南路三段。

他在大街小巷裡繞了幾圈後，總算找到停車位。他迅速將車停好，就往方揚的家中走去。

方揚的住所在重慶南路三段旁的巷子裡，七層的電梯公寓，他住在二樓。沈柏彥來到樓下的大門，按了電鈴，大門很快就開了。他走樓梯上二樓，門已經開著，他走進屋內，隨手關上大門。

一進門，看見的就是客廳。客廳非常整齊，沒有什麼多餘的東西，甚至可用單調來形容。

「唷。」

方揚整個身體沉在單人沙發裡，手上拿著一本書。他微微抬起頭，向沈柏彥打了個招呼。

電視開著，是音樂台，正在播放沈柏彥搞不清楚是什麼歌曲的外國歌，大概也只是用來當背景音樂的吧，看來他剛剛應該也是一直在看書。

方揚自己一個人住，沒有同居人，本來就沒什麼太多的生活用品。

二十坪大的房子，兩房一廳。蓋好不到十年，所以看來都還像是新屋。沈柏彥在內湖的住處，因爲是超過二十年的老公寓，外觀就舊多了。

和沈柏彥一樣，方揚也是租屋，在這裡住了大約三年。

沈柏彥坐在另一張兩人座沙發，他對這裡已經太熟悉，和當成自己家沒有兩樣。

方揚放下手上的書，擱在前頭的茶几上。

「你上次提過一個傳聞。」

「傳聞？」

沈柏彥想了一下。方揚突然提起，讓他一時間想不起是什麼事情。

「什麼傳聞？」

「就是有一次在啤酒屋裡提到的，會殺死委託人的偵探社。」

「喔，你說那個啊，我都已經快忘記了。」

距離上次提到偵探社殺人的傳聞，已經過了一段時間。沈柏彥其實已經不曾再去思考這件事。

「嗯。我收到一篇小說，你看一下。」

方揚站起身，走向書房，沈柏彥也跟在後頭。書房裡和客廳不同，全都堆滿了書，與客廳的整潔呈現完全相反的對比。方揚的書都擺在書房，不會放在別的地方，這是他的堅持，而不斷買書卻又不加整理的結果，就是讓書房裡的空間不斷被書所侵蝕，也愈來愈雜亂。

方揚從電腦桌旁的小矮櫃裡，拉出抽屜，拿出一份文件。

「我覺得印出來看比較方便，所以已經先印好了。」

「這是什麼？」

「一篇小說。」

「小說？」

沈柏彥接過文件，走回客廳，在沙發上坐好後，開始閱讀。

從小說的開頭，就讓他有種異樣的感覺。他很快地讀著，愈讀愈驚訝。讀完後，他感到非常意外。

「方揚……這……你是從哪裡拿到的？這裡頭寫的……不就是偵探殺人嗎？」

「很容易聯想到你說的那個事件吧。」

相較於沈柏彥的激動，方揚淡淡地說道。

「是沒錯。雖然不能確定，但是偵探、委託人、槍殺、動機，好像該有的要素都有了。可是偵探殺人又不是那麼常見的事，不，應該說是絕無僅有，這麼看來的話……」

「但是從結果看來，兩件事卻又不一樣。你上次說的那個兇手叫什麼名字？我沒有記下來。」

「我也不記得了。不過當時應該有寫在記事本裡，我查一下。」

沈柏彥打開他隨身攜帶的手提包，從中拿出記事本，開始翻閱。沒花多少時間，他說道：「找到了，兇手的名字是葉永杰，然後被害者叫程明勳。」

「喔，那個事件是葉永杰殺死程明勳後自殺。不過在這篇小說裡，偵探最後卻是拿槍想要殺死兩個委託人，並不一樣。」

「這是怎麼回事？難道不是同一件事嗎？」

「資料不足，現在還無法判斷。不但時間不明，就連小說裡的事究竟是虛構還是眞實都不能肯定，沒辦法做出判斷。」

「說的也是……你是從哪裡拿到這篇小說的？」

「你知道小王吧？王定謙，在《神秘世界》雜誌工作的王定謙。」

「王定謙？喔，我想起來了，就是在雜誌上寫專欄的作家吧。是他寄給你的？」

「對。」

《神秘世界》是一本月刊雜誌，專門介紹世界上不可思議的事件。

沈柏彥並沒有訂閱《神秘世界》，不過因爲方揚會買，當他來到方揚的住處時，有時也會翻閱《神秘世界》雜誌，因而常會看見王定謙的文章。所以他雖然沒見過王定謙，對這個名字卻也相當熟悉。

「他怎麼會有這篇小說？他寫的？是創作？」

「是他在公司主管的電腦裡發現的。應該說是前主管才對。」

「前主管？辭職了嗎？」

「不，死了。」

「死……死了？」

「他的主管在廢棄的公寓裡殺人，然後自殺而死。」

沈柏彥睜大雙眼，盯著方揚。

「就像是兩年前葉永杰殺人事件的翻版。在三個月前，又發生了一次。」

6

一個人一生會遇上幾次殺人事件？

突然間，王定謙的腦中浮現這個念頭。因爲這起事件的關係，讓他不禁對這個問題感到好奇。

到目前爲止，王定謙還不曾直接和殺人事件扯上關係。他只是個平凡的老百姓，每天的生活雖不無聊卻也絕不刺激，像殺人這種會對相關人等造成重大影響的事情，和他當然是無緣的。

王定謙稍微回顧了自己的人生，雖然曾經碰上幾次犯罪事件，但他都不是直接的關係人，充其量只是旁觀者。儘管他的確受到影響，因而選擇了現在的工作，但基本上他與事件都是沒有關係的，也不認識其中的相關人物。

他只是看著事件發生與結束，如此而已。

過去終究是過去，現在的情況已經有些不同。

看著眼前的文件，王定謙感到相當疑惑。

十一月四日，星期一。

這個月的雜誌已經出刊，月底慣常的混亂已經告一段落。新的月份剛開始，雜誌社又回復到月初時悠閒的狀態。王定謙總算有時間可以整理這台閒置的電腦。

那並不是他的電腦，而是業務部高德忠經理在使用的。高德忠在三個月前死亡，之後電腦便一直閒置，由於最近有需要使用，於是他才開機整理。

結果就在一個檔案夾中，發現了這個文件檔。

雖說是整理電腦，但王定謙原本並不打算花太多時間，他只想開機後重新安裝作業系統。他對高經理使用過的電腦中有著哪些檔案，並沒有什麼興趣。

於是在開機後，他只執行了幾個常用的軟體，了解這台電腦運作時的速度，然後就打算重灌系統。

就在他執行文書編輯軟體的時候，發現了那個奇怪的檔案。

文書編輯是一般電腦使用者最常用到的功能之一，無論是寫報告、記錄事情，還是撰寫文學作品，大部分的人都曾使用過文書編輯軟體。例如微軟的Word，或是共享軟體中極爲知名的Ultraedit，都是眾人耳熟能詳的軟體。

而這類的軟體，爲了方便使用者的作業，幾乎都有歷史記錄的功能。使用者過去開啓過的文件，在軟體中會留存著固定筆數的記錄。

這麼一來，使用者若是在短期內常常編輯同一份文件的話，便不需要依循正確的路徑一層一層開啓資料夾找尋檔案，只要點選軟體中的檔案記錄，就能立刻開啓最近曾經編輯過的檔案。這個功能，大多數的使用者應該都相當熟悉。

王定謙開啓文書編輯軟體的時候，就是在過去的歷史記錄中，發現了一個名爲「殺人小說.doc」的檔案。

他的好奇心立刻被勾起，很快地便開啓這個檔案。

雖然這是別人的電腦，但既然使用者已經不在人世，大概也不會有人控訴他侵犯隱私吧。

讀完文件，結果讓他相當訝異。從檔案名稱看來，這是一篇小說，而文件中的內容的確像是小說，記錄的是一起即將發生的殺人事件。

只不過這份記錄卻沒頭沒尾，裡頭只有三個角色，並沒有交待他們的來歷，也沒有背景設定，甚至連名字都沒有。所有的描述都很模糊，似乎是作者刻意不想交代詳細的資訊，最後則結束於一個驚悚的情景，並沒有交待後續發展。故事內容雖然讓王定謙感到意外，卻也不知究竟是眞是假。

如果王定謙只是無意間看見這篇小說，他應該會當成是虛構的故事，看過便作罷。因爲工作的關係，他每天都會接觸到許多怪異的故事，也早已見怪不怪。他覺得這是個有趣的故事，但也僅只於此。

可是問題在於，這篇小說是從已故的高德忠電腦中取得的，而且從記錄看來，這是高德忠生前最後開啓的幾份文件之一。也就是說，在死亡之前，他看過這篇小說。

小說是在高德忠電腦裡發現的，所以是他寫的嗎？

王定謙與高德忠共事了一年，他從來沒聽說過高德忠會寫小說，甚至連他會不會看小說都很懷疑。高德忠是業務部經理，他會讀一些理財書籍與雜誌，但小說……

對了，王定謙想到，高德忠曾經說過，他平常是很少看小說的。不看小說的人，會去寫小說嗎？這種人應該不多吧。高德忠甚至連雜誌社的稿件都沒寫過，實在不像是會寫文章的人。

會不會是從網路下載的網路小說？王定謙從小說裡複製了一些句子，利用Google去搜尋，但是從結果看來，並沒有完全符合的網頁，所以應該不是網路小說吧。

既然小說是放在高德忠的電腦裡，那麼假設是他寫的，應該還是最合理的。王定謙記得，高德忠提過自己家裡沒有電腦，所以如果他要寫小說，就只能在這台電腦裡寫了。

如果是他寫的，那是爲了什麼？

小說裡描寫的是即將發生的殺人事件，而在之後，現實生活中也的確發生了殺人事件。難道這是犯罪計畫？小說裡寫的是未來會發生的事？

高德忠準備殺人，他將犯罪計畫寫成小說。有可能嗎？

但就算如此，角色也是錯誤的。小說裡即將殺人的是偵探，而高德忠根本不是偵探。他在小說裡故意扭曲自己的角色，是這樣嗎？

或者，高德忠其實並不是殺人兇手，而是兩名被害者的其中之一？

王定謙對這個想法感到震驚。高德忠是被害者，他在死前寫下自己可能遇到的事。這太荒謬了，應該不可能。

但如果這是別人寫的小說，而他是被害者呢？這樣的話，小說作者是不是在暗示，高德忠就是未來的被害者？倘若作者另有其人，那麼這篇小說必然是別人交給高德忠的。那個人是誰，會不會是與高德忠殺人事件有關的人？他所寫的小說內容，是不是正在影射那個事件？

王定謙檢查這部電腦的設定時間，很正確地設定在今天，時間無誤。

緊接著，他再察看這篇小說的修改時間，文件被儲存於七月二十二日。高德忠應該是先看過這篇小說，之後八月四日死於那個事件。從時間上來看，小說早於事件，在事件發生之前就已經放入電腦，照常理來判斷，小說不可能描述出事件的內容才對。

這麼說來，小說和事件無關，是嗎？

王定謙並不知道小說裡所寫的，究竟是事實還是虛構。如果是事實，這些思考才有意義。如果是虛構，那麼也就沒有繼續深究的價值。

話雖這麼說，但高德忠死亡是事實，他是在看完這篇小說後才死亡的也是事實。儘管小說中的殺人內容和現實事件並不完全吻合，但時間點上的巧合，卻也讓王定謙不得不感到疑惑。

殺人小說的出現，似乎投下了一個無法忽視的變數。

一直到現在，王定謙對於那個事件，仍然有種不夠踏實的感覺。儘管是他的直屬主管死亡，但事件本身和他並沒有直接關聯，因此除了認識死者之外，對他而言，那起事件和報紙社會版的罪案並沒有什麼兩樣。

死亡的是業務部的高德忠經理。在王定謙來到雜誌社的一年半裡，業務部就只有他們兩個人，因此高德忠經理帶著他東奔西跑，四處談廣告業務。

雖然王定謙過去就有業務的經驗，但是雜誌社畢竟有些老客戶，需要原本雜誌社的人出面介紹，因此在王定謙剛到公司的那段期間，高德忠和他可說是跑遍了整個大台北地區，也因而讓他們建立起不錯的友誼。

高德忠是三十四歲的壯年男子，不過可能是平常太過勞累的關係，外表看起來比他的實際年齡還要更老一點。他的頭髮總是剪得很短，比較方便整理。因爲是業務經理，所以每天上班都是穿著西裝，王定謙從沒看過高德忠穿上別種類型的衣服。

已經一年了，時間過得眞快。想起高德忠，王定謙才突然發現，原來自己在雜誌社裡已經待了一段不短的時間。這份讓他重拾熱情的工作，沒想到已經在不知不覺中度過一年。

當初，王定謙因爲無法找到自己的目標，而且對職場感到疲倦，因而辭去工作。

離職後，他瞞著家人，仍然每天早上出門，裝成要去上班的樣子，然後漫無目的四處閒晃，打發時間。

之後，經過了某個事件，他重新思考，因而找到了自己的方向，也進入《神秘世界》雜誌社。

他想做的，是記錄下世界上的各種怪事。很湊巧的，在他找工作的過程中，正好發現一間名爲《神秘世界》的雜誌社在徵人，於是他前往應徵。

雖然雜誌社要找的是業務，但是社長何立昇也向他保證，如果他寫得好，雜誌社可以刊登他的稿件。

就這樣，王定謙開始了他的新生活。白天時他努力跑業務，與廣告客戶接洽。到了下班時間，他便忙於整理種種怪事，了解吸收之後，將其寫成文章。

而社長也沒有食言，就在王定謙寫出多篇文章之後，社長與總編經過討論，終於首肯，決定讓他開闢專欄。

當然，社長與總編也有自己的考量。《神秘世界》需要更多的稿源，過去他們相當依賴國外雜誌的翻譯，國內作家多半只有一些恐怖小說的刊登，比較少見研究型的文章。王定謙的作品，可說是補足這個領域的第一步，無論成不成功，都是一次不錯的嘗試。

王定謙第一次刊登的主題，是「球狀閃電」。這不是個熱門的題材，但是王定謙和總編都認為，與其寫一些已經被炒爛的主題，還不如以大家還比較不熟悉的故事來作為主打，引起討論的可能性說不定會比較大。

結果倒是在預期之中，雖然有零星讀者回函的肯定，但看來並沒有引起太大的迴響。

不過畢竟是個無名的新人作家，王定謙倒是看得很開，只要能夠繼續寫，他已經心滿意足了，至於讀者的反應，也就不太在意。

他就過著這種邊跑業務邊寫文章的生活，之後他陸續寫出「鬼火」、「海底遺跡」、「幽靈乘客」等等主題，反應卻也如倒吃甘蔗，愈來愈好。

「奇聞作家王定謙」。出乎意料，他得到了這個稱號。

他並不知道這個頭銜是怎麼來的。好像是社長命名，也好像是總編取的，他到現在還是搞不清楚。他是在校稿時，才發現自己文章的作者介紹中多了「奇聞作家」這四個字。

他困惑地去找總編，總編只是隨口說道：「有什麼關係，聽起來還不賴啊。」

總編的回應完全答不對題。雖然有些疑惑，但他對頭銜並不關心，也沒有什麼好惡，只是繼續跑他的業務，寫他的稿。

很快地，入社後過了一年的時間。然後，就發生了那個事件。

那是八月的事。一向全勤的高德忠，沒有原因地突然缺勤。

這相當不尋常，至少在王定謙進入雜誌社以後，從來沒見過高德忠一聲不吭就不進公司。雖說業務不會常常待在公司裡，但完全無法掌握行蹤，卻是從來沒有過的事。

當天下午，王定謙便打電話給高德忠，但他的手機沒有開機。打到家中，電話則是無人接聽。據說高德忠是隻身從高雄上台北工作，住的地方也是租來的，自己一個人住，沒有室友。

王定謙不知道高德忠有哪些朋友。除了在公司，他們私底下並沒有來往，更何況王定謙自己在下班時間也多半在忙著專欄的資料蒐集與寫作，其實也沒有太多時間和同事們有更深入的交流。

因此，當這兩通電話都找不到人時，王定謙只能報告社長。雖說找不到人，但這畢竟是第一次發生，或許是臨時有些急事，來不及連絡公司，才會無故缺勤。

社長只是表示他已經知道情況，並沒有多說什麼。

王定謙原本以爲，高德忠應該只是臨時有急事，明天就會進公司吧，所以其實也沒有特別在意。

高德忠第二天還是沒有出現。

王定謙只能繼續打電話，卻沒有一次可以連絡得上。因爲擔心出事，中午時王定謙決定，如果下午還是沒有高德忠的消息，那麼晚上他就要到高德忠的住所去看看。

卻沒想到，這天下午他們就得知高德忠的消息。

因爲警察來到雜誌社調查。

從警察的口中，大家得知驚人的消息。高德忠和另外一名男子黃世良，死於板橋市的某間廢棄公寓。高德忠先槍殺黃世良，然後舉槍自盡。從現場的情況看來，應該是高德忠先射擊黃世良的胸部，致他於死，再舉槍朝著自己的太陽穴開槍。

高德忠無故缺勤是在八月五日，案件發生在四日下午。五日早上，有遊民走進廢棄公寓，被殺人現場嚇壞了，於是趕緊報警，事件因而曝光。

這個消息震驚了雜誌社。沒有人想像得到，高德忠的失蹤，竟然會是以這種情況收場。

警察來到雜誌社，何立昇也配合他們的詢問。警察是從高德忠的隨身物品中發現名片，因此前來詢問一些問題。可能因爲現場的情況很明確，他們對高德忠就是兇手並沒有疑問，雖然王定謙不清楚警方辦案的流程，但他想，應該也就如此結案了吧。

不過雖然兇手與被害者都很明顯，但警方仍要找出兩人的關聯與殺人的動機。因此，他們仍然繼續調查。

王定謙在報紙上看見最後的消息。根據警察的調查，原來高德忠和黃世良過去曾經是詐騙集團的一分子。這個集團以號稱可以治病的神水來騙人，得手至少數千萬元。由於高德忠每個月都會固定把錢交給黃世良，警方研判，黃世良掌握住高德忠的弱點，以此向他勒索。

至於是什麼把柄，由於當事人已死，無法確定，但很可能是兩人身爲詐騙集團的過去吧。黃世良沒有工作，整天遊手好閒。相反的，高德忠則有著正當的職業，若是過去被揭露，工作或許會不保，他苦心構築的社會地位也將一夕消失。

王定謙讀完報導，頓時感到晴天霹靂。高德忠過去竟然是詐騙集團？怎麼可能？但是警察的調查卻是清清楚楚，高德忠的確曾經待在詐騙集團中，儘管集團人數不多，但是詐騙的總金額卻也達到數千萬元，造成許多人家破人亡。

詐騙集團後來被破獲，但並不是所有人都被逮捕，還是有人在逃，高德忠與黃世良就是成功逃脫的人。

高德忠應當是在脫離詐騙集團之後，才到雜誌社上班。或許是想洗心革面，找個正當的工作吧。但是這樣的過去，還是令王定謙相當無法接受。

只是最後，高德忠也遭到報應了。現世報總是來的比大家想像的快。

儘管事件和王定謙並沒有任何關係，但是一想到主管竟然有著這樣的過去，而且最後還賠上生命，他就不免唏噓不已。

三個月了，高德忠的電腦沒有人使用，彷彿那像是一種禁忌。直到王定謙想整理電腦為止，完全沒有人去碰過這台電腦。

社長雖然聘請了另一名業務經理劉弘文，但是新來的經理自備了筆記型電腦，因此高德忠的電腦也就沒有順理成章地由他接收，而是繼續塵封下去。

結果，就在事件早已落幕的情況下，被王定謙發現這份殺人小說。

這篇小說的出現，當然非常可能改變事件的全貌。畢竟小說中所描述的，和最後事件所呈現出來的，可說是截然不同的情況。

只不過這一切都根基於小說內容的正確性。如果殺人小說寫的是事實，那麼事件的眞相有可能完全不同。但是如果小說內容是虛構的話，當然就一點影響也沒有。王定謙還不至於因爲發現這篇小說，就立刻斷定事件另有內幕。

只不過人畢竟是有好奇心的。萬一，如果只是萬一，小說內容眞的是事實呢？事件發生至今只有三個月的時間，還有很大的機會可以去證明小說的眞實性。如果只是把它當成一個開頭，重新檢視事件本身，應該也是可以接受的吧。

當然，王定謙也不否認，這個事件對他的確是有些影響的。

雜誌社不大，員工也不多。業務部裡只有王定謙與高德忠兩個人，他在進公司之後，也受到高德忠相當多的照顧。

王定謙不知道一個人一生中會遇上幾次殺人事件，無論直接間接，不過他原本以爲，應該是一次也不會遇上吧。

只是王定謙卻遇上了。他的主管，是一名殺人犯。

如果事件完全沒有疑點，他也只能隨著時間流逝，逐漸不再回憶起這件事。

但是這篇小說的出現，卻又勾起他的疑惑。他心裡明白，他無法忽視殺人小說。

儘管從理性上來看，他無法證明小說和殺人事件的關聯，也無法證明小說內容的眞實性。但從情感上來說，高德忠和他畢竟同事一場，相處又相當愉快，倘若事件眞有疑點，他無法容忍自己竟然完全不插手。

王定謙決定了，他必須重新調查事件，而起點就是這篇小說。

倘若認定小說內容與事件有關，那矛盾點很快便出現了。

在現實世界中，高德忠被害的現場，留有兩具屍體，而且之間存在著明顯的兇手與被害者關係。

但是在小說中，卻是有三個人，而且雖然小說中斷於殺人行爲之前，但倘若照著情節繼續發展下去，最後應該會出現兩名被害者才對。

從這一點，就已經出現矛盾。

不，換個方向想，其實矛盾的只有身分。現場的兩具屍體，和小說中極可能出現的兩具屍體，其實是沒有不同的。

唯一的差異只在於，小說中兩人都是被害者，而眞實事件裡，兩人的身分則分別是兇手與被害者。

從這一點，可以引導出許多可能性。

比方說，兩人其實都是被害者，只是其中一人被僞裝成是兇手。

或者，原本預定的一名被害者，最後並沒有死亡，而可能在反抗時殺死兇手，然後自行逃逸。

如果是這兩種情況的話，其實都能夠讓小說與現實相結合。

如此看來，或許這份殺人小說，不見得是毫無根據的。

不過跳開事件本身，再來看殺人小說的話，卻又讓人感到疑惑。

小說究竟是誰寫的？爲什麼最後會在高德忠的電腦裡？如果是高德忠寫的，那問題就變成他爲什麼要寫這篇小說？王定謙實在想不出理由。

如果小說是兇手寫的，那麼有必要在殺人之前，還寄小說給高德忠嗎？讓高德忠看見這篇小說的原因是什麼？不，如果追溯到源頭，應該是爲什麼要寫下這篇小說？作者爲什麼要寫，又爲什麼要給高德忠，都是無法解釋的謎團。

還有，小說是高德忠自己存進電腦裡的嗎？會不會是別人擅自打開電腦，自己放進去的？如果是這樣的話，從軟體的歷史記錄看來，高德忠必然看過這一篇小說，而他卻沒有刪除。如果是別人未經他的同意放進電腦，那麼高德忠應該會在看完後刪除才對，除非他覺得有留下來的必要。這麼說來，或許也不能排除這種可能性。

千頭萬緒，王定謙實在不知道殺人小說存在的意義。

突然間，王定謙想到，會不會高德忠就是因爲這篇小說，才決定赴約的？

但就算是如此，小說裡的內容，又爲什麼會讓高德忠因此而去見兇手？

無論如何，小說的出現時間與事件的發生時間太過接近，很難讓人覺得沒有關聯。但究竟是什麼關聯，王定謙卻又無法說明。

難道眞的是犯罪預告？

王定謙沒有任何頭緒，但他發現，他對於高德忠其實一點也不了解。除了雜誌社的業務之外，他不知道高德忠的私生活，也很少會聊到。王定謙現在才察覺，他對於高德忠的認識其實非常淺薄，高德忠還有許多面向，是他完全不知道的。

或許這是他可以先著手的第一步。

7

隔天中午，在雜誌社內。

到了吃飯時間，他們請同事從外頭幫忙帶便當回來。王定謙與何立昇社長在會議室一起吃飯，因爲只有他們兩人在，他把握住機會，打算詢問有關高德忠的過去。

「社長，我昨天稍微整理了高經理的電腦。」

「喔。」

聽到王定謙的話後，正在吃飯的何立昇，很簡短地做出回應。

何立昇的外表非常斯文，脾氣相當溫和，總是從容不迫的樣子，也帶給周遭的人一股安心感。

「還好吧？」何立昇問道。

「嗯。只是我想到高經理，眞沒想到會發生那件事。」

王定謙立刻將話題帶往高德忠。

「唉。」何立昇搖搖頭，臉上的表情相當無奈。

「社長，你以前就認識高經理嗎？」

「我嗎？不認識，是傅友恆社長介紹的。」

「洪荒出版社的傅社長？所以不是他自己投履歷的？」

「對。」

「原來如此。說起來，雖然我常常和高經理一起工作，不過現在想想，我還眞不了解他過去的經歷。」

「因爲你不太會去多問別人的私生活。」

王定謙有點內疚，因爲他現在其實正打算要進一步挖掘出高德忠的過去。像這樣刺探別人的隱私，還是讓他不太能適應。

何立昇笑了。

「當初我對雜誌這一行完全不懂，只是憑著一股衝勁就跳了進來，當然也虧了不少錢。」

就算是現在，《神秘世界》還是在損益兩平的邊緣遊走。雖然王定謙沒辦法看見公司的財務報表，無法掌握確實的情況，但憑他的了解，現在的雜誌社也絕對稱不上是賺錢，如果哪天出了點狀況，支票軋不過來，突然就倒了也說不定。

雜誌社已經營運兩年，狀況都還是如此嚴竣，更不用提當初剛開辦時的情況了。就算何立昇不明言虧損金額，王定謙也可以理解。

「那時不斷的嘗試錯誤，知道雜誌最終還是要靠廣告。雖然也不是沒有光靠銷量就能經營的雜誌，但那畢竟還是少數，大多數的雜誌收入都是來自廣告的。我終於了解這一點之後，開始找一些朋友，想請他們介紹廣告業務的人才。」

「所以才找到高經理？」

「嗯，中間是花了不少時間，那就不提了。剛好高經理原本待的雜誌社關門，他不得不換工作，所以透過傅社長的介紹，我和他見了面。」

「我聽他說過，他以前也是在雜誌社工作。」

「嗯，你也是啊。」

「哈哈。」

王定謙乾笑幾聲，他不太願意去回想過去的日子。當時他過得很痛苦，也才會選擇離開。

「我只是聽他稍微提過，並不知道詳情。那是什麼雜誌？」

「那是運動類型的雜誌。」

「運動？棒球或籃球雜誌？」

「不是，是各種運動都會介紹的樣子。我沒看過，因爲認識他的時候，雜誌社已經倒了，市面上買不到，我也沒熱心到去找出那本雜誌來看。聽他說是任何運動都會報導的雜誌。」

「結果倒了？運動類型的廣告應該不少才對。」

「好像是因爲競爭對手很多，運動類型的雜誌不少。但是他們的雜誌內容是所有運動都會介紹，要專精是比不過別人，要廣泛又不夠深入，廣告客戶總是興趣缺缺。至於詳細情況如何，因爲是別人的家務事，我也沒有太去追究，總之就這樣和高經理牽上線，談了一下覺得還不錯，就請他來幫忙了。」

「那是多久以前的事了？」

「多久嗎？他是幾月來的？好像是剛過完農曆年的樣子，所以應該是三月吧。那也超過一年半了？時間過得好快，他眞的幫了不少忙。」

的確，在高德忠的勤跑業務下，雜誌社的廣告量開始有所成長。雖然沒辦法讓雜誌社賺大錢，但至少能維持現在的規模。

「我很難相信他過去竟然是詐騙集團……」

王定謙覺得很難過，他很不願意相信。

「應該是在他的上一個工作之前吧，我也不知道這件事，唉。」

講到這裡，何立昇的表情也暗淡了下來。

照這種情況看來，從何立昇這裡似乎沒辦法得到太多線索。王定謙原本期望高德忠和何立昇之間是舊識，有著多年的交情，那就有機會從他的口中得知高德忠的過去。

但是現在看來，他們是因爲雜誌社的關係才有交集，就和王定謙一樣只是主雇關係。如果只是這樣，似乎是沒什麼機會可以再追查下去。

兩人又開始吃著午餐，王定謙的腦中則是繼續思考，如果從何立昇這裡得不到線索，那麼接下來還有哪裡可以調查？

王定謙對於高德忠的私生活完全不了解，也不知道他有哪些比較要好的朋友。就算他打開高德忠的電腦，查看Email的通訊錄，他也不知道哪些人和高德忠有私交，哪些人只是工作上的往來。儘管王定謙是高德忠的下屬，他也不可能知道在工作上和高德忠有過接觸的所有人。

而就算他能夠從中找出高德忠的朋友好了，他也不知道該怎麼開口詢問。高德忠是殺人犯，這是已經定案的事實，王定謙其實沒有理由繼續調查。殺人小說只是疑惑的起點，並不代表就能因此翻案，他很清楚這一點。

王定謙不是調查員，他是個作家兼業務，這時他更清楚感受到自己的身分。非專業的調查員，想要調查一個人的資料，還眞不是件容易的事。

這一天下午，他外出拜訪客戶，四點多回公司。只不過高德忠的事情始終在他的腦海中，他沒有放棄，不斷思考下一步該怎麼走。

然後，到了晚上，王定謙回到家裡。

他想到，何立昇說過，高德忠是傅友恆介紹的。在現在幾乎沒有線索可查的情況下，傅友恆這一條線是不能放過的。

傅友恆，洪荒出版社的社長兼發行人，是《神秘世界》雜誌社的廣告客戶。洪荒出版社的書籍種類繁多，其中有幾個書系是專門介紹不可思議的超自然現象，和《神秘世界》的主旨相同，所以每期都會在雜誌上刊登一兩頁的廣告。

王定謙當然認識傅友恆，每個月的雜誌出版時，他都會帶個幾本去洪荒出版社，和傅友恆及出版社的員工聊聊，早就非常熟悉了。

不過王定謙覺得，在去找傅友恆之前，還是應該再多問問何立昇才對。再怎麼說，傅友恆也只是介紹工作的人，何立昇才是高德忠的老闆，而且兩人也共事了超過一年半，就算一時之間想不起來，但如果看見殺人小說，或許會想起什麼線索也說不定。

就這麼做，明天先找何立昇，告訴他這件事吧。王定謙開始想著，明天應該怎麼開口比較好。

星期三早上九點半，王定謙來到社裡。他打開大門，走進辦公室，裡頭空蕩蕩的，不過何立昇已經到了。

雜誌社的人習慣比較晚下班，所以早上也通常比較晚到，十點之後才陸陸續續有人進來。因爲不需要打卡，很自然就形成了這樣的上下班時間。

不過何立昇一向都是最早到的，因為他也只有在早上才比較有時間可以待在社內處理事務。下午以後要不是和客戶談事情，不然就是跑印刷廠，通常都很忙碌，不一定會待在社內。

何立昇發現王定謙走近，微笑地朝著他打招呼。

「早啊。」

「早。」

「吃過早餐了嗎？」

「還沒，等一下吃。」

何立昇點點頭，又低頭繼續看他桌上的報紙。

走到自己的桌前，王定謙將早餐放在桌上，稍微思考片刻，然後轉身對著何立昇說道：「社長，關於高經理……」

何立昇抬起頭，表情裡似乎摻雜了一些疑惑。

「怎麼了嗎？」

「我記得高經理的父母親住在高雄，還有一個哥哥，是嗎？」

「我想想。」他用手摸摸頭，然後回答：「對，應該沒錯。」

雜誌社的人並沒有去參加高德忠的告別式，甚至連是否有舉辦告別式都不清楚。何立昇當時想送高德忠最後一程，所以特地打電話與高德忠的家人聯絡，打算至少去上個香。不過或許因為高德忠是殺人犯的關係，他的家人不太願意被別人知道這件事，也不希望有外人參與，只想默默辦完後事，所以婉拒了何立昇的好意。

「原來如此。社長那時和他們聯絡過吧？我記得好像是要去上香？結果後來沒去？」

「是啊，他們不希望別人去打擾吧，所以就拒絕了。」

「那時他們有沒有對社長說些什麼？」

「等一下，小王，你怎麼突然對高經理的事情這麼熱衷？」

何立昇的反應可以理解，對於已經過世三個月的高德忠，王定謙突然的追問顯得相當突兀。

「其實是這樣的，我對高經理那件事有點疑惑。」

王定謙決定把殺人小說的事情告訴何立昇。

「我前天整理高經理的電腦，發現一份奇怪的文件。」

「奇怪的文件？」

「在這裡。」

他走向角落的桌子，打開那台電腦。何立昇站起身，跟著走了過來。

在等待開機的時間，兩人沒有交談，只是等著電腦完成開機程序。王定謙也知道，這時的氣氛相當沉重。何立昇或許也感覺到，接下來可能會看見出乎他意料的事情，所以沒有出聲，只是等著王定謙繼續他的動作。

開機完成，王定謙很快地打開那篇小說，然後何立昇坐下來開始閱讀。

他沒有花多少時間就看完了，臉上的表情有些驚訝。

「這是怎麼回事？這篇是什麼小說？」

王定謙將自己發現小說的經過告訴何立昇。

「你懷疑高經理的死，和這篇小說有關？」

「從時間和內容看來，還滿容易讓人有所聯想的。」

「的確是。所以你想重新調查高經理的事件？」

「嗯。小說是誰寫的？為什麼會在高經理的電腦裡？小說的內容是什麼意思？和高經理殺人的事件有關嗎？突然出現很多問題，我覺得很在意，沒辦法完全放下不理。」

「但這畢竟只是小說，不是嗎？沒有任何證據證明這和事件有關。」

何立昇的語氣相當嚴肅。

「是沒錯……」

「既然如此，那並沒有必須重新調查的理由吧。如果今天發現了某樣證據，可以清楚的指出高經理的事件有疑點，那我還可以理解。但是只有這份小說還不夠，或許兩者根本毫無關係，你沒辦法否認巧合的可能性。儘管如此，你還是想要調查，甚至想要知道他的過去。我不是很能理解，所以你可以告訴我，爲什麼要調查這個事件嗎？」

看著何立昇，王定謙思考著如何回答。

「再怎麼說，高經理都已經死了，這是在挖掘他的隱私。就算他過去是詐騙集團，但是隨便探查別人的秘密，我覺得還是不太好。所以我想聽聽看，究竟爲什麼你會想要繼續調查？」

王定謙很明白何立昇的想法，這也是他一直在問自己的問題。

「社長，我來到雜誌社，已經一年多了。」

何立昇點點頭。

「雖然我過去的工作中，是有著業務的經驗，但來到這裡，我從一開始就打算從頭來過。就像社長知道的，我想當一名作家，也一直在這方面努力。而業務方面的客戶，和過去的範圍沒有太大的交集，我必須重新學習。高經理雖然知道我想當作家，但他還是幫了我很多忙。」

王定謙緩緩說道：「他帶我去認識老客戶，告訴我該怎麼開發新客戶，他讓我跟著他去拜訪，讓我學習他的工作方式。他完全沒有藏私，就像是老師教導學生一樣，一步一步地帶我進入狀況。」

王定謙回想起過去，高德忠和他在餐廳裡與客戶應酬時的情景。他們帶著好幾本雜誌，和客戶吃飯喝酒，然後介紹自己雜誌的特點與讀者層的分布情形，使出渾身解數就只爲了拿到一紙廣告合約。

另外，有時候在每個月的發薪日時，高德忠也會找他出去喝酒。他說，他從入社會以來，就一直是在五號領薪水，他平常不喝酒，只有在這一天會去喝杯小酒，算是發洩一下自己的壓力，也慰勞過去一個月的辛勞。於是王定謙也和高德忠喝了幾次，總是聊得非常愉快。

高德忠是帶領與教導他工作的恩人，他沒辦法忘記，就算高德忠是殺人兇手也一樣。

「他曾經是詐騙集團，然後又成了殺人犯……在一般的道德標準，他是個壞人。但是在和他的相處過程中，他又完全不像是會做出傷天害理的事的人，我無法這麼容易地把『壞人』的標籤貼在他身上，這讓我覺得非常矛盾。」

「我了解你的心情，因爲我也是一樣。」

「但是現在情況變得不一樣了。」

「因爲這篇小說的關係？」

何立昇用手指輕輕敲著桌子。

「對。不管小說內容代表的是什麼意義，都可以合理推測，這篇小說和高經理的事件應該有著一些關係。」

「不行，這麼推測太過武斷，不能因爲他的電腦裡有這篇小說，而且文件的時間剛好早於事件的時間，就斷定這份文件有著意義。」

「社長說得沒錯，我可能不應該用『推測』這個詞吧。」

「你的意思是？」

「應該說，如果這份文件和高經理的死亡有關，那怎麼辦？這只是我的猜想，也是我的疑惑，可能不合理，但是卻讓我非常在意。」

「是嗎？」

何立昇盯著王定謙，沒有給予任何判斷。

王定謙決定將想說的話都說出來。

「有一個人，他寄了這篇小說給高經理。之後高經理殺了過去的夥伴，然後自殺。現在的情況是如此，但是如果那個身分不明的人和事件有關的話呢？如果事件的眞實情況，就和小說內容一樣的話呢？」

「小王，這只是你的猜想，全部都是假設。」

「沒錯，但如果高經理是被人殺害，然後再被眞正的犯人僞裝成殺人兇手的話呢？我沒辦法不去考慮這種可能性。」

「就算眞的是如此，你打算怎麼做？」

「我想查清楚眞相。」王定謙斬釘截鐵地說道。

「高經理過去曾是詐騙集團，這點無庸置疑，沒必要爲他脫罪。但如果在殺人事件中，他是被害者，卻被僞裝成是兇手，我希望能夠還他一個清白，只是這樣而已。」

「如果是這樣，你想將眞相公開，告訴社會大眾？」

「我不是名人，沒有這種能力，但如果可能的話，就算只是報紙上的一個小角落也好，至少將眞相傳達出去。至少在有人說高經理是殺人兇手時，我可以爲他辯護，說他曾經做過壞事，但是已經改過自新，他是被害者，沒有殺人，他不是殺人犯。」

王定謙直視著何立昇，語氣相當堅定。

「你要知道，高經理不是兇手，而是被陷害的，這只是你的猜想，不知道是不是眞相。」何立昇說道。

「是。」

「不能用這種先入爲主的既定印象去做調查，你要查的是眞相，而不是符合你想像的眞相，了解嗎？」

「我知道。」

「查到最後，或許高經理眞的就是兇手，你也必須接受，不能扭曲事實。」

「是。」

「我知道你的決心了。好，我會幫你的。」

「眞的嗎？」

「喂喂喂，再怎麼說，我和他相處的時間，都還是比你長吧。」何立昇笑著說。

「啊，說得也是。」

「他是不是被殺的，這我不知道，但我也和你一樣，不希望他是兇手。既然現在有疑點，那說不定可以查出眞相。我希望知道眞相，所以我也會出一份力。」

「謝謝社長。」

「那麼你要我幫什麼忙？」

「不，我也還不知道，只是社長和高經理相處的時間比我久，在看過這篇小說之後，說不定會想起一些事情。所以我才想，先讓社長看殺人小說，就算一時間想不起什麼，但或許將來有可能會想到線索吧。」

「原來如此。現在我的確沒記起什麼有用的線索，不過我會儘量想想，是不是曾經聽過和小說有關的事。那接下來你打算怎麼做？」

「社長昨天說過，高經理是傅友恆社長介紹的吧。」

「對。你想去找他？」

「嗯。傅社長可能知道高經理在進入我們雜誌社之前的一些事情吧，我想去問他。」

「你要給他看這篇小說嗎？不太好吧。」

「嗯，我會當成閒聊，不會把殺人小說的事情說出來。」

「那就好。」

這時，雜誌社的大門被打了開來，總編莊漢倫走了進來。

「早啊，你們眞早到。」

「早。」

何立昇沒有多說，只是看了王定謙一眼，就走回自己的座位。而王定謙趕忙將高德忠的電腦關機，也回到座位。

他的工作一直相當繁重，上班時間當然得繼續工作，所以他暫時先將高德忠的事拋在一旁，吃早餐的同時也在整理資料。

時間很快到了下午。

王定謙帶了幾本當期的雜誌，向業務經理劉弘文打了聲招呼，外出拜訪客戶。當然，他的首要目標，就是洪荒出版社的傅友恆。

8

洪荒出版社在羅斯福路上，《神秘世界》雜誌社則是在松江路，距離並不遠。

王定謙走出雜誌社的大門，騎車往洪荒出版社而去。

很快地來到熟悉的出版社，他覺得有點感慨。

這裡也是高德忠帶他來拜訪的客戶之一，現在想想，高德忠帶他去過的地方還眞的不少。

王定謙推開大門，走了進去。

傅友恆正巧就在大門旁，和出版社的員工說話。

「唷，是你啊小王，來來來，快進來。」

傅友恆一頭自然捲的短髮，長相很具喜感，看到人時常常一臉大大的笑容，總是讓王定謙覺得非常親切。

王定謙打了個招呼，走進室內，在接待室的沙發上坐了下來。

洪荒出版社是一間小出版社，儘管他們的出版品也不少，但畢竟還是不能和大出版集團相比。辦公室的規模當然也不大，只有四十多坪的空間，就擠進了所有出版社所需的人力與資源。王定謙初來此地時，就覺得和《神秘世界》雜誌社有種相同的氛圍，一直到現在還是沒有改變。

一直以來，洪荒出版社走的就是平價路線，每一本書的頁數也不厚，大都是屬於能讓讀者輕鬆讀完的書籍。

傅友恆遞給王定謙一杯水，然後自己也坐了下來。

「社長，這是我們這一期的雜誌。」

他從公事包裡拿出三本雜誌，放在桌上。

傅友恆只是點點頭，並沒有伸手去拿。

「對了，社長。」

「啊？什麼事？」

「聽說高經理是社長介紹給我們雜誌社的。」

一聽到高經理這三個字，傅友恆的臉色頓時變得有點陰暗。

這也難怪，王定謙心想。再怎麼說，高德忠都是殺人犯。

「是啊。怎麼了？」

「沒有啦，因爲前幾天在整理高經理過去使用的電腦，所以和我們社長聊了一下。」

「喔，原來是這樣。唉，我沒想到他竟然有那樣的過去，眞是人不可貌相啊。」

關於自己介紹了一名殺人犯，而且過去還是詐騙集團，傅友恆似乎感到相當遺憾。

「這也沒辦法，誰會知道過去發生過那些事。而且高經理應該也是打算改過自新，才會好好地在雜誌社裡工作的。」

「但他最後死時還是一名殺人犯，唉……」

趕快改變話題好了，王定謙心想。

「社長以前就認識高經理嗎？」

「喔，是在他失業的時候認識的，也是朋友介紹啦。那個朋友姓張，我都叫他小張，我記得是有一次和小張喝酒的時候，剛好高德忠也在，就這樣認識了。小張有時候會在領薪水的時候來找我吃飯，上班族嘛，總是發薪的時候最有錢。不過我也不太記得是在哪裡了，已經好多年了。」

「啊，高經理也是一樣，所以看來他們從以前就習慣在發薪日去喝酒了。」

「對對對，小張也是這麼說。那一次也是這樣，小張有工作，高德忠剛失業，不過還是在小張五號領薪水的時候一起去喝一杯。」

「高經理的前一個工作，聽說是在運動雜誌？」

「對，好像叫什麼……什麼全球體育之類的，我已經忘了。」

「我也不知道叫什麼名字，只知道後來就關門了。」

「對，雜誌業不好做啊，你也知道吧。」

王定謙點點頭，他自己當然很清楚。

「倒了也沒辦法，只好另外找工作。他好像是到處拜託認識的人介紹吧，那時候剛好你們社長在找人，我就順水推舟，介紹了過去。他們談些什麼，詳情我就不清楚了，只知道後來他就到你們那裡去上班。」

「洪荒出版社和我們雜誌社的關係，是在那之前就有合作了吧。」

「是啊，從創刊沒多久就一直都有刊廣告。」

「眞是感謝社長。」

「哈哈哈，別這麼說。」

「說到高經理，其實我眞的很不能相信他會殺人。」

「人不可貌相嘛，每個殺人犯的家人不都是這麼想的。每個人都說自己的小孩子很乖，不會做這種事，其實全世界只有他們自己這麼想。」

洪荒出版社也出過一些有關犯罪實錄之類的書籍，傅友恆必然相當熟悉這方面的事情。

「是啊。聽說他殺的那個人，過去也是詐騙集團的一分子。」

「好像是吧，不過那個人我就不認識了。」

「嗯，高經理也不可能將那個人介紹給社長。」

「對啊。說到這個……」

傅友恆偏過頭看向旁邊，好像在思考什麼。

「怎麼了嗎？」

「當初報紙上是怎麼寫的？就是關於高德忠殺人的動機？」

「好像是他被那個人勒索的樣子，聽說高經理每個月都要固定給他幾萬元。」

傅友恆點頭，然後說道：

「其實我都快忘了，現在講講我才想起來。我記得在他死前的那陣子，好像很缺錢的樣子。」

「缺錢？」

王定謙倒是從來沒聽過。

「嗯。他問我有沒有什麼地方可以賺外快，說是最近打算買房子，有點缺錢。我那時候不知道他被人勒索，還以為他眞的想買房子，所以也在幫他注意看看有沒有什麼賺錢的機會。後來過沒多久，就發生那件事了。」

缺錢？

王定謙無法判斷，這算不算是新的線索。

是黃世良突然獅子大開口嗎？

還是高德忠一直付錢，最後終於負擔不了？

「不過老實說，我和高經理雖然是同一個部門，在工作上合作得也很愉快，但卻也還眞不清楚他的私生活是什麼情況。」

「是啊，我也是。說眞的，誰不是這樣呢？就算每天上班時都會見面，交情不錯，但是下班以後還會交流的同事可就少之又少，更不用說是辭職以後的前公司同事了。」

「的確是這樣。對了，社長，你有沒有聽過，高經理曾經和偵探接觸過的事？」

「偵探？你是說徵信社那種調查事件的偵探？」

「是的。」

對於殺人小說裡的偵探，王定謙一直感到非常疑惑。

小說裡描寫的是不是事實，他不知道，是否眞的是殺人預告，他也不清楚。但是如果小說具有一定程度的眞實性，那麼是不是表示在現實生活中，高德忠也曾經與徵信社的偵探有所接觸？

如果眞是如此，高德忠的生活中曾經出現過偵探，那麼或許也就代表，小說內容不見得完全都是虛構的吧。

王定謙想要弄清楚這一點，所以趁著這個機會，他詢問傅友恆。

傅友恆想了一下，用不是很確定的語氣回答：

「沒什麼印象。怎麼了嗎？怎麼會突然問起這個問題？」

「啊，不，因爲我在高經理的電腦裡發現了一些有關徵信社和偵探的資料，有點好奇，所以才問一下而已。」

他不打算說出發現殺人小說，但也不願意胡謅不存在的事情，所以只好含糊帶過。

「原來是這樣啊。」

畢竟這個問題有點突兀，王定謙怕傅友恆會因此起疑，若是再追問下去，他可就不知該怎麼回答，所以決定趕快結束話題。

「社長，非常謝謝你。不好意思，突然提起這件事。」王定謙點頭道謝。

「哈哈哈，沒關係。」

「我還有點事情要忙，我就先走了。」

「喔，好啊，下次有空再過來泡茶。」傅友恆笑著說。

王定謙不確定這樣算不算是有收穫，也不知是否與事件相關，不過至少對高德忠的過去多少有了一點認識。

回去向社長報告吧。王定謙走出大門，然後騎車往雜誌社的方向前進。

9

回到雜誌社，王定謙打算向何立昇報告剛剛所獲得的情報。

但是何立昇並不在座位上，王定謙環顧四周，都沒看到何立昇的身影，看來應該是不在雜誌社內，外出談事情了吧。

沒辦法，只好明天再報告。

王定謙回到自己的座位，思考剛剛所聽到的事。

雖然聽說了高德忠與傅友恆認識的經過，但他覺得似乎沒有什麼太大的幫助。

倒是傅友恆提到，在高德忠死前，好像很缺錢，這點反而更加證實了高德忠的確有動機去殺害黃世良。

看來警方的判斷沒有錯，高德忠應該是不堪勒索才痛下殺手的。

至於下一步該怎麼做，王定謙現在還不是很確定。

他腦中只有模糊的想法，所以他拿出紙筆，打算將事情寫下來再思考。

首先，是黃世良。王定謙在紙上寫下「黃世良」三個字，然後畫了好幾個圈。

關於黃世良，除了知道他與高德忠都是詐騙集團，每個月都會從高德忠手上拿到錢之外，目前還沒有其他線索。如果想要重新調查這個事件，那就必須多加了解這個人才行。

他是什麼樣的人？在離開詐騙集團之後，過的是什麼生活？王定謙只知道他整天遊手好閒，其他完全不清楚，也許從被害者開始調查，會得到一些新的線索也不一定。

王定謙在紙上寫下「高德忠」，然後與「黃世良」之間畫上幾條直線。

高德忠與黃世良在詐騙集團的時候，涉及過哪些案件，也是可以調查的重點。

他們之間的關係，除了威脅與勒索之外，是否還有別的事件存在其中，王定謙也覺得可能會是有用的線索。

不過說到調查，王定謙是門外漢，他其實不太清楚應該怎麼做。他有朋友在徵信社工作，不過不算是非常熟識，只是因為幫過對方一些忙，所以過去曾經請他幫忙調查事情。像幾個月前王定謙曾經遇到過幽靈機車與汽車的事件，那時他就請徵信社的朋友幫忙蒐集資料。

只是對方的工作很忙，總是四處奔波，王定謙不好意思一直找他。上次還可以厚臉皮請對方賣個人情，但是總不能一直打擾別人。更何況浪費時間又白做工的事，他也不見得會答應。如果要付費，又不是一筆小數目，王定謙沒有閒錢可以付。

更重要的是，殺人小說只是一個疑點，王定謙其實根本就不能確定，它在事件中究竟扮演著什麼角色。

說不定就像何立昇社長說的，一切都只是巧合而已，那當然查不出個所以然。所以王定謙並不打算要找私家偵探來調查。

不過說到偵探……王定謙想起方揚。他常常借助方揚的智慧，或許方揚能夠給他一點意見。也許等情報蒐集告一段落，如果還是沒有進展的話，再去找方揚好了。

第二天，王定謙也是一早就到了雜誌社。

同樣的，雜誌社裡也只有何立昇社長在。

王定謙看到何立昇坐在位子上，直接過去打招呼。

「社長早。」

「早啊。你昨天去找傅社長了吧，有沒有什麼消息？」

「有聽到一些事，不過好像沒有太大的幫助。」

於是王定謙將昨天聽到的事，整理過後告訴何立昇。

王定謙在昨天要離開前詢問了傅友恆，高德忠是否曾經提過徵信社或是偵探的事。他覺得也應該向何立昇問這個問題，說不定可以得到一些線索。

不過王定謙還來不及開口，何立昇已經先說道：「原來如此。不過老實說，小王，這件事看來也不需要再追查下去了。」

「咦？社長，你的意思是？」

「我昨天晚上想到一件事，和那篇小說有關。」

「喔？是什麼事？」

「我以前聽過那篇小說，是高經理告訴我的。」

「咦？以前聽過？」王定謙非常驚訝。

「對，應該就是在他發生事情之前沒多久。不過當初他只是稍微提起，也只講了那麼一次，所以我就沒特別記下來。可能是因爲昨天早上看見小說的關係，潛意識裡一直在回想吧，到晚上我才突然想起來，他曾經跟我談過這件事。」

「這是怎麼回事？」王定謙急忙地問。

「不，其實沒什麼重要的。就是在高經理發生事情之前，大概是那件事的幾個星期前吧，正確時間我忘了。總之他向我提起，說他的朋友有一篇小說，希望能夠刊登在我們雜誌上。」

「什麼？小說？」

何立昇點頭。

「沒錯，他說的就是小說。」

「他的朋友寫了一篇小說？而且希望刊登？」

「他是那麼說的。我其實沒有放在心上，因爲我們雜誌也常會刊登小說，有人投稿並不意外。那時他沒有說是什麼類型，我以爲只是常見的恐怖小說，再加上編務都是總編在處理，我很少插手，所以沒特別過問，覺得交給總編去處理就好。我以爲他只是隨口跟我聊聊，之後會跟總編討論，那時又忙，聽過就算了。後來他也沒再提起，要不是看了那篇小說，我還眞想不起來曾經有過這件事。」

「這麼說來，那不就和事件無關了嗎？」

「我覺得應該是無關吧。」

「但是可以確定高經理指的就是我在電腦裡發現的那一篇嗎？」

「嗯，我想沒錯，因爲他說檔名叫做『殺人小說』。」

「什麼？眞的嗎？」

「沒錯。他告訴我，朋友已經給了他電腦檔案，他還沒看，打算印出來以後再看，所以先複製到電腦裡，也因此知道檔名。他家裡好像沒有電腦，是嗎？」

「對，所以如果是拿到檔案，他就只能放在公司的電腦裡了。」

「所以我想，不但時間點很接近，連檔名都一樣，你發現的應該就是他朋友寫的那篇。除非這是他從其他管道拿到的別篇殺人小說，雖然不是不可能，但是太過巧合，機會應該不高才對。」

「說得也是。我再查一下高經理的電腦，看看裡頭還有沒有其他小說。」

王定謙走到電腦前，按下開機的按鈕。

他先用搜尋的功能，找出副檔名是txt與doc的檔案，也就是可能存放文字的檔案，然後一篇一篇打開來看。

因爲要花不少時間，何立昇並沒有待在他旁邊，拍了拍他的肩頭，然後就回去自己的座位。

花了一段時間，王定謙檢查完所有的文字檔案。爲了怕有遺漏，他把所有的目錄都打開來看，結果並沒有任何發現。

雖然他不可能將所有的檔案都打開來看，畢竟副檔名是可以自由命名的，不見得必須遵循文字檔的既定副檔名，但王定謙覺得，高德忠應該沒有必要特別將檔案改名。如果那只是朋友寄來投稿的小說，那麼直接放在電腦裡也就好了，沒有隱藏的必要。

事實上，那份殺人小說也就是直接放在電腦中，並沒有任何掩飾。

王定謙走到何立昇的座位前，向他報告。

「社長，沒看見其他像是小說的檔案。」

「是嗎？看來果然還是這一份了。」

「應該是吧。」

「至少目前知道小說的由來了，既然那是他朋友寫的，那應該不會是兇手吧。」

「嗯……所以說是巧合嗎？與事件無關？」

「也許吧。」

何立昇說道：「就算小說內容會讓人連結到高經理的殺人事件，但是眞要說起來，兩者畢竟還是不同的。小說裡是偵探打算殺死委託人，高經理則是殺人後自殺，無論兩者看來多麼有可能相關，但至少最後呈現的結果都是不同的。」

「是，我了解。」

坦白說，王定謙有點失望，畢竟他都已經花了時間下去追查，而且殺人小說與事件的關聯，也還是讓他覺得很在意。

或許只是他想太多了吧。王定謙這麼安慰自己。

「老實說，高經理一直爲錢所困，如果他因爲受不了而自殺，雖然很遺憾，但我覺得可以理解。」

何立昇說道。

「嗯，高經理長期以來，都被他殺害的黃世良勒索，的確是很辛苦。」

「你說得沒錯，不過其實不只這件事。」

「咦？社長的意思是說，高經理除了被勒索之外，還有其他的負債嗎？」

何立昇點頭。

「對。他曾經開過餐廳，但是失敗，結果讓他揹上了負債。我不知道詳細的數字，只知道至少有好幾百萬。」

「什麼？有這回事？」

王定謙非常訝異，他從來不知道高德忠曾經開過餐廳。

「從他告訴我的時間來推算的話，那應該是在他進入詐騙集團之前。他會加入詐騙集團，大概就是爲了要還那筆債的關係吧。」

「原來如此……那後來還清了嗎？」

「我有問過，他是說在慢慢還錢，不過還能負擔，至少不會影響到生活。我沒有問得很深入，也只是告訴他，有需要我幫忙的話儘量開口。」

「嗯，原來還有這麼一段。」

「小王，不只這樣。」

「咦？不只這樣？他還有其他的負債？」

「這也是我無意間得知的。唉，他的確過得很辛苦，當然還是不應該殺人，他做了錯誤的選擇。」

「社長，那是怎麼一回事？」

「就是高經理無故缺勤，然後警察找上門的時候。我從警察口中得知高經理出事，而他們也問了我一些問題，主要是在他的財務狀況上。」

「警察在調查高經理的負債情況？因爲他們覺得那就是高經理殺人的動機？」

「應該是。我不知道高經理被黃世良勒索，不過我說出他曾經開過餐廳，但是倒閉，所以欠了不少錢。其實那時候，我感覺警方應該就是鎖定在他的金錢問題吧，所以從我的話中，他們又再度確認高經理的確有著不少負債。因爲我也想趁機多了解狀況，所以就和他們聊了一陣子，也順便問是不是眞的自殺。然後，我從其中一名員警口中，聽到一件我不知道的事。」

「咦？是什麼事？」

「聽說就在發生殺人事件的那天下午，高經理的哥哥，曾經打過電話給他。」

「喔？是這樣嗎？怎麼會提到這件事？」

「因爲那通電話也和錢有關，而且從時間上看來，應該就發生在高經理自殺之前沒多久的時間。也就是說，很可能是高經理在犯罪現場的時候，接到那通電話。」

「那電話裡頭說了什麼？」

「聽說是他的父母親過去向朋友借錢，現在朋友來討債了，可是他們家的家境並不好，還不出來，所以只好找高經理。」

「這……唉，眞是倒楣，怎麼所有的事情都擠在一起發生？那總共需要多少錢？社長知道嗎？」

「好像超過三百萬吧，也是一筆不小的金額。」

「超過三百萬？」

對一個已經被錢壓得喘不過氣的人來說，突然又出現這麼一筆負債，眞是天大的打擊吧，怎麼可能承受得了？

「他哥哥告訴警察，他們跟別人借錢借了不少次，只是高經理一直都在北部，不清楚家裡到底欠了多少。後來他們把債務都算清楚了，打電話告訴他是多少錢，卻沒想到正好是在那一天。」

「唉……」

王定謙只能嘆氣。他從來不知道，原來高經理身上所揹的重擔，遠比他想像要來得大。

「我覺得沒有必要說這些事，所以也就一直沒有告訴你們。其實我可以理解他會自殺的動機，畢竟這樣長期被錢壓下來，遲早都會受不了的，而且警方也是這麼想的，所以我過去一直都沒有對他的死因有所懷疑。」

「原來如此。」

「那篇殺人小說，應該就只是個巧合吧。既然那是他的朋友寫的，看來也就只是一般的小說而已，不至於和他發生的事件有什麼關係。」

「是，應該是我想太多了。」王定謙有點灰心地說道。

何立昇看見他這個樣子，便拍拍他的肩膀。

「別太在意了，總之沒事就好。」

「嗯。」

既然如此，也沒有必要再繼續調查殺人小說與高德忠的過去了。

王定謙將這件事完全拋諸腦後，繼續忙於他的工作，好一段時間不再想起。

這時，他還不知道，殺人小說竟在意想不到的地方，與另一個事件發生交集。

10

十一月十六日，星期六，深夜十一點。

螢幕裡的電腦桌面跳出MSN Messenger的對話視窗，是王定謙。

方揚很快的打開視窗，想看看裡頭寫些什麼。

最近方揚正在進行的專案已經告一段落，不再那麼忙碌。這天晚上，他開啓可以收聽網路廣播的軟體，隨意選了一個爵士樂的網站，喇叭裡隨即傳出悠閒的樂曲，很適合深夜的氣氛。他不知道這是誰演奏的什麼曲子，只是拿來當做背景音樂。

他坐在電腦前讀書，讀的是與古代文明有關的書。現在比較有空了，他不想再看和電腦有關的東西，於是隨手找了一本出來，隨意翻閱。

然後，他不經意地看向電腦螢幕，發現王定謙傳來訊息，於是打開來看。

方揚在過去的一個事件中認識王定謙，之後便持續保持連絡。王定謙後來進入《神秘世界》雜誌社，原本只是業務，現在則同時在雜誌上撰寫專欄。由於他的專欄主題剛好符合方揚的興趣，於是在他蒐集資料的時候，常常會來詢問方揚的意見。

這次也是，王定謙說他正在研究下一期的專欄主題，有點不清楚的地方，剛好看見方揚在線上，於是詢問他的意見。

王定謙這次打算探討的，是皮瑞．雷斯地圖。

皮瑞．雷斯是鄂圖曼帝國的海軍上將，他在西元一五一三年時繪製了這張地圖。問題在於，這張古地圖中，在南美洲的下方，似乎描繪出南極洲的輪廓，而且看來相當精確。但是南極洲在十九世紀才被發現，以常理推論，地圖不可能畫出還沒被發現的地方。更重要的是，南極洲在那時早已被冰封，船隻無法延著南極大陸的周圍航行，當然不可能得知其輪廓。以當時的科技，應該沒有辦法可以畫出這樣的地圖。

事實上，這張地圖並不是皮瑞．雷斯自己實地探堪後的成果，他參考過去流傳下來的古代資料，而這些資料又參考了更古老的資料。由於地圖對於南極洲海岸線的精確描繪，可以合理假設，那是在南極洲尚未冰凍之前，實際觀測了無冰的海岸之後才畫出來的。而南極洲最後的冰封時間，大約落在西元前四千年左右，因此有人推論，在當時有一個具有高度航海技術的古代文明，他們留下了這些資料，只是後來因不明原因而消失，也因而不為現代人所知。

懷疑論者也有他們的觀點，認為這是可以得到解釋的。有些人相信那並不是南極洲的輪廓，而是南美洲。因為這樣的誤認才出現爭辯，既然地圖無關南極大陸，那麼神秘古代文明的信仰者所有的主張都是錯誤的。

方揚並不偏向任何一方，他研究歷史謎團，並不是為了想要承認或是否定那些主張。對他而言，更有意思的地方在於，謎團是什麼，肯定者所提出的解釋為何，否定者所提出的辯駁為何。事實上，歷史謎團通常沒有辦法得到真正的解答，每一個解釋所代表的，都只是可能性而已。看著正反雙方如何立證，如何主張自己的觀點，如何推翻對方的反駁，這種逐漸剖析謎團的過程，才是他最感興趣的地方。

方揚回想關於皮瑞・雷斯地圖的相關知識，很快做出回應，然後查了幾個相關資料的網址，傳過去給王定謙，讓他可以繼續研究。

因爲有好一陣子沒和王定謙連絡，不知道他的近況，於是方揚隨口問了一下。他其實並沒有預期王定謙會發生什麼特別的情況，所以原本只是順便問問，卻沒想到王定謙竟然給了讓他意外的回應。

「其實是這樣的，」王定謙在MSN Messenger上寫著，「三個月前，我們雜誌社的高經理，發生了一些事……」

「喔？」

「不過說來話長，我打電話過去好了，方便嗎？」

「沒問題。」

電話鈴聲很快的響起，方揚立刻走到客廳，接起電話。正是王定謙打來的。他拿著電話，走回電腦前，坐了下來。

然後，王定謙將高德忠事件很簡短地敘述一遍。方揚以前並沒有聽王定謙說過這件事，對於他突然提起，感到有些好奇。

聽完後，方揚覺得相當意外，而且很自然地聯想到沈柏彥曾經告訴過他的那起偵探殺人事件。雖然同樣都是殺人後自殺，但或許只是巧合吧。方揚將疑問放在心中，並沒有提起，所以只是說道：

「是已經結案的案件吧。」

「對，不過前陣子，我整理高經理的電腦，發現了一份文件。」

「喔？」

王定謙說出殺人小說的內容，包括他剛開始時懷疑高德忠不是自殺，最後發現這篇小說其實只是高德忠的朋友交給他來投稿，和事件並沒有任何關聯。

「你們雜誌社曾經刊登過這樣的小說嗎？」

「不，沒有。」

方揚感到疑惑。偵探殺人小說的屬性並不適合《神秘世界》。小說裡描述的不是超常現象，與雜誌的主旨根本不搭軋，就算投稿來也沒有用處。在他的印象中，《神秘世界》裡刊登的除了報導與專欄，就是帶有超自然色彩的恐怖小說了，並不曾登過犯罪小說。

「不過在那之後，高經理就發生事情了，社長也沒有看過小說。」

方揚在意的地方是，如果單看高德忠事件，似乎沒有什麼問題，而殺人小說的出現也沒有造成太大的影響。

但是小說中卻出現了偵探這個角色，對方揚而言，這一點無法忽視。

因爲在沈柏彥提及的事件中，兇手就是偵探。

在方揚手上，很巧合地聚集了兩個案件。有著幾乎相同的事件發展，也都是已經結案的案件。除了殺人小說這個變數之外，兩者的發生時間也不同，相隔了兩年。高德忠事件發生時，偵探殺人事件裡的兇手早已死亡。

但是在「偵探」這一點上，卻讓方揚覺得相當在意。爲什麼出現的人剛好是偵探？爲什麼不是別的角色，剛好就是偵探？

方揚不是喜歡管閒事的人，並不完全是因爲他的工作忙碌的緣故。對於所謂的事件，特別是殺人事件，他原本就不會積極參與。因爲過去的經驗，他對於犯罪事件原本就是一直抱持著敬而遠之的態度。犯罪事件的黑暗，以及策劃與執行犯罪者的惡意，總是讓他感到非常厭惡。

儘管過去解決過不少事件，但是很少是他自己主動出面介入的，大都是他的朋友遇上謎團之後，再交給他去處理。他總是滿口抱怨，也常常連聽都不想聽就推掉。儘管如此，但是當充滿魅力的神秘事件出現在眼前時，他卻也無法視而不見，總是會發揮推理能力來解明眞相。

他的時間有限，更何況他本身還有軟體工程師的正職，並不是專業的私家偵探，他對於事件通常沒有太大的興趣。更重要的是，他不願意隨便踏入別人希望維持的領域，畢竟只要開始調查，就必然會對他人造成某種侵犯，方揚不覺得自己具有這種踩在別人頭上的權利。

儘管如此，這次的確勾起了他的好奇心。

一旦好奇心被挑起，他也就無法再專心於原本的書上了。既然是已經結案的案件，那麼和研究歷史謎團相比，好像也沒有太大的差別。至少該看完那篇殺人小說再做決定，或許眞的只是巧合吧。

「小王，可以把那篇小說寄給我看嗎？」

「咦？你對這個有興趣？還是你覺得有什麼問題？」

「只是好奇而已，我想看看小說的內容。」

「這樣啊。」

「可以寄給我看嗎？」

「好，既然當事人都不在了，我想沒什麼問題。等我一下，我找一下檔案。」

很快地，視窗中出現接收檔案的提示訊息。方揚按下確認，開始傳輸檔案。文字檔的檔案很小，很快就傳輸完畢。

「收到了。」

再寒喧幾句，兩人道別。

對了，那個偵探，叫做什麼名字？方揚突然想起這個問題。

只聊過一次，他並沒有記在腦中，所以也回想不起來。他只記得沈柏彥在桌上寫下那個偵探的名字，寫的是什麼字，現在已經完全沒有印象。

算了，先不管這件事。

方揚開啓檔案，開始看那篇殺人小說。

看完後，方揚感到驚訝，殺人小說中所描述的，與那名偵探的關聯性竟然相當的高。

首先，關於小說中的偵探社，是專門辦理殺人事件的，這一點和江氏偵探社非常相似。台灣應該沒有幾間徵信社是只受理重大犯罪事件，江氏偵探社有他獨特的成立背景，所以只接受這類的委託，而這項特色，居然也出現在小說中的偵探社。

然後，小說裡的人物雖然都沒有名字，只有特徵，但是從偵探的描述看來，卻與江氏偵探社的那名偵探的特徵相似。男性，四十歲左右，雖然是很模糊的特徵，但就是這麼剛好。

還有更重要的，小說中的偵探所提起的例子。老婦人被詐騙集團所騙，然後自殺，這和沈柏彥所說的根本就是完全相同。

眞的只是巧合嗎？

方揚可以理解王定謙的想法。倘若小說裡所寫的並非虛構，而是犯罪預告，那麼高德忠或許是被偵探所殺，再偽裝成自殺。這只是猜測，甚至可以說是幻想，除了小說剛好在高德忠的電腦中之外，並沒有任何證據顯示小說與事件是有關聯的。

從王定謙的角度看來，他無法再更進一步做出任何假設。但是方揚不同，他認識沈柏彥，沈柏彥也讓他得知那個事件的存在，兩者結合在一起，變成了無法忽視的問題。

假設小說裡描寫的，就是江氏偵探社的那名偵探？

如果那名偵探不是自殺，而是打算要殺死兩名委託人，結果反而被其中一人所殺。那個人將偵探偽裝成自殺後逃逸，然後不知為了什麼原因，根據事實寫下了這篇小說。

方揚知道這樣的想像是不切實際的，不過這樣的想像卻也相當自然，畢竟小說裡的情境與現實中的事件結合，就會造成這樣的聯想。

既然都已經來到眼前，不可能就這樣放著，就像過去一樣，方揚沒辦法坐視不管。

他需要更多的資料，所以關於這篇小說的存在，他有必要告訴沈柏彥。

方揚很快地撥了電話給沈柏彥，打算找時間和他見面。雖然已經快要十二點了，不過沈柏彥還沒睡，很快就接了電話。方揚沒有特別說明有什麼事，只是說有事要找他，沈柏彥也沒有多問，於是兩人約在明天下午，方揚家裡見面。

星期日下午，沈柏彥依約來到方揚家中。

沈柏彥穿著淺藍色襯衫與米色長褲，搭配深藍色外套。大學時，他就像大多數的同學一樣，也是不修邊幅，總是T恤加上普通牛仔褲，相當平凡。不過出社會之後，他變得開始注重外型，也願意下工夫去打理自己，所以看來總是相當體面。

方揚並沒有多說，只是將之前就已經印好的偵探殺人小說交給沈柏彥。他花了一點時間看完，看起來非常驚訝。

兩個相似的事件，很巧合地經由不同人物的傳達，來到方揚的手裡。

「就像是兩年前葉永杰殺人事件的翻版。在三個月前，又發生了一次。」

在沈柏彥一連串的問題之後，方揚說道。然後，方揚向沈柏彥說明了事件的概況。

沈柏彥沉默著，事件的發展必然完全出乎他的意料吧。

「你覺得怎麼樣？」

方揚問道，他想聽聽沈柏彥的意見。

沈柏彥看著小說，似乎在整理思緒，然後抬起頭對著方揚說：「嗯，我覺得很意外。」

「我想也是。」

「今年發生的事件，兇手叫做高德忠吧？那是在什麼時候？」

「今年八月四日。」

「和葉永杰的殺人事件相隔兩年了。」

「對。」

「雖然相差兩年，不過情況倒是非常雷同。廢棄的公寓裡，一個男人被槍殺，另一個則舉槍自盡。」

「的確，就像是同一齣戲，但是演員不同。」

「不過仔細想想，其實也就只是情況相似，並沒有證據證明兩者是有關聯的。」

「沒錯，只是情境相同而已，沒有足夠的線索可以進行推理。如果單從報上發現這兩個事件，大概很容易就當成是兩個類似的事件，覺得很巧合罷了，不會有後續的調查。」

「但卻不是如此。」

「最大的問題在於那篇小說，小說的內容提供了想像，似乎是補上了犯罪發生的經過，所以會讓人覺得事件的眞相並不像表面上看來單純。但是小說本身卻又只是某人的創作，與事件的相關可能根本就是零，完全只是巧合。」

「不管怎麼說，小說裡有三個人出現，其中一個還是偵探。這一來要說和偵探社沒關係，可沒有人會相信吧。話說回來，如果只是剛好有偵探出現那也就罷了，問題是偵探所舉的例子，也未免太像葉永杰自己的經歷了。」

沈柏彥攤開手，露出無可奈何的表情。

「是啊，那個例子很難不去聯想到葉永杰的母親。」

「告訴你這件事的人是王定謙？他懷疑高德忠是被殺的？」

「他剛開始看到小說時，的確是起了疑心。不過他調查到最後，雜誌社社長想起高德忠確實曾經提過小說的事，說是朋友交給他的。從電腦裡並沒有找到其他小說，看來應該就是這一篇。因爲這樣的關係，所以覺得只是巧合，也就沒有再繼續追查下去。」

「不過他的反應是可以理解的，換成是我，看了這篇小說，也會懷疑是不是兩人都被殺，而其中一人被僞裝成是兇手。時間點也的確很剛好，畢竟他是在收到小說之後沒多久就發生事情。

雖然這麼說，但那也只是沒有證據的幻想罷了。小說的出現是在高德忠殺人之前，除非說這是計畫或是預告，不然沒有理由認定小說裡所寫的就是高德忠事件。但是如果要說這是葉永杰事件裡的犯罪過程的話……」

方揚抬起頭看著沈柏彥，他很明瞭沈柏彥現在心中浮現的念頭，因爲他也考慮過這個可能性。

「當然不是不可能的，畢竟那麼多線索都和葉永杰有關。不過當時警方調查的結果，依然認爲是葉永杰殺人，並沒有提到現場還有第三個人的可能性。」

「話是沒錯，不過要說可能性的話，也不是完全不存在的。」

「再怎麼說，這都只是想像而已。與殺人小說可能發生關聯的是三個月前的高德忠事件，就算要思考也應該從那裡開始，隨意連結到兩年前的事件並不恰當。不管小說裡的偵探再怎麼像是葉永杰，都不能忽略這兩者之間並沒有直接關聯的事實。」

「也是啦。」

「不過雖然沒有直接的關聯，但是有一個共同的要素，也會讓人產生聯想。」

「喔？」

「葉永杰的殺人動機，是爲了替母親復仇吧。」

「對，因爲被害者程明動是詐騙集團，他騙了葉永杰母親的錢，最終導致她自殺。就像小說裡寫的那樣。」

「程明動的詐騙，是用神水來欺騙被害者。」

「沒錯。」

「高德忠也是。」

「什麼?」

「高德忠和他殺害的黃世良，兩人過去同樣都是詐騙集團的人，而事件的動機，警方認為可能是因為黃世良不斷勒索高德忠，才讓高德忠憤而殺人。」

「既然他們同樣都是詐騙集團的人，那麼黃世良有什麼理由可以勒索高德忠?」

「黃世良整天遊手好閒，高德忠則不同，有著雜誌社的固定工作。對高德忠而言，他在詐騙集團的經歷會影響到現在的社會地位，應該不會希望自己過去的行為曝光，更何況那並不光采。」

「原來如此。」

「不過這只是警方的推測罷了，兇手和被害者都死了，也沒留下遺書，是否殺人動機眞是如此，只能說看起來可能性不小。」

「說的也是。等一下，詐騙集團?難道他們兩個人和程明勳是在同一個集團裡?」

「從小王的描述看來，他們也是以號稱可治病的神水來騙人，而且時間是在一九九六年間。」

「剛好和程明勳一樣。」

「對。」

沈柏彥眉頭深鎖，這一點當然也超出他的預期吧。姑且不論殺人小說的內容，這兩個事件所具有的共同要素，浮上檯面的就已經比想像的還要多。

「看來好像相當複雜。」

「就算如此，到目前為止，還是不能斷定兩個事件之間的關聯。」

「你覺得這些都是巧合嗎？」

「關鍵還是在於確切的證據，如果沒有實證，這兩個事件仍然是各自獨立的事件，就算有殺人小說的變數存在也無法發揮效用。但是相反的，如果能確定一項關聯，就算只有一項，那麼這兩個事件之間種種若有似無的關聯性，可能不是以巧合就能說明的了。」

的確，方揚認為，目前必須要確認的，就是在兩個事件之間是否存在關聯性。

「相關人物是同一個詐騙集團，這樣還不夠嗎？」

「沒有證據證明他們是認識的，就算認識好了，那也和葉永杰無關。」

「的確如此。不過你看起來好像對這個案子很有興趣的樣子，很不像你啊。」

「是嗎？」方揚笑了。

「我也不過是把這份小說拿給你看而已，算不上是很感興趣的舉動吧。」

「哈哈，少來了，憑我們這麼多年的交情，我會看不出來嗎？」沈柏彥大笑。

「對這兩個案子之間的巧合程度，以及殺人小說代表的意義，我是有點好奇，只是這樣。」

「是嗎？要把你拖下水，從來就不是件容易的事。最好的方法，就是讓你自己跳下水了，哈哈哈。」

「哼。」

「你打算怎麼開始？」

「從這篇小說裡，我覺得比較在意的，就是裡頭對於偵探以及偵探社的描寫，似乎與江氏偵探社很相似。」

「的確是。專門調查重大犯罪事件的偵探社，應該沒有那麼多，我不知道全台灣的情況如何，但若要說大台北地區，就算只有江氏偵探社一間，我也不會驚訝。」

「再來就是小說裡的偵探。從你之前蒐集到的資料，葉永杰和小說中的偵探在形象上很接近。」

「的確。」

「所以我想從這裡開始。你可以多蒐集一點關於葉永杰的資料嗎？包括外型、個性與經歷，多一點線索，才能判斷小說中的偵探是不是與葉永杰真的很相似。」

小說裡的偵探社是不是在影射江氏偵探社，小說裡的偵探是不是葉永杰，方揚必須弄清楚這些問題。

「要從葉永杰開始？」

「如果兩起事件眞有關聯，那麼身爲兇手的葉永杰，很可能曾經直接或間接影響了高德忠或黃世良，才會讓兩個案件呈現出相似的樣貌。他是關鍵人物，必須得到更多的資料，才能判斷是否如此。」

「嗯……聽起來不是很容易啊。」

「葉永杰是殺人犯，他的存在，對偵探社來說或許是個禁忌。」

「我知道，所以到現在爲止，我都還沒有向社長或是霍政明提過這件事。」

「但是要蒐集資料，大概是避不開他們的。」

「眞糟糕。」沈柏彥摸著後腦勺。

「我要想想怎麼做比較好。把這件事告訴趙思琦應該沒關係吧。」

「她就是當初告訴你傳聞的人？」

「對。要不是她，我也不會去調查過去的事件。」

「她並不認識葉永杰。」

「不過我想或許她可以幫忙從總公司那邊調查一些資料。」

方揚點頭。沒有線索，就無法推理。現在他們能做的，也只有儘量蒐集情報而已。至於事件是否另有內幕，目前誰也無法斷言。

11

十一月二十日，星期三。

沈柏彥來到偵探社，爲江連宗上課。

關於葉永杰，沈柏彥其實沒有其他辦法可以調查，於是他還是決定直接向江連宗詢問。

雖然葉永杰事件可能是偵探社的禁忌，他們不太可能會願意說出口。但是如果換個方向，不要提到那起殺人事件，應該就不至於會出現問題吧。

更何況如果沒有做虧心事，那麼應該也不至於說不出口才對，沈柏彥心想。

再怎麼說，殺人的是葉永杰，與江連宗與霍政明沒有直接關聯，他們不應該有理由隱瞞。

不過如果直接說出葉永杰的殺人事件，可能又太缺乏分寸，過度侵犯偵探社的隱私。他必須思考該怎麼說會比較好，要想個可以讓江連宗社長說得出口的理由才行。

沈柏彥覺得，如果只是問偵探社過去是否有別的探員，應該聽起來是很合理的吧。於是，在上完課後的閒談中，他找了個機會，開口詢問江連宗。

「現在偵探社這裡，不包含社長的話，只有政明和思琦兩個社員吧。」

「是啊。」

「但是我聽說思琦是一年前來的，政明則是三年前來的，在那之前只有社長一個人嗎？還是有其他社員？」

江連宗看著沈柏彥，讓他不自覺地心虛起來。雖然江連宗不可能知道他爲什麼要問這個問題，但沈柏彥畢竟是打算探聽情報，所以總覺得不太自在。

「喔，之前還有另外一個人。」

幸好江連宗很快地回答，讓沈柏彥鬆了一口氣。

「他叫葉永杰，是個很有能力的人。」

江連宗的語氣沒有什麼改變，是因爲這件事並不是禁忌？還是刻意要保持平靜？沈柏彥並不確定是什麼情況。

「偵探社剛開始時，社長是一個人工作的吧，所以他是之後才進偵探社的嗎？」

「沒錯，因爲後來我有點忙不過來，再加上他也正考慮轉行，所以我就把他找了進來。」

「是老朋友嗎？」

「是住在附近的鄰居，不過不在同一條街上，而是隔了一條街。」

「原來如此。」

「他本來是公務員，也結了婚，夫妻兩人和他的媽媽同住，是很平凡的三人家庭。」

「嗯。」

「只是後來他妻子過世，是癌症，年紀輕輕就走了，那時他還不到四十歲吧，眞是可憐。」

「眞遺憾……」

「遺憾的事還在後頭，又過了一年，他的媽媽也死了，只剩下他自己一人。」

「這……他都沒有其他親人了？」

「沒有。他的父親在他小時候就過世了，生前和親戚間好像有些爭家產的問題，所以後來他們家與其他親戚也就都沒有往來。他沒有小孩，親人本來就只有母親和妻子，結果卻兩個人相繼過世。」

江連宗說得很平淡，但是沈柏彥卻覺得意外。原來葉永杰進入偵探社時，是孤獨一人。

「因爲這樣，所以社長才找他進來？」

「親人都走了，對他的打擊很大，那時他要花時間處理母親的後事，而且也沒有繼續工作的動力，於是請了很多天的假。唉，因爲我的老伴也走了，所以我能了解他的心情。只不過我有小孩，雖然他們有自己的家庭，我沒和他們住在一起，但還是比永杰好多了。扯遠了，總之我聽說他的情況，覺得很不忍心，所以雖然只是鄰居，沒什麼交情，不過我還是找機會和他談談。」

「這樣啊。」

「我本來是警察啊，跟里長很熟，附近鄰居也都會賣我人情，就和里長一起到他家裡去上香。他提到自己無心工作，打算辭職，先休息一陣子再說。之後他問到我的工作，於是我告訴他有關我們徵信社的事。」

「嗯。」

「當天沒說什麼，然後我就離開了。但是過了幾個月吧，他來家裡找我，說他已經辭掉工作，想從頭開始，問能不能在我們徵信社工作。」

「是他來找社長的？但是就這樣去當偵探，好像有點冒險啊，他以前沒碰過這一行吧。」

「他說自己從以前就對當偵探有點興趣，剛好認識我，所以來問問看是不是有機會。因爲是決定重新來過，雖然以前沒經驗，他也願意努力學習。我對他的處境很同情，想說幫個忙沒有關係，所以才讓他進來的。」

「剛剛社長說他很有能力，所以結果是出乎社長意料？」

「沒錯，後來想想我也覺得很驚訝，原來他在偵察這方面很有天賦，可能連他自己也沒想到吧。頭腦清晰，能夠注意到一般人會忽略的細節，又有耐心。」

「原來如此。」

在江連宗的說明下，沈柏彥得知葉永杰入社的經過。

「不過也因爲他的時間幾乎都用在工作上，和以前的朋友漸漸變得沒有連絡，再加上又沒有親人，和他最熟的人，也就只剩下我和政明了。」

「那他後來離開了？」

「是啊。」

看來江連宗不願意談葉永杰殺人的事件。這也難怪，其實對他來說，這是沒必要提起的事，含糊帶過去就好。

既然如此，沈柏彥也沒辦法再問下去。至少他已經踏出了第一步，成功讓江連宗說出葉永杰的事。

其他的，之後再說吧。

於是他們繼續閒聊，過了一陣子，他向江連宗道別，離開偵探社。

至於下一個要探聽的目標，就是霍政明了。

既然沈柏彥已經知道偵探社曾經有過葉永杰這個人，那麼找機會提起，就像現在這樣當做是聊天，應該是不會讓對方起疑的。

「今天霍政明不在，所以下星期來的時候再問好了。」沈柏彥這麼想。

只是沒想到，正當他走到樓下時，發現霍政明就在巷子裡，隔了一段距離，正走過來，看來應該是要回偵探社的樣子。

眞是剛好，那就趁這個機會聊一下好了，也省得另外再找時間。於是沈柏彥走上前去，舉手向霍政明致意。

「要上樓嗎？」沈柏彥用手指著偵探社所在的公寓。

「是啊。你來幫社長上課？」

「嗯，要回去了。」霍政明點點頭，露出微笑。

沈柏彥覺得機不可失，立刻問道：「啊，政明，你認識葉永杰嗎？」

「咦？你怎麼知道老大的事？」霍政華顯得很驚訝。

「老大？」

「啊，我都這樣叫他啦。」

「我還以為偵探社的老大應該是社長。」

「哈哈哈，其實剛開始是叫他葉大哥，叫久了就把姓省略掉，改叫大哥。後來有一次開玩笑地稱呼他爲老大，結果習慣以後就都這麼叫了。你爲什麼會知道老大？你又沒見過他。」

「喔，是這樣的，我剛剛才和社長聊到。因爲在開設這個分部之後，你和思琦進來這裡之前，有好幾年的時間，我在想是不是只有社長自己一個人在這裡，所以就問了他。他告訴我，以前還有一個叫葉永杰的人，後來離開了。我覺得說不定你認識，所以才問問看。」

「這樣啊。老大是個很厲害的探員，他破了不少的案子。」

霍政華像是回憶起過去，臉上的表情變得有點落寞。

「我是在三年前來到偵探社的，和老大共事過一年。剛來時，我是個菜鳥，什麼也不懂，是老大從頭教我，一步一步地讓我熟悉整個調查的過程，我才能夠像現在這樣獨立搜查。老大就像是我的老師一樣，雖然他可能覺得教我是天經地義的事，不過對我來說，那是我能夠繼續待在這一行的原因。」

照這種說法，看來葉永杰與霍政明的關係應該相當密切。

「他是個什麼樣的人？」

「一個很正直的人。正義感很強烈，嫉惡如仇，沒辦法容忍違法的行爲，所以偵察案件時也非常用心，一定要抓出犯罪的人才肯罷手。」

「沒辦法容忍違法的行爲？」

「嗯，老大非常重視法律，他常說法律是道德的最後一道防線，如果連法律都不遵守，那還談什麼道德，社會也根本就維持不下去了。所以他特別看不慣破壞法律的人，如果被他看見，就非插手不可。」

「聽起來好像是個很嚴肅的人啊。」

「倒也不是嚴肅，只是對守不守法特別要求就是了。例如就算在半夜，路上沒半輛車，他還是會等到綠燈才走過馬路。」

「這樣啊。」

「還有一次，他開車時剛好遇見肇事逃逸。」

「喔？」

「好像是一台白色轎車，在右轉時撞到老婦人。老婦人當場倒地不起，轎車在撞到人時雖然停了下來，但是駕駛沒有下車，反而加速逃逸。」

「太過份了。」

「老大馬上用手機報警，然後就一路跟著肇事車輛，想攔在對方前面。不過那台車也開得很快，追了五公里才終於追到。」

「他把對方攔下來之後呢？該不會揍了那名駕駛？」

「哈哈哈，當然沒有。他雖然痛恨不守法的人，但卻不是會使用暴力的人。當然他的體格不錯，平常也會去健身，眞要打架的話，倒楣的會是對方。只不過他自己就很看重法律，當然也不會動拳頭了。」

可是葉永杰卻殺了人。沈柏彥這麼想，只是看來並不適合說出口。

「不過話說回來，守法雖然沒錯，不過老大有時候也難免有點……無情。」

「怎麼說？」

「我們畢竟是人，有感情的。人家說情理法，很多時候，情是會被擺在法之前。」

「是啊，人之常情。」

「說給你聽應該也沒關係，反正事情都過去了。老大有位已婚的女性友人，長年遭到丈夫家暴。」

沈柏彥皺眉，有種不好的預感。

「我不知道女子被家暴的時間有多久，詳細情況也不是很了解，但應該是很長的一段時間，傷勢時輕時重，有時甚至嚴重到必須住院。聽說她常常戴口罩，因為臉上的瘀青讓人不忍卒睹，只能遮起來。她忍耐了很久，終於有一天，她在被丈夫毆打的時候，拿水果刀朝丈夫的肚子刺了下去。」

「啊……」

「她一時心慌，逃出家門。怕被逮捕，不敢回家，只好到處躲藏。因為出門時非常驚慌，沒有帶錢包，身上只有口袋裡的幾枚銅板。她躲了好幾天，也陸續找了一些朋友借錢。大家很同情她的處境，雖然有人勸她自首，不過都沒報警，也借錢給她。她不好意思向同一位朋友借兩次錢，到最後，終於找上老大了。」

沈柏彥覺得可以預料到之後的發展。

「老大也很同情她，可是對他來說，法律更為重要。女子犯法，就必須接受制裁，這點絕不能妥協。他認為，只有在被法律制裁之後，才有可能開始新的人生。否則像這樣一直躲下去，又能躲到什麼時候？我覺得老大說得沒錯，可是女子也是被逼到絕路，情非得已啊。」

霍政明說到這裡，語氣似乎有點不太平靜，可能他對女子也感到很同情吧。

「後來呢？」

「老大不斷地勸說，一定要女子去自首。他不借錢，也不報警，只是一直規勸。我想，到後來女子應該也很清楚吧，除非去自首，不然老大不會讓她走的。」

「結果她去自首了？」

「嗯。」

如果是自己，會像那些借錢給女子的人一樣，希望處境堪憐的朋友能夠逃過法網，還是像葉永杰一樣，把法律放在朋友情誼之前呢？沈柏彥一時得不到答案。

或許對葉永杰來說，他並不認爲自己盲目地遵從法律。也許他會認爲，自首才是女子最好的選擇，也才是眞正能夠幫助她的方式。

「這件事還有後續嗎？」

「沒有了，原本就是衝動之下的殺人，兇手必然是女子，不會是其他人。她既然去自首，案件當然就結束了。」

「原來如此。聽說葉永杰原本是公務員，後來才來到這裡的。」

「是啊。」

「那是中年轉行了吧。那可是要下很大的決心，而且偵探社和他過去的工作完全不同。」

「不過從結果來看，老大或許算是眞的找到適合他的工作了吧。他的搜查能力很強，有耐心跟監，責任心很重，也有人脈和行動力。」

「所以才會破了這麼多案子。」

「那時眞的很風光啊，案子一件接一件的接，而且都能圓滿達成。當然也有失敗的案件，不過比起來可是少多了，瑕不掩瑜。」

「原來如此。可惜沒能認識他，聽他談談過去的豐功偉業，一定會很有意思。」

「是啊。」

看來霍政華和葉永杰的關係比想像中的深，霍政華必定也知道葉永杰殺人的事，不過沈柏彥沒有理由提起。能夠聽到他們兩人有著類似師徒的關係，已經是一大收穫了。

「我還有點事要辦，先上樓了，下次有空再聊吧，我可以告訴你一些當時精彩的案件。」

「好啊，下次再聊。我也很想聽聽過去有什麼有趣的案子。」

兩人道別，霍政華走進公寓，沈柏彥轉身走向停車場，準備開車打道回府。

在回家的路上，沈柏彥思考著，應該把今天聽到的事情告訴趙思琦。多一個人幫忙調查總是多一份力量。

於是回到家後，沈柏彥立刻撥了行動電話給趙思琦。時間才十點，她應該還沒睡才對。

果然，鈴聲沒有響多久，趙思琦就接了起來。

「喂，柏彥嗎？」

沈柏彥還沒說話，趙思琦就知道是他打來的。手機有來電顯示的功能，不用等電話接通就可以知道打來的人是誰。

「嗯，還沒睡吧？」

「還沒。怎麼了？」

「喔，是這樣的，有件事想告訴妳。現在有空嗎？」

「有啊。」

沈柏彥在電話裡，將與葉永杰事件相當類似的高德忠事件，以及王定謙將偵探殺人小說寄給方揚，很快地說了一遍。

「然後，我今天和社長聊天時，找藉口問了葉永杰的事。回家時在樓下遇到政明，也順便問他。」

然後他將今天打聽到的情報，再重覆一次給趙思琦聽。他並不只是複述而已，在說明的過程中，也同時讓他得以整理目前所得到的線索。

「原來如此，眞沒想到會有這麼意外的發展。雖然兩個案子都已經結案了，可是說不定眞相並不是這樣。」

「這就是爲什麼要調查的原因。」

話一出口，沈柏彥才驚覺，他現在的確是在調查這兩起事件。之前他只是專心思考，要怎麼讓江連宗說出葉永杰的情報，並沒有發現自己已經在與關係人展開接觸，最直接地進入調查的過程了。原本他只是連上新聞網站查詢過去的報導，與平常上網搜尋資料或瀏覽網站並沒有什麼差別，他並沒有自己正在調查案件的實際感受。

他不是很習慣這種感覺，畢竟這些事件與他和方揚都沒有任何關係，他發現自己其實根本不具有調查的動機。仔細想想，其實在兩起事件的角色中，只有王定謙認識高德忠，眞正會想要找出眞相的，應該只有王定謙而已。

不對，事實上，就連王定謙與殺人事件也沒有利害關係。高德忠和王定謙只是職場上的工作夥伴，並不是親人。就算高德忠不是兇手，而是被別人殺害的，也不會對王定謙有所影響。

也就是說，他們三人全都是事件的旁觀者，不管事件怎麼發展，都不會改變他們的人生。既然如此，又爲什麼要調查？除了多管閒事之外，還有其他理由嗎？

因爲無法忍受眞相未明？也許吧。原本自以爲熟悉的偵探社，卻似乎有著不爲人知的過去，雖然與他無關，但又覺得無法置身事外。他想要將眞相弄清楚，如果一直抱著疑惑，或許遲早他會沒辦法和偵探社裡的人繼續來往。

不過或許這都是藉口，其實沒有其他理由，他就只是好管閒事而已。沈柏彥發現，連他自己也搞不清楚，爲什麼要淌這趟渾水。

「喂？怎麼突然不說話了？」

沈柏彥一時出了神，大概讓趙思琦有點疑惑吧。

「喔，沒事。」

「你那個朋友……」

「他叫方揚。」

「還眞是湊巧，兩個事件都到了他的手上。」

「是啊。」

「你和另外那個人，爲什麼都會將事件告訴他？」

趙思琦問了這個問題。沈柏彥想了一下，說道：「他以前解決過不少事件，所以有些朋友會把謎團告訴他，請他解明眞相。不過這次不一樣，我以爲葉永杰事件是已經結案的案子，只是剛好在聊天時提到而已，並不是找他幫忙解謎。」

「喔？他解決過什麼事件？」

就這樣，沈柏彥隨便挑了一個方揚以前的事件告訴趙思琦。趙思琦好像聽得很入迷，而且也很感興趣的樣子。

聽完後，她的語氣非常興奮：「眞厲害！好像眞正的偵探一樣！」

「不過他對偵探這一行並沒有興趣就是了。」

「但他還是一直在解決事件？」

「是啊。」

話說回來，沈柏彥也覺得方揚是個矛盾的人。他並不喜歡接觸犯罪事件，但對於謎團又相當著迷。他不是個愛管閒事的人，不過如果事件發生在眼前，他卻也沒辦法袖手旁觀。

「你們常會見面？」

「放假沒事的時候會去找他聊天。」

「那你們下次見面的時候，我可以一起去嗎？」

「啊？」

「很驚訝嗎？我覺得這個人聽起來很有意思啊，想認識一下嘛。」

「這個嘛……我不知道他會不會答應。」

「問問看啊，有什麼關係。」

「……好吧。」

方揚可能會嫌麻煩吧，不，他一定會嫌麻煩。並不是他討厭和女性來往，而是他對於不請自來而且又不合興趣的事總是感到厭煩。不過既然趙思琦開口了，他總不能沒問過方揚就擅自拒絕。

「要記得問喔。」

趙思琦很高興的樣子。

「妳不要太期待。」

沈柏彥已經在想，不知道方揚會怎麼拒絕了。然後，他嘆了一口氣。

12

「辦不到。」

方揚很快地拒絕了。

「喂，等一下……」

聽到這麼簡短的回應，在電話的那一頭，沈柏彥似乎有點不知所措。

「又不認識，沒必要特別見面。」

「一般來說都是反過來的，見面之後就認識了。」

「沒這個必要吧。」

「不過她好像對你很感興趣的樣子。」

「她幾歲？」

「我想想……好像是二十二歲的樣子。」

「年輕女孩不會對大叔感興趣的啦，連說的語言都不一樣了。」

「什麼語言不一樣，你可以再誇張一點……等等，什麼大叔啊，我們才二十九歲啊，還很年輕啊。」

「二十九，明年就三十了，這樣還不叫大叔嗎？」

「你這麼說可是會得罪二十九歲的人，通常這個年紀都是被稱為青年的。」

「什麼得罪，這是善意的提醒啊。人只會愈來愈老，早點習慣不是比較好嗎？就算自己的心態再年輕，旁人看你還是位大叔啊，這是殘酷的眞相。」

「等等，話題怎麼會扯到這裡來……總之我會帶她一起來，多一個人幫忙也不是件壞事吧。」

方揚皺著眉頭，覺得很不情願，但是沈柏彥可能早就已經預期到這種情況，所以也不在乎他的抱怨，直接就敲定了星期六見面的時間地點。

不過方揚本來就不是孤僻的人，他只是嫌麻煩，硬是把他拖出來以後，船到橋頭自然直。身為他多年的老友，沈柏彥看來很清楚這一點。

然後，沈柏彥將他今天在偵探社所聽到的消息，大致說了一遍。

「不知道有沒有用處，目前只得到這些情報，從他的過去看來，和高德忠並沒有直接的關係。」

「只是江連宗社長和霍政明不見得會說出更深入的事情。」

「嗯，關於葉永杰，江社長也只說他離開了而已，並沒有提到他已經死亡。」

「那也是當然的了，總沒必要隨便對人說出來吧。再怎麼說，對偵探社而言，你仍然是外人，不是自己人。」

「……是啊。」

沈柏彥的心情可能有點複雜吧，方揚心想。

就算他每個星期都去上課，和裡頭的人們再熟識，還是沒有辦法突破組織的界限。在組織內和組織外，永遠都存在著無法打破的藩籬。方揚在理性上可以理解這種失落感，只不過他從來都是選擇不屬於任何組織，獨自一人。對他而言，與其隸屬於某個組織，他寧願在外自由發揮。

目前還無法判斷這些情報是否能派上用場，但無論如何，至少已經往葉永杰的生平跨進了一大步，是有進展的。

三天後，星期六。

這一天下午，他們在重慶南路三段的咖啡廳裡，找了位子坐下來。趙思琦是個外向活潑的人，所以氣氛很快地就變得熱絡。她應該是從沈柏彥那裡，聽到方揚曾經解決過不少謎團，所以對方揚曾經遇過的事件特別感興趣，方揚也被逼著不得不說出一些事件。

「妳怎麼對解謎或是破案這麼感興趣？妳愛讀推理小說嗎？」方揚問道。

「是啊，而且我也愛看CSI，霈馨也是。」

「誰啊？」

「喔，就是我同事，思琦的學姐。原來她愛看CSI啊。」沈柏彥回答。

「你不知道？」趙思琦問道。

「嗯，從來沒聊過。」

「你們不是出去約會過？」

「那不是約會，只是一起看電影。」

「旁人看來那就叫約會。」

沈柏彥一副莫可奈何的表情，不過趙思琦也沒理他，繼續對著方揚說道：「不過這不只是我的興趣，和工作也有關係，畢竟我們偵探社是專辦犯罪事件的，常常都會接觸到不同的案子，所以也可以算是職業病吧。」

「眞麻煩的職業病。」方揚說道。

「你覺得什麼是解謎？」趙思琦問道。

方揚沒有立刻回答，倒是覺得很有意思地看著趙思琦。

「爲什麼會問這個？」

「我有時會想到這個問題，不過一直覺得不是那麼清楚。推理小說是必須有謎團的，對吧？小說裡不管是偵探還是警察，在最後都要解開謎團，小說才能結束。其實我們偵探社也是一樣。我們社裡是不會把調查報告留下來的，都是結案之後就銷毀，所以我沒有機會看到過去的案子。不過畢竟在一起工作，社長和政明還是會告訴我一些他們正在調查的案件。

偵探社接到的委託，至少就我聽到的，並沒有太多奇怪的案子，不像小說裡常常可以看到很天馬行空的奇妙事件。但無論如何，我們偵探社只接重大犯罪事件，客戶委託的案子也都有著謎團，像是不知道兇手是誰之類的，我們的工作就是要幫客戶找出眞相。

但我不是實際調查的人，都只是聽到案件的描述與眞相而已，他們並不會告訴我搜查的情況。可能是因爲漏掉了中間的調查過程吧，我總覺得這樣的解謎，好像有點不眞實的感覺。解謎，就只是解開謎團，說明眞相嗎？」

「是啊。這不就是字面上的意義，最直接的解釋？」

「那你覺得呢？你應該有不同的看法吧？」

「怎麼說？」

「柏彥說你遇過很多案子，也都解決了，對吧。既然如此，我想應該會有一些特殊的看法吧。」

「不見得是如此。」

「說說看嘛。」

方揚沉默了片刻，思考過後，說道：「簡單的說，解謎就是重現。」

「重現？」兩人異口同聲。

「什麼意思？」趙思琦問道。

「重現過去發生的事。無論是用言語表達，還是用行動重演，將曾經發生過的事再重現一次，那就是解謎。」

「嗯……重現……」

方揚繼續解釋：「事件之所以會出現謎團，是因爲眞相的隱晦不清。解謎就是要揭開眞相，而爲了達成這個目的，就必須說明會導致最後結果的種種行爲，才能將眞相完整描述出來。也就是說，偵探必須藉由說明犯人的行動，包括許多突如其來的狀況與變化，全盤考量所有曾經發生過的事，才能描述眞相並完成解謎。犯人的行動在偵探的說明過程中重現，這個『重現』的動作，正是解謎。」

「偵探重現犯罪的動作，就是解謎……」趙思琦問道。

「對。在重現的過程中，過去的眞相逐漸明朗，謎團也得到解釋，這就是我們所謂的解謎。因此，重現才是解謎的精神。解謎並不只是拿到問題然後提出解答而已，就像是發生一樁殺人事件，絕對不是只要揭曉眞兇的身分，大家就可以解散了一樣。犯人是怎麼完成這個事件，以什麼手法，何種詭計，怎麼殺害對方，如何佈置現場，遇到了什麼預想不到的意外狀況，怎麼逃脫，如何躲避調查等等，只有在重現這所有的行動之後，解謎才能算是完成。」

「原來如此。」

「拿小說裡常見的密室殺人來舉例好了，有個常見的狀況設定是犯人在房間外頭，運用詭計將門從內部鎖上，例如使用針與線來操作門鎖，或是用鑰匙鎖門後想辦法將鑰匙放進房間裡。至於偵探，在最後不一定只是說明詭計而已，有時候也需要親自示範，在眾人面前再操作一次詭計，證明門的確是可以這麼鎖上，房間能夠形成密室。這當然就是重現。」

「嗯，沒錯，不只是小說，電視劇裡也常常可以看到。」

「事件就像是黑盒子，眞相被封閉在其中，沒有參與事件的人，只能看見黑盒子的外殼，對當中的眞相不可能知情。解謎者只能根據手中僅有的線索，做出各種重現關係人行動的推測，一層一層地打開黑盒子，直到最後抵達眞相爲止。」

「黑盒子嗎？這個比喻好像也很傳神。」

「麻煩的是，事件這個黑盒子不會一直完好如初地等著解謎者。事件會被扭曲，就像黑盒子因爲重壓而變形，如此一來，要重現原本犯人的行動就變得更加困難。」

「咦？這是什麼意思？爲什麼會扭曲？」

「例如時間，經過太長的時間，對事件的記憶已經模糊，可能連在描述時都不見得準確。這還算好，如果證人爲了某些目的，例如要保護犯人，而刻意說出假的證詞，很可能會讓解謎者所掌握到的事件本身都是錯誤的，那就更麻煩了。」

「說的沒錯。你也遇過這樣的情況？」

「嗯，這倒是難免的，但是事件被扭曲後變得複雜，也就只能多花一些工夫才能解決。」

「是啊。」

「另外，在打開黑盒子的過程中，也不見得每次都能完全開啓，有時總是有一些地方是無法打開的。就算線索齊全，能夠大致重現犯人的行動，但有許多部分與細節還是沒有辦法絕對正確，甚至無法得知。」

「比方說？」

「什麼情況都有可能，每個案子都不同。例如在有些案件裡，動機可能是無法重現的，因爲事件本身沒有辦法反應犯人的心理狀況。又或許是詭計，也許犯人的動機可能從種種線索推測出來，但是必須依靠直觀來解明的詭計，就不見得能夠有足夠的線索可以重現。」

「我懂你的意思，但這麼一來，偵探本身不就沒什麼價值了嗎？名偵探不就是應該看穿一切，就算只有一點蛛絲馬跡，也能夠瀟灑的說：『眞相只有一個！』嗎？」趙思琦說。

「妳小說或漫畫看太多了吧？」方揚以挖苦的語氣說道。

「無論如何，解謎就是要將已經黑盒子化的謎團，以得到的線索重現所有關係人的行動，方揚，你的意思是這樣吧？」

「簡單的說就是這樣。」

「關於這個事件，現在有什麼進展嗎？」沈柏彥問道。

「不，沒有。」

「啊，我差點忘記！」

趙思琦驚呼，方揚和沈柏彥轉頭看向她。

「我昨天看見了葉永杰的照片。」

「什麼？他的照片？」沈柏彥說道。

「我找一下。」

拿起放在旁邊椅子上的手提包，趙思琦在包包中找了半天，然後拿出一張照片。

「就是這張，不過是合照。」

她將照片放在桌上。那是一張大小三乘五的照片，裡頭有兩名男性，一位年紀比較老，另一位則是壯年。背景是在室內。因爲是半身像，只看到背後有沙發，方揚沒有去過江氏偵探社，或許是在偵探社的接待室裡拍的吧。

「這個人是葉永杰吧。」方揚指著其中比較年輕的一位，問道。

除了今天認識的趙思琦之外，方揚並沒有見過江氏偵探社的其他人，所以他不知道相片中的兩個人身分是什麼。不過因爲江連宗和葉永杰的年紀相差了十多歲，照理說外表應該會有很大的差距。

「沒錯，你怎麼知道？」趙思琦問道。

「從年紀來看的。那旁邊這位，就是江連宗社長嗎？」

「嗯。可能是沒過多少年的關係，社長沒有什麼改變，和現在差不多。」

方揚看著照片中的葉永杰。葉永杰留著一頭整齊的短髮，臉型方正，眼睛相當有神。鼻子是比較明顯的特徵，呈現鷹勾鼻的形狀。

對了，方揚想起，殺人小說裡在描述偵探時，提到他臉上最大的特徵，就是鷹勾鼻。

小說裡的偵探，不管是臉上的特徵，還是舉出老婦人的例子，都和葉永杰極度相似。這要說是巧合，似乎機率太低了。

「妳怎麼會有這張照片？」沈柏彥問。

「偷偷拿出來的，星期一上班要放回去。是這樣的，昨天我看到社長在檔案櫃前面，好像在看什麼東西，我走過去，發現他在看照片。」趙思琦回答。

「就是這張？」

「嗯。我問他在看什麼照片，他就把照片拿給我，說裡頭那個人是以前社裡的偵探，叫做葉永杰。」

「原來如此。」

「然後我把照片還給社長，他就放回檔案夾，再放進櫃子裡。不過後來要下班前，想到今天要和你們見面，也許你們會想看看，所以就帶了出來，下星期一上班再放回去。」

目前看來，知道葉永杰的長相，並無助於調查的進展。但是這張照片的出現，至少爲殺人小說中的偵探與葉永杰之間，又建立起一道直接的關聯。就算不能因此而證明小說內容的眞實性，但卻也似乎變得更加無法忽視。

13

「你們是怎麼認識的？」

沈柏彥開車送趙思琦回家時，趙思琦問道。

「大學同學。」

「喔。一直到現在都還有聯絡，很不容易啊。」

「妳和霈馨還不是一樣。」

「說到霈馨，你打算追他嗎？」

「沒有啊，那次只是在MSN上遇到，才問她要不要去看電影而已。」

「她可不是那麼好約的喔，你不知道嗎？」

「這……我沒有打算追她，所以當然不知道這件事。只是當朋友，出去看電影不行嗎？」

趙思琦沒有直接回答，只是繼續說道：「霈馨長得很漂亮。」

「嗯。」

「可是她並沒有很多的戀愛經驗。」

「喔？我以爲她很多人追。」

「因爲長得漂亮的關係嘛。她自己也知道這一點，所以常常會覺得別人都只是看上她的外表，沒有人願意眞的想了解她。畢竟大家都只是說她漂亮，卻沒有人稱讚她其他的優點。」

「這是美女才有的煩惱吧。這也沒辦法，第一眼看的總是外在，誰能看得見內涵？」

「所以她對大多數追她的人都沒興趣，放假時寧願自己一個人出門，也不會隨便答應別人的邀請。」

「等一下，妳想說什麼？」

「所以她對你很特別嘛。」

沈柏彥沉默著。

趙思琦繼續說：「其實我很猶豫要不要和你聊這件事，因為這樣好像在破壞你們的關係，但是我又怕她會一下子陷入太深，如果你對她沒有意思，到時候受傷的還是她，所以只好像個老媽子一樣對你囉嗦。如果你不打算追她，那最好還是不要做出曖昧的舉動。她很容易想太多，你約她出去看電影，而且只有你們兩個人，她很可能就會誤會了。畢竟她遇過很多這種人，所以很自然就會往那方面想。當然啦，如果你要追她，那就當我是白說囉。」

趙思琦笑了。

「嗯，好吧。話說回來，妳真的很關心她。」

「是擔心，因為她是個好孩子嘛。」

「什麼好孩子，妳的年紀明明就比她小。」

「這跟年紀又沒有關係，她是好女孩喲。」

「是啊，我知道。」

遇到紅燈，沈柏彥將車停下來。他轉頭看著趙思琦，不知為何，關於當年的事，他突然很想說出口。不過他還是忍了下來。算了，跟她又沒有關係，還是不要說好了。

沈柏彥的視線轉回前方，心思飄向遠處。在大學的時候，沈柏彥曾經打算自殺，是方揚讓他打消了自殺的念頭。並不是沈柏彥在自殺的時候，方揚前去阻止，而是在那段時間，他一直都有著自殺的打算，只是沒有眞的進行。最後是方揚讓他打消這個念頭，他們也因而成爲好友。

想要自殺的動機，是因爲那時的女友死了，讓他覺得人生不再具有意義。在旁人看來，那雖然是件憾事，但也不至於到自殺的地步，只不過若是鑽在裡頭走不出來，最終都會想要結束自己的生命。

沈柏彥花了很長的一段時間才釋懷，現在他很少會再回想起那個女孩。只是影響一直都在，他對感情已經變得不是那麼投入。出社會之後，他交過兩個女友，只不過從來就不是他主動，而是自然而然地從朋友變得曖昧，接受對方的告白而開始交往，覺得個性不合，幾個月後分手。兩次都是一樣。後來他厭倦了戀愛，寧可一個人過生活，於是保持單身，直到現在。

女友的死，就算已經過了十年，對他的影響仍然還在。

沈柏彥想到方揚。

也是在十多年前，影響方揚極深的人在某個事件中逝去。方揚在悲傷中解決了那個事件，他的才能因而覺醒。若是事件不曾發生，或許他的人生會變得完全不同。

眼前的信號轉變成綠燈，沈柏彥輕輕甩了甩頭，拋開那些過去，然後踩下油門，繼續前進。

14

方揚開車來到和平東路，經過了那間咖啡廳。他的運氣不錯，距離沒多遠的地方就有一個空的停車格，他立刻停好車，然後走路過去。

他和沈柏彥及王定謙約好見面，這也是他們兩人第一次碰面。

昨天晚上與趙思琦見面後，回到住處，方揚覺得該是告訴王定謙這件事的時候了。他也想趁這個機會讓沈柏彥與王定謙見面認識，於是他先撥電話給沈柏彥，告訴他希望三人見面的事。沈柏彥已經回到家中，對這個提案，他立刻便同意下來。

至於要約在哪裡，方揚想了想，他想到自己沒去過江氏偵探社，不如就約在那附近好了，他也可以去看看偵探社所在的地方是什麼樣子。

方揚告訴沈柏彥，說想約在偵探社附近。沈柏彥說出一間在和平東路上的咖啡廳，方揚記下了名稱，約好下午一點在那裡見面。

然後他撥了電話給王定謙，告訴他事情另有發展，不過比較複雜，想要見面聊聊。方揚也提到事件與他的朋友有關，所以會找朋友一起來。王定謙並沒有多問詳情，很快就答應了。

週日下午，車流量並不大。和平東路上沒什麼人，人潮主要都集中在龍山寺捷運站附近，從捷運站到華江橋這一段，路上的行人很明顯地變少了。

咖啡廳就在這一段路上。

方揚走過咖啡廳的門口，並沒有進去，因爲他想先去看看江氏偵探社所在的公寓。

他依循著地址，走到江氏偵探社所在的公寓。巷子非常狹窄，兩側四、五層樓的公寓一棟接著一棟，中間只有狹小的防火巷，從旁看過去的感覺就像是一面牆。巷子的兩旁停滿了汽車與機車，只留下一台車還能順利通過的距離，若是兩台車交會則必然無法通行。路上幾乎沒有行人，除了從大馬路傳來的車輛噪音之外，沒有其他聲音。

方揚並沒有預期會看到什麼特別的事物，眼前所見和他原本想像的並沒有什麼兩樣。他突然有點無趣，覺得實在沒有理由特地走這一趟。於是他轉身走向和平西路，離開了江氏偵探社這棟公寓。

來到咖啡廳，方揚看看時間，只差幾分鐘就是一點了，王定謙應該已經到了。

他走進去，果然，王定謙就坐在角落的位置。方揚向帶位的服務生點了點頭，自行走了過去，坐在王定謙的對面。

「沈柏彥應該很快就到了。」方揚說道。

王定謙點點頭，露出笑容。

方揚第一次看見王定謙，是在台北市的一個小公園裡。那時，王定謙穿著襯衫與西裝褲，手上拿著公事包，十足上班族的打扮，但是卻整天待在公園裡，哪裡也沒去。看來就是失業之後在公園裡打發時間的樣子。那是去年的事，距離現在也已經一年多了。

王定謙從一個失業的人，到現在每天忙碌於工作，生活的變化相當大，不過他的外型並沒有什麼改變。因爲他的工作包含廣告業務，常常要去和客戶打交道，所以只要是在上班日，他還是和那時一樣的穿著，沒有不同。

他大約一百七十五公分左右，有點瘦，不過身型並不單薄。短髮梳得很整齊，整個人看來總是神采奕奕。

王定謙最大的改變，還是在於心態吧，方揚這麼想。

當初的他，並沒有人生目標，也不知道該做什麼。也不過才一年多，他就成爲雜誌社不可或缺的一員。《神秘世界》雜誌不見得能夠一直經營下去，但是現在的他，應該已經有著足夠的自信，不管到哪裡都能實現自己的理想了吧。

人的確是會改變的。

所以只要是王定謙提出的疑問，方揚總是會盡可能地回答，他也只能幫上這點忙而已。

幾分鐘後，沈柏彥來到咖啡廳。

方揚很簡單地做了介紹，兩人握手，然後交換名片。

然後，方揚將他目前所得到的資料，很完整地向王定謙敘述了一次。

就像是沈柏彥最初聽到高德忠事件與殺人小說時的反應一樣，王定謙的表情看來也是相當驚訝。可以想像，畢竟他不可能預期到會有這樣的發展。

「這……太不可思議了，居然會這麼巧。」王定謙說道。

「的確很巧，只是目前還不能確定殺人小說是否就是描述葉永杰事件，而且也看不出葉永杰事件與高德忠事件之間有沒有關聯。」方揚說道。

「從這些情報中，好像看不出葉永杰與高經理之間是認識的。他們的生活圈子似乎沒有交集。」

「沒錯。」

「方揚，你覺得這兩起事件之間有沒有關聯？」

「關聯嗎？」

方揚思考了片刻，然後回答：「無法確認是否有直接的關聯，不過有一項共通的要素。在這兩個事件中，總共有四名關係人，其中有三人都曾經待在詐騙集團，而且從他們都以神水來詐騙看來，很可能是同一個集團。就算排除殺人小說的內容，也就是『偵探』這個角色的存在，單單考慮這兩起事件，詐騙集團仍然是其中最主要的共通點。」

「對，我想到的也是這個。這兩個事件這麼相似，而且除了葉永杰外，其他人都曾經是詐騙集團，那麼我假設兩個事件是相關的，應該不會太離譜吧。當然也有可能只是巧合，兩件獨立的事件湊巧有著非常相似的發展。但如果不是巧合的話，我在想，會不會背後還有別人在操控這一切？」王定謙說。

「你的意思是……眞正的犯人，是嗎？」沈柏彥問道。

「也許吧，我的確是這麼猜測的。如果有人在幕後操作，使得高經理的事件看起來與葉永杰事件很相似，那就可以解釋這種巧合了，因爲是人爲的。我想這可能會比單純的巧合要來得有說服力。或許有人刻意要重現葉永杰事件，呈現出來的結果就是高經理殺人之後自殺。」

「的確是。」沈柏彥回答。

不過方揚立刻說道：「不，小王，這還言之過早，無論哪一種說法比較有說服力，對眞相都是沒有影響的。有說服力的說法不是眞相，或是缺乏說服力的說法反而是眞相，都是有可能發生的事。」

「嗯，我知道，只是比起巧合，我還是覺得，有人爲的介入，才比較有可能讓這兩個事件這麼相似。事實上，我想起了自己最初看見殺人小說時的想法。」

「喔？」

「那時我不知道葉永杰事件，但對高經理的殺人案很熟悉。看見小說，我的第一個想法，就是覺得內容是在描寫高經理事件，而且它補齊了事件發生的經過。由於最後呈現出來的只有結果，我們並不知道中間事發的經過究竟爲何，所以如果小說描述的就是那一過程，我覺得是有可能的。」

王定謙停了一下，繼續說：「當然了，因爲小說出現在高經理的事件之前，所以如果要說小說是描述了事件，除非是有人照著小說的內容來行動，否則在時間順序上是錯誤的。但是因爲出現了葉永杰事件，情況又變得不一樣了。葉永杰事件發生在小說之前，如果說小說內容是在描寫葉永杰事件，其實是有可能性的。

假設有另一個人，他也看見了這篇小說，而他是知道葉永杰事件的人。如此一來，他會不會和我產生一樣的想法，認爲小說就是在描述事件？」

「有可能。」方揚回答。

「剛剛聽到葉永杰殺人的事件，有一點讓我覺得很奇怪的是，他其實沒有必要自殺，不是嗎？他的目的是殺死仇人，完成之後，不管是要逃亡還是要自首，都是可以選擇的路，爲什麼他要那麼激烈地選擇自殺？如果是認識葉永杰的人，我想或許也會這麼想的。

會想到這一點，可能也和高經理的事件有關。因爲我也一直都搞不清楚，爲什麼高經理要自殺。明明還有其他路可以選擇，爲什麼一定要死？所以剛剛聽到葉永杰事件時，我很自然就浮現這個想法。如果再結合殺人小說的內容，假設有人不相信葉永杰會自殺，然後他再看見了這篇小說，那麼他會產生什麼想法？」

「寫小說的人，就是葉永杰要殺的第二個人，而他最後不但沒有被殺，反而還殺死葉永杰，僞裝成自殺，然後逃逸。是這個意思嗎？」沈柏彥問道。

「對。」王定謙點點頭。

「假設眞是這樣好了，那要怎麼與高德忠事件做連結？」方揚問道。

「從結果看來，高經理與黃世良都死了，而他們曾經是詐騙集團。這樣的關聯，我會猜測，或許黃世良就是寫小說的人。據說他遊手好閒，靠著勒索高經理而得到金錢，如果是他的話，將自己的經歷寫成小說，拿來賣錢，應該是有可能發生的事。由於高經理與黃世良都死了，可以合理推測，眞犯人的計畫，就是要爲葉永杰報仇，殺死黃世良，完成三年前葉永杰失敗的計畫。」王定謙說道。

「你的意思是說，眞犯人的動機就是復仇，對吧。如果是這樣的話，爲什麼高德忠也死了？如果這種假設是正確的，仇人應該只有黃世良，因爲他殺死葉永杰之後逃逸，兇手沒有道理連高德忠也要殺害。還有，如果只是要復仇，那爲什麼要重現葉永杰事件的情景，直接殺人不就好了？」

「這我也不懂，也許是爲了不讓別人發現？例如葉永杰事件，如果葉永杰眞的是被殺死，那麼他被僞裝成自殺，警察也不會再去追查眞正的兇手，說不定高德忠事件的犯人也是這麼想的。」

「當然這是有可能的，如果兇手與被害者的關係很密切，只要被害者一死，警察立刻就會查到兇手頭上，那麼這種做法是可以理解的。不過就算如此，這也是非常冒險的做法，與其這麼大費周章，還要冒著僞裝自殺失敗的風險，不如在暗巷或隱密的地方殺人，再載到深山去棄屍，可能成功率還更高。以目前看來，葉永杰無親無故，就算他眞的被殺好了，會有人想要爲他報仇嗎？如果兇手與被害者之間並沒有直接的關係，就算屍體最後被發現，也不見得可以查到兇手頭上。

明明還有其他的做法可以選擇，爲什麼必須要重現犯罪現場？如果不是巧合，而且是犯人所計畫的罪行，那麼就必然無法避開這個問題。我想，解決了這個問題，或許整起事件就能水落石出。」

「爲什麼要重現犯罪現場？方揚，你覺得這個問題很重要？」

方揚用手摸著額頭，然後回答：「與其說重要，不如說我還不清楚爲什麼高德忠事件就像是在重現葉永杰事件？如果只是巧合那也無所謂，世界上發生過無數離奇的案例。兩起看來一模一樣的事件，到頭來只是巧合，有很多這樣的例子。」

「說得也是。」

「問題在於，如果不是巧合，兩起事件眞的有關聯性，有人意圖讓高德忠事件是在重現葉永杰事件，那麼又是爲什麼？這一點可能正是事件的關鍵。」

沈柏彥與王定謙都沉默著。

「還有一點，是關於殺人小說。」方揚說道。

「喔？你覺得小說有什麼問題嗎？」沈柏彥問道。

「我想弄清楚，小說究竟是誰寫的？如果是高德忠的朋友寫的，那麼是黃世良嗎？還有，爲什麼要寫成這樣的內容？」

「前面的問題我還能理解，最後一個問題是什麼意思？爲什麼要寫成這樣的內容，指的是什麼？」

「先不管作者是誰，他寫的這篇小說，有著太多的想像空間。」

「爲什麼？」

「因爲留白太多。小說沒有任何背景知識就開始，也很突兀的結束，留下太多空白。就因爲這些空白，反而會刺激想像。」

「怎麼說？」

「適度的留白會賦予事物意義，就算只是空白，我們也會不自覺地認爲其中可能隱藏著含義。殺人小說的最後是偵探舉槍準備殺人，現實事件則是偵探殺人之後自殺，這中間發生了什麼事，沒有人知道，於是我們很自然地會去想像，去補齊這塊未知的空白。但這些卻都只是想像，空白處所被賦予的意義，並沒有證據可以證明究竟是不是事實。因爲那只是我們被空白刺激而生的想像，無法知道是否爲眞。」

「也就是說，在小說結束的地方，和眞實發生的事件之間所存在的那塊空白，被我們自行添加了意義，是嗎？」

「對。因爲如此，所以會去懷疑，是不是葉永杰或高德忠其實是被殺的，眞兇是小說裡的委託人，將事件僞裝成是偵探殺了人之後自殺。這個情節只是我們自行將空白處所賦予的意義，事實是否如此，目前並沒有線索可以判斷。」

「原來如此。」

「這是我對於殺人小說內容的疑問。爲什麼要寫成這樣的內容？爲什麼空白處可以刺激別人的想像？爲什麼留白不多也不少，正好可以引發想像？就像爲何重現犯罪場景一樣，殺人小說的作者與內容也是必須解開的眞相。」

方揚說完，喝了一口紅茶。紅茶還保有一點餘溫。他剛剛加了太多糖，喝起來稍微甜了點。

「另外還有一個問題。」

「喔？是什麼？」王定謙問。

「這或許可以算是延續由空白處刺激想像的問題。這篇小說的檔名是『殺人小說』，對吧。」

「沒錯，是word檔。」王定謙回答。

「爲什麼要叫做『殺人小說』，我覺得很好奇。」

「你的意思是？」

「小說裡並沒有殺人，不是嗎？爲什麼要取名爲『殺人小說』？這是某種暗示嗎？」

「暗示？換句話說，不只是空白處會讓讀小說的人產生想像，連檔名都是嗎？」沈柏彥問道。

「偵探在最後拿槍對準委託人，說出對方就是被害者，然後配合上『殺人小說』的檔名，很容易讓人聯想到之後的發展，不是嗎？」

「難道這也是小說作者的企圖？他不只刻意留白，連檔名都是故意這麼取的？」

「不，這還不清楚，我只是覺得一切都配合的很好，就像是作者很希望讓讀到小說的人產生這樣的聯想。當然了，還有一個先決條件，讀小說的對象必須是知道葉永杰事件的人，才能引發想像。」

方揚說完後，三人陷入一陣沉默。

然後，沈柏彥說道：「如果就像王先生說的……」

「啊，叫我小王就好了。方揚也都是這麼稱呼我的。」

王定謙有點不好意思似的說道，沈柏彥露出笑容。

「好。如果高德忠不是自殺，而是遭到殺害，眞正的犯人隱藏在幕後，那麼誰有動機殺死高德忠與黃世良？這個犯人會是誰？」沈柏彥問道。

「如果動機是爲葉永杰報仇，那麼有哪些人符合這個條件？」王定謙問。

「他好像已經沒有家人了？」方揚問道。

「對，家人都已經過世了，所以只剩下他孤身一人。至於親戚，聽說因爲過去爭家產的關係，也已經很久沒有往來了。」沈柏彥說。

「朋友呢？他有沒有比較親近的朋友？」

「好像也只剩下江氏偵探社的人了。」

「趙思琦不認識葉永杰，所以如果將範圍鎖定在江氏偵探社，就只有江連宗社長和霍政明了。」

「對。但是再怎麼說，只是職場上的同事，會因此而爲他報仇嗎？我總覺得不太可能。」

「這畢竟還只是假設，是不是眞有另一個犯人，還有動機是不是復仇，都還有待調查。但是無論如何，多了解一下葉永杰的人際關係，或許是會有幫助的。」方揚說道。

「嗯。我下次找機會再問問看好了。」

沈柏彥講完，王定謙接著說道：「我也是，我會想辦法繼續蒐集情報的。」

15

聽到葉永杰事件時，王定謙覺得非常意外。

他原本以爲高德忠事件已經落幕，殺人小說並不具有重要意義。但是在得知葉永杰事件的存在之後，看來似乎並不是如此。眞的只是巧合？或者另有隱情？他不知道，不過就像當初殺人小說讓他起疑一樣，現在他同樣不能坐視不管。

於是，他決定繼續調查。

第一步，就是要確定高德忠與葉永杰之間是否存在著關聯。如果這兩起相似的事件是相關的，那麼他們應該曾經以某種形式有過接觸才對。也許是直接見面，也許是看過報導，必須建立起關聯，才能確定兩起事件並非各自獨立。

偵探，殺人小說裡有偵探，而葉永杰也是偵探。這樣的巧合，讓這個角色變得不可忽視。

高德忠是否曾經接觸過偵探。他必須弄清楚這一點。

王定謙曾經向傅友恆詢問過，是否聽高德忠提過有關徵信社或是偵探的事，而當時傅友恆對這一點並沒有印象。他原本打算也問何立昇同樣的問題，卻沒想到何立昇直接說出殺人小說是高德忠的朋友所寫，讓他認定小說與事件無關，因此也就沒有任何後續動作。

於是，他最先想到的，就是向何立昇提出這個問題。

不過王定謙不能毫無理由就突然發問，何立昇一定會覺得奇怪。所以看來必須將葉永杰事件告訴他才行，這樣才有理由可以詢問。

王定謙覺得應該沒有關係吧。既然殺人小說看來有影射葉永杰的嫌疑，那麼還是將葉永杰事件全盤托出會比較好。而且他也想不到什麼不能說的理由，何立昇與葉永杰或是江氏偵探社不像是會有關聯的。

十一月二十五日，星期一。

結束了一天的工作，在下班前他找了何立昇到會議室，告訴他有關葉永杰事件以及殺人小說的影射。

不出所料，何立昇也是一臉無法置信的表情。

「所以你覺得高經理的死因不單純？」

「不知道，但是覺得需要調查。如果真有內幕的話，我想要知道究竟真相是什麼。」

「嗯，我了解。你想問我什麼？」

「咦？」

「你會告訴我這些事，就是要問我問題吧。」

何立昇笑了，反而讓王定謙覺得很不好意思。

「我只是想問社長，有沒有聽高經理提過關於徵信社或偵探的事？」

「徵信社？」

何立昇微蹙眉頭，似乎正在思考。過了一陣子，他才回答：「偵探嗎……我好像有一點印象，是在什麼時候啊，好像有聽過……」

「咦？真的嗎？是高經理嗎？」

「不，等一下，給我一點時間，我需要好好想一想。」

「啊，對不起……」

「沒關係。我一時想不起來，也說不定是記錯了。如果真有這回事的話，我會告訴你的。」

「嗯，麻煩社長了。」

何立昇說完，走出會議室。

結果還是沒能得到有用的情報，看來真不容易。不過這也沒辦法，畢竟突然被問到，就算真的有線索也不見得馬上就能想起來。就等等看好了，說不定何立昇真的能記起什麼事也不一定。

雖然無法從何立昇口中得到情報，但是王定謙卻沒想到，過了兩天，線索從意外的地方到來。

星期三下午，王定謙正在社內研究下個月預定執筆的專欄主題。

突然，行動電話響了。

他看了來電顯示，是洪荒出版社的電話，應該是傅友恆吧。他很快地按下通話鍵。

「喂。」

「喂，小王啊，我是傅友恆啦。」

「社長好。」

「我這邊來了個稀客，你要不要過來湊湊熱鬧啊，哈哈哈。」

「咦？稀客？是誰啊？」

「你之前不是問我有關高德忠的事嗎？我說他是一個朋友介紹給我的，記得吧。」

「啊，記得，就是在前一間雜誌社工作的人吧。」

「對，那本雜誌叫做《全球體育報導》，那個朋友今天來找我串門子，我剛好想到高德忠，就跟他聊了一下。」

「這樣啊。」

「有空的話過來坐坐吧，機會難得啊。而且你們也是同行，認識一下也不錯，以後說不定有機會合作，哈哈哈。」

王定謙看著擺滿桌面的資料與參考書籍，專欄的研究正進行到一半，他實在不願意中斷。不過現在情況不同，他可以見到高德忠的朋友，和高德忠一起在前一間雜誌社工作的人。王定謙不知道能夠得到什麼線索，也許只是白跑一趟，不過就像傅友恆說的，機會難得，以後也不見得還有機會見到對方。

還是去看看好了。

「社長，那我現在就過去。」

王定謙掛斷電話，然後向業務部經理劉弘文打了聲招呼，說要外出一趟。經理點點頭，沒說什麼，繼續埋首於工作中。

他離開雜誌社，騎車到羅斯福路上的洪荒出版社。

來到熟悉的洪荒出版社門口，王定謙推開大門，走了進去。

傅友恆和一名男子就坐在接待區的沙發上，看見王定謙出現，傅友恆立刻就舉起手來，說道：「小王，來來來，我給你介紹一下。」

王定謙走到旁邊，朝著他們點頭致意。男子站起身，輕輕點頭回應王定謙。男子大約三十多歲，短髮，比王定謙矮一點，不過很瘦，臉型很尖。這個人應該就是高德忠的朋友了吧。

「他叫張中誠，就是高德忠的朋友。」

「你好。」

張中誠伸出手來，王定謙連忙和他握手。然後他取出名片夾，將名片遞給張中誠。張中誠接過後，也拿自己的名片給王定謙。

名片上印著知名時裝雜誌的商標，原來張中誠在時裝雜誌工作。

「你好，我叫王定謙，在《神秘世界》雜誌社工作。」

「嗯，我聽說了。你和德忠一起工作了幾年？」張中誠問道。

「差不多一年。」

「好了，大家坐吧，坐下來再說。」傅友恆說。

在他們兩人坐下後，王定謙也在張中誠對面的位子坐了下來。

「小王，你上次來的時候，問過我有關高德忠的事吧。」傅友恆說道。

「是啊。」

「你還問我，他是不是和偵探接觸過？」

沒錯，因爲殺人小說裡有出現偵探，所以王定謙這麼詢問。那時他還沒將殺人小說寄給方揚，也還不知道葉永杰事件。

「社長想起什麼了嗎？」

「對，已經好多年了，所以幾乎都忘掉了。前陣子在整理庫存的時候，也不知道爲什麼，突然就想起那時候的情景了。人的記憶眞是奇妙啊，對了，我們剛出了一本講記憶的書，你帶一本走吧，很好看的。」

「啊，謝謝……社長想起的是什麼事？」

「就是有一次，在他進入你們雜誌社以後，他和小張來找我，我們去外頭的餐廳一起喝酒聊天。小張以前也在《全球體育報導》工作，後來在雜誌停刊前先離職了，他們兩人就是在那裡認識的。」

張中誠在旁邊點頭。

「我們喝酒喝茫了，結果小張一時興起，就說了出來，哈哈哈。」

「是啊。酒眞是不能亂喝，喝多了就什麼話都講出來了。」張中誠笑著說道。

「張先生說了什麼？」王定謙問。

傅友恆很快地回答：「聽說以前曾經有徵信社的偵探，到《全球體育報導》去找高德忠，是爲了一個事件的樣子。」

高德忠竟然眞的與偵探有過接觸？

「咦？事件？」

「是詐騙集團的詐欺事件啦，被害人的家屬找上了徵信社，委託他們重新調查。對吧，小張？」

「沒錯。」張中誠回答。

找徵信社調查犯罪事件，王定謙很自然地想起了江氏偵探社。如果眞是他們接受委託，王定謙並不會覺得意外。

不過更讓他在意的，是詐騙集團的詐欺事件。

高德忠曾經是詐騙集團的一員，難道他在進入前一間雜誌社之後，還是繼續在做詐騙的勾當？

王定謙很想問清楚這一點，於是他說道：「那和高經理有什麼關係？難道因爲高經理以前曾經是詐騙集團，所以偵探懷疑他也有份？」

「好像只是因爲高德忠認識那個被害者，也許偵探覺得可以得到一點線索吧，所以就找上了他。」傅友恆說。

「原來如此，所以那個詐欺事件是和高經理無關的吧。」

「是啊。不然他早就被抓走了，哪能和小張一起找我喝酒。總之就是無妄之災啦。」

「原來如此。」

雖說詐欺事件與高德忠沒有關係，不過曾經有徵信社的偵探和他接觸，仍然是一件不可忽視的線索。關於那起詐欺事件的詳情，還是應該問清楚才行。

王定謙還沒來得及開口詢問，傅友恆的話匣子一開，又繼續說道：「所以說記憶眞的是很奇妙，你永遠也不知道什麼時候會想起什麼事，就像我居然是在整理庫存的時候突然想到的，所以那本講記憶的書你一定要拿去看，哈哈哈。小張會來找我，也是因爲我記起那件事，想想已經很久沒跟他見面，就打了通電話關心近況。後來他覺得很久沒過來串門子，所以今天經過就進來坐坐。」

「這樣啊。」

「我們剛好講到高德忠，他在發生事情前，好像眞的很缺錢，也跟小張提過。」

「張先生，眞的嗎？」王定謙問。

「對。」張中誠點點頭。

「他並沒有開口跟我借錢，不過一起喝酒的時候，他是說過在想辦法籌錢，問我有沒有什麼兼差的工作可以介紹給他。我問他爲什麼，他也沒說得很仔細，只是說要存錢買房子。」

「社長也是這麼說的。」

「對啊，他是這樣跟我講，但我覺得應該不是這樣。」

傅友恆回答，張中誠也跟著搭腔：

「我也這麼覺得，可能只是藉口吧。買房子又不是什麼很急的事，慢慢存就好了，何必急著要買，又不是要結婚，而且他好像也沒有對象。」

「所以應該還是被黃世良勒索的關係？」王定謙問道。

「後來發生那件事，我想大概是這樣沒錯吧。聽說他一直在把錢給那個被害者……叫黃世良？」

「對，報紙上是這樣寫的。」

「倒不是我要幫德忠說話，畢竟他殺了人，不過老實說，我覺得那個黃世良也不是什麼好東西。」

王定謙有點意外，從張中誠的口氣聽來，他似乎認識黃世良？

「張先生，你認識黃世良啊？」

「倒不是認識，只是見過幾次面就是了。」

「咦？」

王定謙沒想到張中誠曾見過黃世良，讓他大感意外。

「啊，當然不是我跟他有什麼瓜葛，其實也只是巧合，有一次在外面遇見的。那一次我跟德忠去跑業務，回程時經過青年公園。」張中誠說。

聽見青年公園，讓王定謙覺得相當懷念。在之前那段待業的期間，他總是在台北市區裡四處閒晃，偶爾騎車經過青年公園，也曾在裡頭待上一整天。後來進入雜誌社，因為工作忙碌的關係，就再也沒有去過那裡了。青年公園裡的熟悉景象，突然浮現在腦海。等下個月雜誌出刊後，再找個時間去走走吧，王定謙心想。

「我們在外頭的行人道走著，突然有人從後面叫住德忠。我們回頭看，是一個男人，就是那個叫黃世良的。」

「他長得什麼樣子？」

「什麼樣子啊？我記的不是很清楚，不過他的身高並不高，大概還不到一七〇公分吧，頭髮很短，雖然臉上堆滿笑容，不過表情還滿讓人討厭的，有點那種……猥瑣的感覺。雖然穿著還算整齊，但是散發出的感覺就是讓人很不想接近。德忠的臉色變得不太好，看來他並不想見到黃世良。不過黃世良還是走了過來，一副很熟的樣子。德忠大概不想讓我聽到他們的談話吧，所以在黃世良還沒開口之前，他就先用手勢向我打個招呼，然後把黃世良帶到旁邊去。既然他不想讓我聽到，所以我也就沒有走過去。因爲有一點距離，我聽不見他們在說什麼，現在想想，大概是黃世良在跟德忠要錢吧。」

「這樣啊。」

「後來沒過多久，黃世良離開，而德忠也走了過來，我們就回公司去了。我看他應該並不想談，所以我也就沒有多問。當時我並不知道那個人是誰，到後來才知道。」

「是後來發生事情的時候嗎？」

「不是，除了那次之外，我還有再遇到過黃世良。」

「啊！」王定謙非常驚訝。

「他去找你？」

「喔，當然不是。」張中誠笑了。

「他根本不認識我，怎麼會來找我。其實也是巧合啦，剛好在路上遇到。」

「原來如此。」

「不，或許也不能算是巧合吧。我這幾年來工作的地方都在青年公園附近，所以除了放假，每天都會在那旁邊經過。而黃世良遊手好閒，到處遊蕩，不過最常待的地方也是青年公園。所以我想，既然生活圈子這麼靠近，遲早也是會遇到的，只是時間早晚的問題而已。以前不認識，就算面對面也不知道，那次遇見過後留下了印象，如果再見面，知道對方是誰，很自然的就會稍微聊一下。」

「說得也是。」

「那次是他先看到我，然後來跟我打招呼。其實我並不記得他，是他提到德忠，我才想起的確曾有這件事。」

「其實他也沒有理由找你說話吧，他根本不認識你。」

「是啊，不過看來他是個很愛講話的人，講難聽點就是厚臉皮吧。而且我在猜，或許他滿腦子都是錢，就算只見過一面，也會想辦法看能不能從對方身上騙點錢。啊，不過這是我的偏見就是了，畢竟他先前已經讓我留下不好的印象，而且講話也不是很正經，所以我一直都有戒心。他問我做什麼工作，我隨便回答說是業務，也沒說出是什麼公司。然後我回問他做什麼工作，他就跟我打馬虎眼，說什麼有投資，固定會有收入進帳。我想他也不可能說出自己靠勒索別人過活，只是我那時不知道這件事，而且也只是隨口問問，並沒有繼續追問下去。我那時並沒有想到德忠，因爲已經不在同一間公司工作，距離上次見面也隔了一段時間，我不知道他們之間會有金錢的往來。我聽到他說有投資，只是隨便應付一下，沒有多問，結果黃世良說到，他在台北已經待膩了，最近會有一大筆錢進帳，等他拿到後就要回南部去了。」

「咦？一大筆錢？那是在高經理發生事情之前的事吧？」

「對，距離沒多久，因爲我記得沒多久就聽到德忠出事的消息，可能是那個月或前幾個月吧。」

「那很接近啊。」

「是啊，畢竟就是因爲這個原因，德忠才去殺了黃世良吧。德忠發生事情是在什麼時候？」

王定謙想了一下才回答：「好像是八月吧，八月初的樣子。」

「這樣啊，我遇見他的時候，天氣已經變熱，應該是夏天了。我查一下行事曆。」

張中誠拿起公事包，從中取出記事本，開始翻閱。

「我記得那陣子在談一個廣告……應該是這個……對，是六月沒錯。」

「也就是說，在兩個月前，高經理就被黃世良勒索那一大筆錢了，只是他花了很長一段時間都湊不到那個金額。」

「啊，關於這點，他那時候說了，他其實也已經好幾個月沒有和德忠見面，也沒有連絡，一直到兩天前才剛見過。所以我想，他大概已經至少勒索三四個月以上了，只是大概金額太大，德忠不可能立刻付出來，所以只好一直籌錢，也才會拖了這麼長的時間。」

「高經理眞是可憐。雖然不應該殺人，但是對於這種敗類，也實在不能讓他予取予求啊。」

「唉，沒辦法，誰叫他有把柄被人抓住。我想起來了，我遇到他的時候，才剛領薪水沒多久，我總覺得他一副死要錢的樣子，還滿擔心遇到詐騙集團的，所以很提防。可能因爲是這樣，所以才印象特別深刻吧。結果他還眞的是詐騙集團的人……」

「不過他應該沒向你做出詐騙的行爲吧？」

「那倒是沒有，搞不好他是把我當成下一個肥羊吧，誰知道，不過還好我沒有被騙就是了。現在想想，其實我那時就該想到，可能是他向德忠要了一大筆錢，然後就要離開台北，也因此德忠那時才會那麼缺錢。不過我當時實在沒辦法把這兩件事連在一起，而且跟德忠也不是那麼常見面。我不太想再跟黃世良聊，所以推托說要去跑業務就離開。只是沒想到過沒多久，德忠就出事了，唉。」

張中誠嘆了一口氣。

「這也沒辦法，誰也想不到這中間會有這樣的關聯性。」

會從這裡得到這個消息，王定謙當然是很意外。不但再次確認，高德忠在死前的確需要一大筆錢，而且雖然還不能確定，但是非常有可能是黃世良勒索高德忠，讓他無法負荷，才會起意殺人的吧。

這是不是個有用的線索，王定謙還不知道，只是看來似乎並沒有太大的用處。總之，高德忠會殺死黃世良，動機還是圍繞在錢上頭，這點應該是可以確定的。

「原來是這樣。張先生，這是我們的雜誌，我帶了一本來要送給你。」

王定謙拿出雜誌，交給張中誠。張中誠連聲道謝。

然後，張中誠低頭看著手錶，說道：「啊，已經四點了，聊一聊又忘記時間，四點半我還要回公司開會。不好意思，我要先走了。」

「喔，這樣啊，好啊好啊，下次有空再過來吧。」傅友恆說。

「好啊，王先生以後有機會再一起聊聊吧。」

看見張中誠要離開，王定謙發現自己還沒有詢問有關詐欺事件的詳情，心裡一急，於是立即脫口而出：「對了，張先生，剛剛社長有提到，以前有偵探去找高經理，是因爲一起詐欺事件，是嗎？」

「喔，是啊。」

「其實我還滿好奇的，下次可以跟你約時間，請你告訴我那件事嗎？」

話一出口，王定謙立刻就發現氣氛變得不對勁。傅友恆和張中誠互望了一眼，然後兩人的視線都集中在他臉上，表情變得有些疑惑。

「王先生，你好像很關心德忠的事。」張中誠說。

「啊……不是……我只是覺得好奇……」王定謙吞吞吐吐地說。

「小王，我也覺得怪怪的，你好像有點太熱心的樣子。發生了什麼事嗎？」傅友恆問。

「如果只是閒聊也就算了，但是看起來你好像很在意這件事，甚至打算另外約時間談。王先生，你是不是有什麼事沒說出來？不然應該不至於這麼勤快吧？」

張中誠的言詞，表現出對王定謙的不信任。王定謙表現得太過積極，反而讓人起疑，從別人的眼中看來，他的確就是在刺探情報。

王定謙吸了一口氣。他在心裡暗暗責備自己的失誤，但既然已經發生，也只能加以補救。目前唯一的線索，就是張中誠了，他不能讓這個情報來源中斷，否則他將無法從其他地方得到線索。

他原本並不想說出來。至少到目前為止，高德忠事件與葉永杰事件是否相關，其實還是未知數。這些調查，對他自己也沒有任何好處。他只是想知道眞相而已，動機很薄弱，就算別人說他是多管閒事，他也無法否認。因此，王定謙並不希望被知道自己正在調查高德忠的過去。

另一個考量則是，他不知道高德忠事件背後所牽扯到的人物有哪些。萬一他說出自己正在調查，而讓關係人產生警覺，進而做出一些不利的舉動，說不定有可能從此無法查出眞相。他不可能知道眼前的這個人是不是眞的與案件無關，必須小心謹愼。

不過在這樣的情況下，他也沒有別的選擇，只能誠實以對。他如果不說出來，必然會讓對方的懷疑更爲加深，也就沒有辦法得到張中誠的情報。看來沒有選擇，他只能坦白。

王定謙決定將殺人小說的事情，告訴傅友恆與張中誠。他並不打算說出葉永杰事件，一方面是避免節外生枝，另一方面也是覺得沒有必要。

「對不起，我隱瞞了一些事，很抱歉。事情是這樣的……」

他說出自己從高德忠的電腦中發現殺人小說，很簡單地說明了小說的內容，他表示自己對高德忠的死因產生懷疑，所以想要知道他是否眞是自殺。

「竟然有這回事。」傅友恆以不可置信的語氣說道。

「是的，我也很意外。只是想整理一下電腦，沒想到卻發現了那篇小說。」王定謙說。

「原來如此……你懷疑他不是自殺？」張中誠問道。

「只是懷疑而已，也許幕後還有別人，也許沒有，我不知道，不過我想知道眞相，所以才想要儘量多知道一些高經理過去的事情，也才會向認識他的人問這些事。」

「但是那篇小說，可能只是小說而已吧，不見得就是描寫事實，不是嗎？並不代表就和德忠有關啊。」

「是，你說得沒錯，我只是懷疑而已。也許查到最後，會發現小說的確是虛構的，但那也要查了才知道。我想知道眞相，所以才開始調查。」

「我了解了。不好意思啊，剛剛好像有點在質疑你。畢竟這些事都已經過去了，現在還去挖出來，總是會覺得怪怪的，是吧？」

「嗯，我知道。眞是抱歉。」

「不用道歉啦，小王，其實你早說就好了，我一定會幫你的嘛。」

傅友恆幫王定謙打氣，讓他覺得相當感激。

「謝謝社長。」

「如果他不是自殺的話，那又是被誰殺的？你有什麼想法嗎？」張中誠問道。

「不，就是完全沒有頭緒，所以才想多蒐集一些情報。也許查到最後，會發現高經理的確是自殺，這我也不知道。總之目前情報不足，所以必須多知道一些才行。」

情報不足，王定謙想起方揚，他常常這麼說。方揚非常強調證據的重要性，推理必須要有足夠的線索，否則只是亂猜，並不能成爲可信賴的結論。

「好，我了解了。畢竟我跟他同事一場，當初聽到他殺人之後自殺，也是很不能接受的。如果你眞的查出眞相，要記得通知我一聲啊。」張中誠說道。

「沒問題。」

「不過今天就沒辦法了，我還要回公司開會。這樣吧，社長，我明天下午再來這裡一趟，到時再來談談那場詐欺事件。其實這樣也好，事情沒有那麼簡單，我剛好回去整理一下，也會比較有條理一點。」

「好啊，沒問題，你們就明天再過來一趟吧。我現在也覺得好奇了，說不定也能幫忙出點意見。」傅友恆說。

「嗯，那我就先走了。」

張中誠站起身，拿起旁邊的公事包。傅友恆與王定謙也跟著站了起來。張中誠打了個招呼，就走出出版社的大門。

「社長，那我也差不多該回去了。」

「好。啊，等一下。」

傅友恆說道：「因爲你上次講到偵探，所以才讓我又想到這件事，不然我大概一輩子也想不起來吧。來來來，這本書你一定要帶走，記憶眞的是很奇妙啊。」

傅友恆特地到裡頭去把書拿出來，交給王定謙。看著手上這本《人腦的超記憶之旅》，王定謙只能苦笑。

16

第二天下午，同樣的時間，王定謙又來到洪荒出版社。

三人坐在和昨天同樣的位子，張中誠延續昨天的話題。

「要從哪邊開始？既然跟偵探有關，我想就從那個偵探開始好了。」張中誠說。

「好。」

「那時候是有偵探去找過他。不只如此，那個偵探也找上我。」

「咦？」

難道張中誠也與什麼事件有關，才會讓偵探找上門？

「爲什麼？」王定謙問。

「喔，不要誤會，我可沒有做出什麼會被調查的事情。他是來問我德忠的事。他在找上我之前，也找過了德忠。這個偵探大概先從德忠那裡問了一些事情，然後才來找我的樣子。等一下，我拿個東西。」

張中誠拿起放在旁邊的公事包，在裡頭找了一會。沒多久，他拿出一張名片。

「這就是那個偵探的名片。他當初找上我時，曾經給我名片，我只是隨手收下，沒有丟掉。還好我有保留名片的習慣，想說可能會有幫助，結果眞的被我找到了。」

「有名片？」

王定謙接過名片，看到上頭的名字，讓他覺得情緒頓時變得激動。

誠聯徵信社

西區分部

葉永杰

這幾個字就像是從名片上浮出來一樣，給王定謙帶來無比的震憾。終於，他找到葉永杰與高德忠最直接的關聯了。

「他怎麼會找上你啊？」王定謙問道。

「我本來也覺得奇怪，後來他說是因爲我和德忠常常一起在那間餐廳出現，所以他想要問我一些問題。」張中誠說。

「餐廳？」

「嗯，就是那個詐騙事件發生的地方。那是一間小餐館，賣的都是很常見的料理，像是排骨飯啊、雞腿飯之類的，還有家常菜和熱炒。我對吃不是那麼講究，反正每次去就是吃飯喝酒聊天，是什麼菜我也不是很在乎，氣氛熱鬧就好。老闆和我們都很熟，所以發生那件事，其實還滿難過的，後來我也就沒再去那裡吃飯了。」

「餐館的老闆被騙錢？」

「對，那位老闆姓顧，名叫顧清雄，他遇上詐騙集團了。」

「詐騙集團……雖然剛剛說高經理和這件事無關，但是知道他的過去之後，還是免不了會產生聯想。」

「沒錯，我想的和你一樣。當然那時我並不知道德忠曾經是詐騙集團的一員，一直到他自殺的時候才知道。」

「那位顧老闆被騙了多少錢？」

「八十萬。」

「有報警嗎？」

「有，不過並沒有找到犯人。而且老實說，就算找到也沒有什麼意義了。」

「咦？這是什麼意思？」

「因爲老闆後來就過世了。」

「咦？」

王定謙差點大叫出聲，他努力抑制住情緒。

「唉，聽起來眞慘啊，被騙錢也就罷了，連命都賠了進去。」

傅友恆看來也是相當感慨。

「是啊。我從頭說起吧，這樣比較清楚。因爲常去吃飯，跟他們家也滿熟的，所以後來找個機會去問了一下情況，也算是有點了解。那間小餐館開在延平北路上，也開了二十幾年了。店裡只有老闆顧清雄、老闆娘、兒子，人手不多，都是自己家人。至於生意，我不知道他們的生意好不好，畢竟也只是個熟客，沒什麼理由去問人家的營業情況。感覺上是馬馬虎虎，應該足夠維持他們的生計，所以也能一直經營下去。老闆平常沒什麼嗜好，就是喜歡古董。他常去逛古董行，也會去跳蚤市場挖寶，每次花的錢其實不多，不過長年累積下來也是一筆不小的數字。他的家人並不贊成他蒐集古董，不過老闆就是喜歡，別人也拿他沒辦法。事情發生的那天，就是他和人約好，要在自己店內買古董的時候。」

王定謙很仔細地聽著。

「古董這東西的確很花錢啊，我是沒這種嗜好，搞不清楚有什麼好玩的。」傅友恆說。

「迷上古董的人總是有自己的想法。其實每個嗜好都差不多，沒興趣的人很難體會愛好者沉迷進去的理由。」張中誠說。

「那接下來呢？」王定謙問。

「他和人約好，打算要買好幾枚古錢幣。我不了解他要買的是什麼錢幣，也不知道有多高的價值。因為我本來就不懂古董，就算告訴我是哪種錢幣，我也記不下來。總之他和對方約在自己的店內，打算一手交錢，一手交貨。」

「用現金？」

「對，事後聽說是對方要求要用現金的，老闆好像沒什麼意見吧。聽說約好的金額是八十萬，他想想八十萬的現金，其實體積也不大，所以就答應了。不過重點還是他很想要那些古錢幣，也只能遵照對方的要求。」

「古錢幣值這麼多錢？」

「好像是好幾枚一起算的，不過我後來聽朋友說，眞正稀有的錢幣，價值甚至可以超過千萬元呢。」

「千萬……」

王定謙覺得，那眞是他無法想像的世界。

「他沒有讓家人知道，反正家人一定會說，只是幾枚破銅板，爲什麼要拿八十萬去換？所以他特地約在下午三點，店裡已經沒有營業，家人也去休息的時候，和對方進行交易。」張中誠說。

「結果他就這樣被騙？那些古錢幣是假的？」王定謙問道。

「不是，不是這樣。」張中誠搖頭。

「這只是準備工作而已，不過只能等到回頭來看才知道。我繼續說吧。」

「好。」

「餐館中午營業到兩點，通常到兩點的時候，就已經沒有什麼人會來吃飯了。那時，有一名客人進來，拿著一個花瓶，神情相當緊張。」

「緊張？」

「嗯。那是老闆事後說的，大概他覺得客人的表情看來很慌張吧。客人點了十個水餃，老闆一面煮一面打量著他，倒不是他覺得客人很奇怪，而是對客人拿著的花瓶感到有點興趣。」

「那是什麼花瓶啊？」

「我沒有看到那個花瓶，只是聽老闆的兒子轉述。花瓶並不大，大概三十公分高而已，用單手就可以拿起來。」

「喔。」

「水餃煮好後，老闆就盛盤端給客人。客人吃了幾個，看看手錶，突然站起身，走過來對老闆說話。」

「咦？客人說了什麼？」

「他說他正在趕時間，因為他和一個古董商約好，要把花瓶賣給對方。他本來打算在吃完午餐後，就把花瓶帶過去和古董商見面，可是剛剛突然想到一件事，他必須回家處理。他很急著要回去，但是花瓶要帶來帶去的又很麻煩。更重要的是，那個花瓶很貴重，他怕急忙中有個閃失，所以不太願意在必須趕忙回家時，手上還拿著花瓶。於是他問老闆，能不能把花瓶寄放在這邊，他很快就會回來拿。」

「然後呢？」

「老闆原本就對那個花瓶感興趣，而且個性也很樂於助人，所以立刻就答應了。於是客人付了水餃的錢，很匆忙地離開。老闆則是把花瓶拿過來放在櫃台，很仔細地端詳。他好像很喜歡那個花瓶的樣子。」

「嗯。」

「這時已經快要兩點了，店裡也沒其他客人，所以除了老闆以外，太太、兒子都回去休息了。在這個時候，又進來一名客人。他看起來應該是要吃午餐的，所以一進來就找位置坐，然後看菜單。他要點菜時，走到了櫃台，看見那個花瓶。他很驚訝地告訴老闆，這是個相當珍貴的花瓶。他自稱懂一點古董，他認為這個花瓶非常值錢。」

「這是眞的嗎？不可能吧。」

「旁觀者清，只不過老闆不是這麼想的。他原本就喜歡那個花瓶，又聽到客人這麼說，就更覺得自己的眼光沒錯。」

「後來呢？」

「客人意外發現珍品，看來非常興奮，於是當場開價兩百五十萬，打算跟他買。老闆當然拒絕了，花瓶不是他的，他只是保管，當然沒有理由賣出去。」

「當然了。」

「不過老闆並沒跟客人說花瓶不是他的，他只是說不能賣。客人後來沒有辦法，於是也只好打退堂鼓，飯也不吃了，就這麼離開餐館。不過在離開前，客人還是對老闆說，希望老闆能考慮一下，明天他會再來，希望能夠把花瓶賣給他。」

「他眞是堅持啊。」

「都是假的啦。第二名客人離開後，又過沒多久，第一名客人回來了。他垂頭喪氣地走進餐館，跟老闆打了聲招呼，說很感謝他幫忙保管花瓶，然後拿起花瓶就要走了。」

「咦？就這樣走了？」

「老闆看他心情似乎不太好，於是問他怎麼了，然後客人才說出來，原來他剛才回家去處理事情時，接到古董商的電話，說臨時沒錢，不買他的花瓶了。客人是因爲缺錢才要賣花瓶，這一下泡湯了，他也不知道怎麼辦，只好先來把花瓶拿回去再想辦法。」

「這實在太巧了吧……」

「是啊，只是老闆不疑有他，他立刻覺得這是個好機會。他想到自己身邊剛好有八十萬，不如就拿來買下這個花瓶，等明天一轉手，就能賺個一百七十萬的差價了。於是他向客人說，他很喜歡這個花瓶，很願意買下來。」

「結果就這樣成交了嗎？」

「嗯，客人也很高興，交易成立，老闆用八十萬買了花瓶，客人拿走現金，很用力地握了老闆的手，然後就離開了。當然了，第二天，那名說要用兩百五十萬來買花瓶的客人沒有出現，老闆拿著花瓶繼續等，可是過了好多天都等不到那個人。他才發覺，自己被騙了。至於那個花瓶，老闆原本還抱著一絲希望，至少可以値八十萬，所以也拿去給別人鑑定。結果不用說，只是個便宜的複製品，價値才幾千元而已。」

「唉。那一開始說要賣古錢幣的人呢？老闆後來是不是又去領了八十萬來買？」

「不，根本就沒有那個人。」

「咦？」

「佈局從那時就開始了，什麼古錢幣，那只是爲了要讓老闆在那個時候，身邊剛好有一筆現金罷了。因爲有現金，他才能馬上付錢買花瓶啊。」

「原來如此……他們設想的眞是週到啊，實在很可惡。」

「老闆原本也想和賣古錢幣的人改約時間再買，後來當然是找不到那個人了。種種事情加起來，他就算不承認也沒辦法，就是遇到詐騙集團了。」

「我記得剛剛說過，老闆後來死了？」

「喔，對，家人知道他拿了八十萬去買花瓶後，非常生氣。八十萬對他們家來說，可能不是太大的數目，不至於影響生活，但是被騙走還是很生氣。雖然該恨的是詐騙集團，可是若不是老闆自己有貪念，也不會發生這種事，所以家人當然會埋怨。」

「那也沒有辦法。」

「他們就這樣大吵一架，老闆那陣子心情很不好，常常去外頭喝悶酒。有一天晚上，也是喝完酒後醉醺醺地要回家，沒想到在走上天橋的時候，腳步一個不穩，摔了下來。他的運氣很不好，剛好是頭部著地，當時附近也沒有人，沒人可以幫他，結果就這樣走了。」

王定謙嘆了一口氣。他想起葉永杰的母親也是類似的情況，詐騙集團騙走錢，最後害得被害者賠上生命，實在很不公平。

「他們有報案嗎？」王定謙問。

「有，不過沒什麼用。老闆死了，真正和詐騙集團交手的只有他，死無對證，實在沒辦法。好像只能從巷口的監視器調帶子，不過也沒發揮太大的作用。」張中誠說道。

「沒有其他人看過那兩個人的長相嗎？」

「沒有，詐騙集團是看準了店內只有老闆一人，才開始行動的。」

「原來如此。」

「不過對家屬來說，他們除了痛恨詐騙集團之外，他們也懷疑，是不是還有別人在中間穿針引線，利用老闆的興趣來害他。」

「這怎麼說？」王定謙問道。他不太懂這個問題的意思。

「其實從整個詐騙事件看起來，犯人很明顯地是利用老闆愛好古董的心態來設計犯罪。因此，犯人必須先從別的管道，知道老闆的嗜好，才能以此來進行詐騙。」

「對。」

「老闆是在跳蚤市場的攤位旁，認識了那個說要賣他古錢幣的人。犯罪既然是從這裡開始，那麼犯人當然也很清楚，老闆平常爲了要買古董，會到哪些地方去。」

王定謙點頭。

張中誠繼續說：「詐騙的時間選在下午兩點之前，距離餐館休息的時間不遠。因爲平常在這時已經很少會有客人，所以犯人知道很可能只剩下老闆一個人在看店，其他人都不在。如果有其他人在的話，不但會被出面阻止，還會被看見長相，當然不適合。犯人選了這個時間點，也證明他們對老闆的作息很熟悉。但那兩個犯人都是陌生人，老闆說他從來沒有見過這兩個人。陌生人會這麼熟悉老闆的作息，除非他們花了不少時間觀察，就是有人洩漏給他們。」

「說不定眞的只是花時間從旁觀察，而不見得有人提供情報吧。也許老闆只是剛好倒楣去碰到詐騙集團，這兩個人也只是隨便選擇目標而已，不是嗎？」

「但是詐騙是從跳蚤市場開始的，老闆會去哪間跳蚤市場，會在什麼時候去，除非是去跟蹤他，不然不會知道吧。相較於之後騙到的金額，花下的心力好像不成比例。如果說是有人早就知道老闆的習慣，以此來設計犯罪，會是比較合理的。」

「說得也對，所以他們懷疑有熟識的人在幫忙詐騙集團？」

「對。也許有某個老闆的朋友，知道他願意花大錢買古董，所以想出方法來詐騙。但是既然認識，當然就不可能自己出面，於是把情報交給其他人，讓他們來下手行騙。」

「原來如此。等一下，難道他們懷疑，這個人就是高經理？」

在前面這一大段之後，王定謙突然發現，事情似乎文和高德忠扯上關係。

「不，這點並不清楚。其實就算到現在，已經過了這些年，不但犯人沒抓到，也不能確定是不是眞有人害老闆被騙。老實說，抓到了又怎麼樣，錢被騙了還可以再賺，人死了可就回不來了。」張中誠說。

「是啊。」

「只不過當德忠出事之後，我才知道他原本是詐騙集團的一分子。所以我也的確曾經懷疑，很可能當年就是他害老闆的。當然這一切都沒有證據，而且他都死了，我只是自己想想，要不是今天告訴你這件事，我也從來沒有告訴過別人。」

王定謙無言。過了片刻，他說道：「關於那個偵探……」

「什麼？」

「他就是來調查這個詐欺事件的？」

「應該是的。當初他先找上德忠，我是不知道爲什麼，現在想想，也許偵探對德忠是有點懷疑的吧。後來他來找我，是說因爲我們常去，他想打聽一下，是不是有聽過或見過詐騙集團的消息。我沒有聽說過，所以就很直接的回答沒有。然後他又問我，對於顧清雄的意外死亡，有沒有聽說過什麼事情。我不知道，所以也沒辦法給他情報。他沒有多說什麼，很快講一下就走了。」

「難道他那時就已經知道高經理曾經是詐騙集團的人？」

「不，我不知道。我想老闆的家人也都不知道，不然不需要偵探出馬，直接就找上德忠了吧。」

「那他怎麼會知道的？」

「我也不了解，不過既然是當偵探，應該有辦法可以查出來吧。也許他們的人脈廣，比較容易查出一些我們不知道的眞相。」

「也許吧。」

王定謙還是覺得有些在意，如果葉永杰在那時候就已經知道高德忠曾經是詐騙集團的人，那麼他是從哪裡知道的？

「倒是老闆的家屬也很在乎這件事，甚至還去找了徵信社來調查。」王定謙說道。

「是啊，我也很意外。可能不只是爲了錢，而是爲了人命，要討回公道吧。老實說，我也很久沒有再去過了，總覺得很難過。」張中誠說。

「我可以體會。」

從這些話中，王定謙得到了幾個重點。

首先，葉永杰去找過高德忠，這是確定的，他們兩人之間的確有著直接的關聯。

第二，高德忠雖然表面上沒有參與老闆被詐騙的事件，但是家屬的懷疑並不是沒有道理的，或許幕後眞的有人出賣老闆，讓他成爲詐騙集團的肥羊。而從葉永杰直接找上高德忠的情況看來，高德忠可能就是將詐騙集團與老闆連結在一起的人。

如果眞是如此，那麼會對整個事件產生什麼影響？

王定謙往高德忠與黃世良的過去又邁進了一步，能夠成功得到這些情報，已經是非常大的收穫了。不過在顧清雄遭到詐騙的事件浮上檯面之後，謎團卻也變得更爲複雜。他仍然不清楚這些資訊背後所代表的意義，而對於整起事件的發展，只覺得似乎更加不可預期。

17

在王定謙的說明下，方揚得知高德忠過去所遇上的事件。

那是一個詐騙事件。

方揚並不意外，高德忠曾經是詐騙集團的一分子，若說他重操舊業，也不是不可能的。

十一月三十日，星期六。

因為王定謙在星期四時打電話來，說有新的進展，於是方揚和他約在重慶南路三段，也就是上個星期與趙思琦及沈柏彥見面的同一間咖啡廳。方揚找了沈柏彥過來，這是三個人第二次聚在一起。

「那是名犬詐騙的翻版。不過就算手法很老套，還是一樣有效。」方揚說道。

「名犬詐騙？那是什麼？」王定謙問。

「很典型的詐欺手法，雖然不複雜但是很管用。其實很簡單，你把顧老闆遭詐騙的事件裡，花瓶換成名犬，就是名犬詐騙了。可以說是將同一套方法直接拿來運用，只是因為老闆對於古董的愛好，所以改用花瓶而已，但是換湯不換藥，架構還是一樣的。」

「喔？」

王定謙仍然滿是疑惑的樣子。

「其實是一樣的……好吧，我很快地說明一下好了。在一間酒吧裡，有個客人A牽了一隻狗來，他很驕傲的告訴酒保，這隻狗是血統純正的名犬，非常高貴。他打算將這隻名犬賣給別人，交易已經談好了，他等一下就要過去。但他想先將名犬借放在酒吧裡，請酒保幫忙看著，他出去談完，馬上就回來。酒保很乾脆地答應了。然後在客人A離開後，來了客人B。他看見名犬，大吃一驚，願意花一大筆錢買下這隻狗。酒保拒絕，因爲狗不是他的。客人B本來還是不死心，但是也沒辦法，只好告訴酒保，如果願意賣的話，他之後會再回來買。客人B離開，換成客人A回來酒吧。客人A很沮喪地告訴酒保，生意吹了，名犬不能賣了。酒保很快地告訴客人A，他願意買下這隻狗。客人A本來不願意，但是後來還是賣了，於是拿了錢之後離開。酒保一直等客人B回來買狗，當然，他怎麼等也等不到，而他買下的名犬，也只是普通的狗而已。這就是名犬詐騙，怎麼樣，是不是完全一樣？」

王定謙目瞪口呆。

「沒錯，還眞的是一模一樣。」

「雖然不複雜，但是很有效。重點在於被害者的貪念，是他自己要花這筆錢去買的，詐騙者並沒有強迫他買，只是設計出情境，讓他以爲很快就能把本金再翻個好幾倍。雖然詐騙集團是犯罪者，但如果被害者沒有貪財的念頭，也不至於會上當受騙。所以家屬不只怨恨詐騙集團，對於老闆會有所怨言，這也是可以理解的。」

「是啊。」

「不過這種詐騙方式只能騙取小額的金錢，頂多就是被害者手邊所有的錢而已，不太容易再搾出更多的錢出來。但是在顧清雄老闆的案子中，詐騙集團多增加了一個步驟，讓老闆身邊有著比平常還多的現金，所以有辦法騙到更多的錢。從這個角度來看，這不但是預謀犯罪，而且有人洩漏顧老闆情報的可能性，其實是不小的。」

「原來如此，看來中間果然還是有一個牽線的人。」

「姑且不論詐騙的內容，現在知道了這個詐騙事件，總算能夠將葉永杰與高德忠連結在一起了。他們的確是曾經碰過面的。」方揚說道。

「對，沒有比這更直接的證據了。」

「只是這樣也還不夠，就算他們眞的碰面，也不代表兩個人發生的事件是有關聯的。」

「你還是這麼覺得嗎？」

「當然，就算兩個人都是殺人後自殺，就算他們曾經碰過面，還是不能證明兩起事件是有關的。不過至少已經有點進展，原本兩個事件間若有似無的關聯，現在可以確定關係人是認識的，只是不知道他們的見面是否影響了兩個事件的發生。」

「是啊。」

只是證明見過面，並不能確定兩起事件就是有關聯的。方揚認爲還缺少一個環節，那才是眞正連接兩起事件的重要關鍵。

「不過照這樣看來，沒有辦法證明高德忠和詐騙事件是有關係的。」

方揚用手指輕輕敲著額頭。對於這一點，他覺得似乎另有隱情。

「你覺得有什麼問題嗎？」王定謙問。

「高德忠究竟是不是將情報交給詐騙集團的人？這一點相當重要。」方揚說。

「怎麼說？因為他可能從中獲得好處？或是他對老闆有什麼怨恨？」

「不，不是那個方向。問題在於葉永杰。」

「葉永杰？他不就是在調查嗎？和他有什麼關係？」

「這還是要從高德忠說起。你覺得高德忠有沒有可能就是那個洩漏情報的人？」

「這個嘛……」王定謙停頓了一下，然後以很不確定的口氣說道：「不，我不知道，就像你常說的，沒有線索可以用來判斷。我覺得從張中誠的話裡，只能知道老闆被騙的經過，但是看不出來和高經理有什麼關係。」

「的確是，不過老闆認識高德忠，而他又剛好曾是詐騙集團的人，所以雖然沒有線索可以證明，但是他被懷疑也是很自然的。」

「沒錯，就算他後來真的改過向善，也難免會被懷疑。」

「假設，這只是假設。如果高德忠真的就是洩漏情報的人，而葉永杰查到這一點，那為什麼葉永杰並沒有將真相告訴顧老闆的家人？」方揚說道。

「這……」王定謙看來是相當意外。

「這就是你剛剛說的問題？你是要說，葉永杰知道是高經理陷害顧老闆，但他卻沒有說出來，是這個意思嗎？」王定謙問道。

「當然這只是假設，我不知道葉永杰是不是真的查出來。我的疑問建立在兩項假設上，一是高德忠涉案，二是葉永杰調查出真相。如果假設不成立，疑問當然也就不成立了。」

「你覺得這是關鍵嗎？」

「如果這兩點都成立，那就必須解釋，爲什麼葉永杰接受委託，卻沒有把眞相告訴老闆的家人。我想，這會是很重要的一點。」

「不過偵探社裡是不會留下過去的調查報告的，所以除非社長還記得，否則沒辦法知道葉永杰的調查結果究竟是什麼。」一直沒開口的沈柏彥說。

「就算不去問，從高德忠沒有受到波及的結果看來，也可以猜得出調查報告是怎麼寫的。不過當然最好是江社長還記得這個案子，而且也知道結果是什麼，那才是最妥當的。」方揚說道。

「嗯。」

「方揚，你覺得葉永杰的調查報告上，會是怎麼寫？」王定謙問。

「很可能對高德忠隻字未提吧，所以高德忠才會完全沒有受到葉永杰重新調查的影響。」

「說不定是葉永杰的調查能力不強，沒辦法找出眞相啊。」

「也許是，不過對於江連宗和霍政明來說，卻一致認爲葉永杰的能力是非常不錯。」

「話是沒錯。假設眞的是這樣，那爲什麼他要包庇高經理？但是這樣也說不通，他和高經理應該是非親非故的，他並沒有理由要保護他才對。」

「是啊。不過從結果看來，高德忠沒事，代表葉永杰的調查結果並沒有影響到他，這也是不爭的事實。」

「好吧，不管葉永杰的調查結果是什麼，總之他們兩人很可能透過這個意外事件的調查而認識。這麼說來，二〇〇〇年葉永杰殺人與二〇〇二年高經理殺人，這兩起事件有愈來愈高的可能性是有關聯的。」王定謙說。

方揚皺著眉頭，他並不同意因為這兩個人曾經接觸過，就擴大解釋成兩起事件之間有所關聯。不過他察覺到王定謙還有話有說，所以並沒有打斷他。

然後，王定謙繼續說：「如果真的是有關聯的，那麼二〇〇二年的高德忠事件，就可以說是二〇〇〇年葉永杰事件的重現了，對吧。」

「重現？以前方揚說過，解謎就是重現。小王也聽過嗎？」沈柏彥說道。

「嗯，之前曾經聽過。」王定謙回答，然後繼續說：「高德忠事件是葉永杰事件的重現，看起來是很明顯的。只不過究竟是湊巧出現這種現象，還是有人刻意造成這樣的重現，目前還不知道。但是我有一個設想，或許可以解釋為何會有這樣的重現。」

「喔？什麼設想？」方揚問。

「我假設有一名兇手，他就是設計讓兩起事件呈現出相同結果的人。他為了替葉永杰復仇，而重現了葉永杰事件的犯罪現場。兇手殺死高經理與黃世良，再將高經理偽裝成是自殺。」

「嗯。」

「不過你也說，必須要找出重現犯罪現場的理由，否則為什麼兇手不用其他更有效的方式，非得要重現不可。後來我一直在想這個問題，前幾天突然想到，你曾經說過，解謎就是重現，對吧。」

「沒錯。」

「那麼重現又是什麼？如果謎團未解的話，重現是不是會有意義？也就是說，犯罪的重現，會不會正是為了解謎？」王定謙說。

「咦？」沈柏彥露出非常驚訝的表情。

「重現是爲了解謎？」沈柏彥問道。

「犯人只看見小說，但他不知道誰是寫小說的人。他知道小說並非虛構，而是眞相，因此他知道葉永杰還有一個仇人在逃。他可能查到兩名嫌犯，就是高德忠與黃世良，但他不知道究竟誰才是葉永杰的仇人。於是他想出了一個方法，他將兩個人都約到廢棄公寓，重現三年前的情景，也許他覺得，如果重現，就能知道誰是當年逃走的人。」王定謙說。

「小王，這裡進展得太快了，爲什麼犯人會覺得，只要重現就能找出那個人？這個部分必須要有所解釋才行。」方揚說道。

「這其實我也還不清楚，可能有些事情是只有當初親身經歷葉永杰事件的人才能知道的，而犯人認爲只要重現情景，他就能找出那個人。對了，例如氣氛，犯人或許以爲，殺死葉永杰的人，再見到同樣的情景時，也許心情會大受衝擊，也說不定就自己告白了。不過具體的說，他要用什麼證據來找出當年的兇手，其實我也還不清楚。」

「好吧，這先擱到一旁。就算是這樣好了，爲什麼最後是兩個人都死了？」

「或許他沒辦法找出究竟誰是三年前殺死葉永杰的人，所以一不做二不休，就把兩個人都殺了。然後僞裝成是高經理殺人後自殺，這麼一來，他也可以全身而退。」

王定謙說完結論，頓時陷入一片沉默。

然後，他有點不好意思似地說道：「啊，這些都只是我的想像，並不是依據線索或證據得到的結論，所以中間有很多假設，這我也知道，我只是提出一種可能性而已。」

「就算只是可能性也沒有關係。重點在於證據，有證據的話就是事實，否則只是空想。用證據來證明才是最重要的。」方揚說道。

「嗯。」

「我覺得很有參考價值，方揚，你不是對於犯罪現場的重現非常在意?小王也提出一項解釋了，我覺得是可以再深入討論的。」沈柏彥說。

方揚摸著額頭，正在思考。王定謙提出的想法當然不是不可能，但同樣也缺乏證據來支持。從現在所得到的線索中，方揚已經有了初步的想法，他覺得或許已經可以看見事件的開端，但是對於重現，儘管做了很多設想，卻還是沒辦法有一個確切的答案。

情報還是不夠，方揚心想。必須要有更多的線索才行。他沉默了片刻，然後問道：「我還有一個問題。」

「喔?什麼問題?」王定謙說。

「關於殺人小說，除了社長之外，還有其他人知道這件事嗎?」

「這個嘛，我沒有問過其他人，不確定高經理是不是和別人提過。」

「社長是不管雜誌的編務的吧?」

「嗯，有總編在，社長通常不會插手。」

「那如果高德忠拿到小說想要刊登，他是不是應該會向總編提起?」

「啊!」

從王定謙的反應，看來他並沒有想到這一點。

「你覺得，如果向總編問起這件事，他說不定會知道?」

「這也只能問了才能知道。」
「好，我會找時間去問問總編。」

18

在結束了和方揚與王定謙的會面之後，星期三晚上，沈柏彥來到偵探社。
沈柏彥上星期三並沒有過來，因爲江連宗似乎正在忙，於是打電話給沈柏彥，要他這星期再來。因此十一月最後一週的電腦課因此暫停，他再來到偵探社，已經是十二月了。
但是今天和平常並不一樣。沈柏彥走進偵探社，看見江連宗坐在接待室的沙發上，正在看電視新聞。江連宗轉頭看向沈柏彥，朝他舉起手，然後示意要他坐下來。
沈柏彥坐好後，江連宗開口說道：「柏彥，我有點事情想要問你。」
「是。」
沈柏彥並沒有察覺異狀，只是很快地回應。
「你上次來上課的時候，不是問了我有關永杰的事嗎？」
「是啊。」
江連宗突然說出葉永杰的名字，讓沈柏彥的心中一驚，他只能簡短地回答，不敢透露太多訊息。上次沈柏彥是以想要知道江氏偵探社過去的探員爲藉口，才問到葉永杰的情報，他心想，那樣應該不至於露出馬腳吧。

只是江連宗會提起這件事，還是讓他感到驚慌，特別是江連宗的態度看來並不輕鬆，不像是打算閒話家常的樣子，這更讓沈柏彥有種不好的預感。

「你離開以後，在樓下遇到政明？」

「對。」

「你也問了政明有關永杰的事，對吧？」

「呃……對。不過那只是閒聊啦，因爲剛好看到他，所以找個話題跟他聊天而已。」

沈柏彥無法看穿江連宗的想法，所以也只能這麼回答。

「哈哈哈，只是聊天啊，原來如此。」

「是啊，有一陣子沒看到他了，所以就跟他聊聊。」

沈柏彥很心虛地乾笑著，心裡還是七上八下的。

「說來很巧，上次和你聊過永杰以後，我在整理檔案櫃的時候，剛好看到永杰的照片。我已經很久沒有看到那張照片了，那是我和他在這裡拍的，我甚至都已經忘記放在那裡，原來是在那個檔案夾裡。在和你聊完之後，馬上就看到那張照片，人生就是這麼有趣，不發生則已，一發生就是接連出現，眞是有意思。」

江連宗露出微笑。

不過沈柏彥心中愈來愈驚慌，他沒想到江連宗竟然會向他提起照片的事。不會吧，江連宗應該沒有發現他的企圖吧。他希望自己的預感不要成眞，希望江連宗只是找個話題和他聊天而已。

「那時思琦也在旁邊，所以我就順便給她看了照片。因爲思琦不認識永杰，她來的時候，永杰早就不在這裡了。」

「這樣啊。」

大事不妙，連趙思琦的事都被提了出來。

「看到照片的第二天是星期六，我來到辦公室。奇怪的是，我翻了一下那個檔案夾，照片竟然不見了。」

江連宗看著沈柏彥，眼神並不像平常那麼溫和，而是帶著疑問的凌厲目光。

果然，江連宗並不是毫無目的地在閒話家常。

「照片不會自己消失。除了我以外，曾經看過照片的人就只有思琦了。不可能是政明，他根本不知道我和永杰拍過那張照片，也不知道放在那個檔案夾裡，而且他在那兩天並沒有進來社裡。所以結論應該很明顯了。」

江連宗的語氣平淡。沈柏彥只是看著他，沒有回話。

「我本來不知道爲什麼她要拿走照片，事實上那張照片並沒有任何價值，只是對我來說具有紀念意義。我和永杰並不是很常拍照，那張是很少數的合照之一。雖然我不是很在乎照片的人，就算那張照片丟了也無所謂，但是它突然不見，我還是覺得很好奇。」

「是。」

「我原本是打算，星期一思琦來上班的時候，我找她問個清楚。」

沒想到在無意中牽連到趙思琦了，沈柏彥對她感到相當抱歉。雖然這件事一開始就是她提起的，但要不是後來有王定謙的出現，讓他們得知高德忠事件，他們也不會繼續調查葉永杰，趙思琦也不會因而拿照片給他們看。

等等，沈柏彥突然覺得不太對。如果趙思琦拿走照片的事眞的曝光，江連宗找趙思琦問這件事，那麼之後她應該也會通知沈柏彥才對。但是趙思琦並沒有通知他，也就是說，江連宗沒有詢問趙思琦。這又是爲什麼？沈柏彥感到相當疑惑。

「有意思的是，不知道哪根筋不對，我突然覺得應該再去看一下檔案夾。這是沒來由的念頭，我也不知道爲什麼，總之我就是找了個時間，再去檢查檔案夾。然後，照片又出現了，就放在它原本應該在的地方。」

原來如此，是因爲照片已經物歸原位的關係。

「既然照片已經回來了，那我也就不打算再去找思琦問這件事。只是奇怪的是，她爲什麼要拿走照片？而且這麼快就拿回來？照片這個東西，本身並沒有意義，有意義的是裡頭拍下來的內容。那裡頭只有我和永杰，如果她是爲了讓別人看我或是永杰的長相，所以暫時拿走，那就說得通了。」

沈柏彥依然沉默著。

「但是不可能是要看我的長相，因爲我的照片不少，沒有必要非得拿那張照片才行。隨便找一張別的照片，不會被我發現，也不需要再放回原位。但如果是要看永杰，也就只有那張照片而已了。所以我想，她是爲了讓別人看永杰的長相，才會拿走那張照片。而且也因爲只是看看而已，並沒有對照片做其他的處理，所以很快就放回原來的地方。這樣想很合理吧？」

「嗯，是。」

「你知道我要說什麼了吧。事情發生的太湊巧了，就在你問完永杰的事之後，思琦就拿走永杰的照片。我很難相信這只是巧合，不可能這麼剛好的。」

江連宗看著沈柏彥，不再說話。

沈柏彥知道，現在是他必須做出解釋的時候。他還是很猶豫，不知道應不應該說出眞相，也就是他們正在重新調查葉永杰事件與高德忠事件。假設眞如王定謙所說，有人爲葉永杰復仇而殺死高德忠，那麼在葉永杰幾乎沒有親友的情況下，最有可能會想要爲他復仇的，就只有江氏偵探社裡的人。目前情況不明，江連宗仍然是潛在的嫌疑犯，所以他實在不願意這麼快就坦白。

但是沈柏彥想到趙思琦。趙思琦是爲了協助調查，才將葉永杰的照片拿走，所以追根究柢，還是沈柏彥自己惹的禍。他不能因此而連累趙思琦，必須承擔起這一切的責任才行。

沈柏彥只能實話以對，沒有其他的路可走。

「社長，是這樣的……」他說完這句話後，想稍微整理想法，於是沉默了下來。

江連宗並沒有插嘴，只是等著沈柏彥繼續說。

既然要攤牌，那麼沈柏彥決定，就趁著這個機會，將葉永杰與高德忠的關聯一口氣弄清楚好了。在顧清雄的事件中，葉永杰的調查結果爲何，高德忠是否將情報洩漏給詐騙集團，都只有在偵探社裡才有可能得到解答。

現在唯一的問題是，偵探社裡不會留存調查報告，因此只能倚賴江連宗的記憶。如果他還記得這件事，那才有機會問出結果。無論如何，江連宗記不記得顧清雄事件，也只有問了以後才會知道。

如果江連宗還有印象，沈柏彥希望至少也要知道葉永杰調查的結果。儘管那有關客戶的隱私，但如果只是說出結果，應該不至於會造成太大的影響，江連宗大概不會堅持完全不透露任何資訊吧。更何況在方揚的推理中，葉永杰應該還是維持案件原本的判斷，也就是意外事故。如果這樣的話，那和一開始的委託是相同的結果，並沒有理由隱瞞才對。

當然若是考慮到最糟的情況，假設江連宗眞的不讓葉永杰的調查結果曝光，那沈柏彥就只好去找意外事件的委託人，也就是顧清雄的家屬了。他當然不希望走到這一步，事實上他也沒有理由和藉口可以接近對方，不過這是最壞的打算，他還是希望如果江連宗記得的話，至少可以說出調查結果。

打定主意後，沈柏彥說道：「就像社長所想的，我的確正在調查葉永杰自殺的事件。思琦會把照片拿走，也是爲了讓我看看葉永杰的長相。」

「你爲什麼要調查這個案子？永杰是自殺的，還有什麼需要調查的地方？」

「因爲我們發現了另一個案子，和葉永杰的事件非常雷同。」

然後，沈柏彥將殺人小說和與高德忠殺人後自殺的事件，很快地敘述了一遍。

他並沒有刻意隱瞞什麼。高德忠事件是已經結案的案件，可以從報紙上查到資料。而殺人小說是連結事件的重要線索，當然也必須提及才行。

沈柏彥花了一段時間，終於將事件敘述完。不過他爲了不要讓思路太過混亂，所以暫時沒有提起顧清雄的詐欺與意外死亡，打算等一下再說出來。

江連宗聽完沈柏彥的話後，暫時沒有開口，看來是在思考。過了一陣子，才終於說：「原來如此，你們懷疑這兩個事件是有關聯的。」

「是的。」

「不過光是事件發展的相似，並不代表他們之間是有關係的，說不定都只是巧合而已。」

「社長說得沒錯，所以我們原本一直都沒辦法將這兩個案子連結在一起。」

「你的意思是，現在已經可以確定，他們的確是有關聯的，是嗎？」

「至少在目前看來，葉永杰與高德忠是見過面的。」

「什麼？你剛剛沒有講到這一段。」

「因爲我覺得全部一起講出來會太混亂，所以還沒提起。事實上，我們還得知了另一起事件，而且那與江氏偵探社有關的。」

江連宗的表情看來相當意外。

「喔？什麼事？」

「在葉永杰死前所承辦的最後一個案子，有個名叫顧清雄的餐館老闆，被人騙走八十萬元，之後喝醉酒而從天橋上意外摔死。不過顧老闆的家人好像是對案件有什麼疑問吧，所以他們找上了江氏偵探社，要求重新調查整起意外事件。」

「我想想……好像是有這麼回事，我有印象。」

沈柏彥精神一振，因爲江連宗還記得這件事，那他就有機會可以得知調查結果了。

「社長，你記得？」

「細節不是記得很清楚，不過還有印象。當然並不是每個案件我都會記得，畢竟這幾年來也辦了不少案子。不過這一件我倒是印象比較深刻，因爲這是永杰死前的最後一個案子。」

江連宗的語氣低沉了下來。原來如此，這就難怪他會記得。

「所以社長看過他的調查報告了？」

「我主要是聽他的口頭報告。」

「這樣啊。」

「你剛剛說，永杰和高德忠在這個案子裡見過面？」

「對。」

「有證據嗎？」

「有，葉永杰也去找了高德忠當時的同事張先生，給了名片。他告訴張先生，在那之前他已經先去找過高德忠，所以可以確定他們見過面。」

「原來如此。兩個雷同的事件，犯人……也曾經見過面。」

沈柏彥注意到，江連宗在說出「犯人」的時候，稍微停頓了一下，或許他還是不太能將葉永杰與殺人兇手連結在一起吧，才會出現這樣的猶豫。

「是的，這很難用巧合來解釋。」

「但只憑他們見過面，還是不能肯定兩個事件之間是有關聯的。」

「社長，關於這一點……」

在這個時間點，沈柏彥決定要提出要求。

「關於顧清雄的事件，我的朋友有一些推測，雖然沒有證據可以證明，但是應該是正確的。所以我想要確認，他的推理是否有證據可以支持。雖然對社長覺得很抱歉，但是我想要知道葉永杰的調查結果爲何。當然，我知道那是客戶的隱私，不過如果只是調查的結果，而且社長覺得沒有大礙的話，希望社長可以告訴我。」

「那會有幫助嗎？」

「我不知道……但我也只能盡我的力量，去得到更多的線索而已。」

江連宗盯著沈柏彥，讓他覺得很不自在，不過不能因此而退縮，所以沈柏彥只好承受著對方的凌厲目光。最後，江連宗可能在思考後得到結論，終於說：

「算了，其實也沒什麼大不了的，讓你知道也無所謂。」

沈柏彥覺得鬆了一口氣。他在沒有選擇的情況下，只能說出所有的事。目前看來，事情的發展並不算糟，這讓他心情輕鬆不少，緊張的身體一放鬆，頓時覺得頗為勞累。

「關於顧清雄的案件，你想知道什麼？」

「葉永杰調查之後，認為那是意外事件，並不像被害者家屬懷疑的另有隱情。是嗎？」

「沒錯。永杰調查後，那的確是意外事件。這點你一開始就知道了？」

「因為高德忠並沒有因為葉永杰的調查而惹上麻煩，所以才會猜測葉永杰應該認定是意外，不然不可能完全沒有影響到高德忠。」

「這個想法沒錯。你剛剛說是你朋友的推理？那他的推理的確沒錯。」

「我也這麼想，不過還是要有實際的證據才能證明，所以才麻煩社長確認。」

「那你現在已經知道了，然後呢？」

沈柏彥突然愣住，他並沒有辦法回答這個問題。

「不……老實說，我也不知道然後要怎麼辦。得到這個情報有什麼意義，以及會不會是有效的線索，這些我都不能確定。只是線索愈多，可能就會愈靠近真相吧，就算現在不知道其中所具有的含意，但是在解謎時或許會是有用的證據。」

「的確如此，不過你要注意一點，情報太少，當然無法做出有效的判斷，但是情報太多也不見得是好事，可能只是會更增加混淆與混亂罷了。重要的是怎麼找出眞正重要的線索，以及看穿線索背後的隱藏意義，知道嗎？」

「是。」

看來江連宗並沒有因爲他這麼魯莽的調查而生氣，反而還給他忠告，出乎沈柏彥的意料。

「話說回來，你們的目的究竟是什麼？調查這幾個案子，有什麼意義？」

沈柏彥想了想，很愼重地回答：「其實我們都是旁觀者，與事件都沒有直接的關聯。唯一認識事件關係人的，就是發現殺人小說的王定謙了。高德忠是他的主管，他們共事了一年，相處得很融洽。殺人小說的出現，讓他懷疑高德忠的死因不單純，所以他打算找出眞相。至於我，其實我也在問自己這個問題。如果當做沒看見，不要繼續插手管這些事件，說不定會比較好，也不用像現在這樣，好像在刺探別人的秘密，讓大家的關係變得緊張。就算被我調查的人並不知情，我自己也會覺得內疚。」

沈柏彥想到方揚，方揚才是完全的旁觀者，不管是葉永杰還是高德忠，雙方和他都沒有關係。他又是抱著什麼樣的心情在參與這個事件？

「既然如此，那爲什麼還要繼續調查？」

關於那個傳聞，就是會殺死委託人的偵探社，沈柏彥一直沒有說出口。到目前爲止，還是只有趙思琦和他知道。因爲葉永杰的確殺人，所以傳聞或許其來有自，但他也認爲這個傳聞並非事實，只是誇大後的產物。那個傳聞只是整起事件的開頭，若不是有後來的發展，他們也不會繼續調查。

他不打算將這件事說出來。畢竟對於偵探社的負責人江連宗來說，那是個過於殘酷的傳聞。

沈柏彥繼續說道：「我不是當事人，也不像王定謙一樣認識兇手，甚至對偵探社來說，我也是個外人。但無論如何，我來到這裡也有一段時間了，沒辦法完全無視事件的存在。雖然我知道這樣是多管閒事，只是要我完全不理會，卻也沒有辦法。其實我不知道應不應該找出眞相，或許那並不是最好的做法。也許讓事件維持現在的樣貌，反而會是最好的吧。在眞相揭曉之後，可能有人會受到傷害，有人會接受制裁，會有什麼發展，現在誰也不知道。也許我會後悔，不應該調查這個事件。但無論如何，我還是想知道眞相。高德忠是不是被殺的？他和葉永杰又有什麼關聯？就算我只是局外人，但還是覺得想要知道眞相。」

說到後來，沈柏彥也不知道自己在說什麼。他完全沒有必須解謎的動機，因爲他只是個旁觀者。唯一可以確定的，就是好奇心吧。否則事件與他完全沒有關聯，他根本沒有必須解謎的理由。

「其實我們也是一樣。」江連宗說道。

沈柏彥很驚訝，他不知道爲什麼江連宗會這麼說。

「和你一樣，偵探社也是旁觀者。我們接受委託，解決事件，但其實我們與事件一點關係也沒有。雖然偵探社的調查就是要收取費用，好像金錢變成了主要動機，讓我們可以正大光明且合理地介入事件。但至少對我來說，並不是這樣的，我不是爲了錢才來工作。我自己一個人，沒什麼開銷，有退休金，小孩子每個月也會固定給我錢，所以酬勞不是我的考量。說句老實話，我當初答應開這個分部，也只是閒不下來罷了。不管找多少藉口，就算別人說我是好管閒事，我也沒辦法反駁。」

沈柏彥沒有開口，只是聽著江連宗說話。

「但是，我還是覺得，這個工作是在幫助人的。有人遇到了麻煩的事情，但是警察沒有辦法解決，或是對結果不滿意，於是找上我們。我們的調查，並不只是在刺探別人的隱私而已，我一直認爲，如果能解決事件，就等於是幫委託人放下心上的一塊大石。」

放下心上的一塊大石？

沈柏彥發現，江連宗非常直接了當的說出他的困擾。

「雖然事件的調查結果不見得盡如人意，有人很滿意，也有人反而很難過。但是不管怎麼說，能夠解決難題，讓他們看到眞相，他們也才能卸下這個重擔，繼續往前走。這是我一直以來的想法。我想，你也是一樣吧。就算事件和你一點關係也沒有，但是從聽到這些事開始，就已經變成了你的重擔了，不是嗎？所以無論如何都必須要解決，眞相一定要解明，你才能夠放下這些事，對吧。」

「嗯，社長說得沒錯。」

沈柏彥很感謝江連宗，儘管他還是很內疚，隨意刺探別人的秘密，是件比他想像還要沉重的事。江連宗這一番話，讓沈柏彥寬心不少。

「你還有什麼想知道的事嗎？趁現在一次說出來吧，我可以幫你的，我就儘量幫忙。雖然我不知道高德忠事件是不是有什麼隱情，不過我認爲永杰的事件並沒有其他的問題。」

沈柏彥想了想。

「不，我想應該沒有什麼問題了。」

「是嗎？如果之後有想到再問我吧。」

「好。」

然後，他準備離開偵探社。他打算把今天的發展告訴方揚。

「社長，那我先走了。啊，今天還要上電腦課……」

「下次再上吧，你應該也沒有這個心情吧。」

「嗯，好。」

沈柏彥起身，走到大門旁。他轉頭看著江連宗，說道：「社長……謝謝。」

江連宗臉上露出笑容，舉起右手向他揮了一下。

沈柏彥笑了，打開大門，走出偵探社。

今天的心情就像是洗了三溫暖一樣，幸好最後的結果是好的。

在昏暗的巷道裡，他抬頭看著沒有星星的天空，然後走向自己停車的地方。

19

十二月五日，星期四。

在方揚的建議下，王定謙決定去找總編莊漢倫，詢問有關殺人小說的事。

不過在去找總編之前，王定謙先找了社長何立昇。

在會議室裡，王定謙將從傅友恆與張中誠那裡聽到的，顧清雄遭到詐欺的事件，以及高德忠或許也在其中扮演了某種角色的情況，全部告訴何立昇。

當然，也包括葉永杰與高德忠曾經有過接觸的事。

「眞沒想到，高經理居然眞的和那個偵探見過面。」何立昇顯得相當難以置信。

「是啊。」

「關於這一點，之前我記起一些事，一直想要找你。不過後來忙著就忘了，剛好你現在提起這件事，我又想起來了。」

「咦？是什麼？葉永杰嗎？」

「喔，不是，是關於偵探。」

「偵探？」

王定謙不懂何立昇口中的「偵探」指的是誰。葉永杰不就是偵探嗎？但是何立昇卻又說不是。

「你上次問過我，是不是曾經聽高經理提過有關徵信社或是偵探，記得嗎？」

「嗯，對，我是問過社長。」

在得知葉永杰事件之後，王定謙的確問過何立昇這件事。當時何立昇並沒有想起任何事，所以也沒有得到什麼線索。

「後來我想到了，有一次，高經理的確是向我提過，有偵探來找他。」

「喔？是葉永杰嗎？原來社長那時也聽過。」

「不，不是葉永杰。」

「什麼！」

出乎意料的消息，讓王定謙非常訝異。除了葉永杰，還有別的偵探來找過高德忠？

「對，從時間上看來，不可能是葉永杰。因爲那個時候，葉永杰已經死了。」

「那是在什麼時候？」

「大概是四個多月前吧，我並沒有記下正確的時間，不過可以確定，是在高經理發生事情之前沒多久。」

「原來如此，那就不可能是葉永杰了。」

「沒錯，是另一名偵探。」

「社長，那是怎麼回事？」王定謙問道。

「嗯，是這樣的。那一天中午，我接到高經理的電話。」

「中午？電話？」

「啊，雖說是中午，不過應該是已經過了午餐時間，所以大概是一點多吧。他告訴我，說他在樓下的咖啡廳，有人來找他。因爲他等一下和別的客戶有約，他怕談完後時間可能會來不及，所以就不回公司，要直接去客戶那裡，先打電話和我說一聲。」

「原來如此。」

「大概是那個人來找他的時間，比想像中的久吧，所以他原本是打算談完後再回公司，然後和我談一下客戶的事，沒想到可能來不及了，才會打個電話來。」

「嗯。他在電話裡告訴社長，那個來找他的人是一名徵信社的偵探？」

「喔，那倒沒有，他不是在電話裡講的，是那天下午他回公司後才告訴我的。」

「那他有告訴社長，那名偵探叫什麼名字，是什麼徵信社的嗎？」

「那也沒有，他只說是個年輕人而已。」

「社長，那名偵探是男性還是女性？」

「是男性。」

關於江氏偵探社，王定謙知道的並不多，他只是從方揚和沈柏彥的口中，得知目前江氏偵探社裡只有包含負責人在內的兩名探員以及一名助理。如果來找高德忠的偵探是江氏偵探社的人，而且還是年輕男子，那就不可能是那位從警察退休的社長了，必然是另一名探員。

「他雖然沒有說是什麼徵信社，不過我記得他有提到，好像是一間專門調查重大犯罪事件的徵信社。」

「咦？」

專門調查重大犯罪事件？那不就是指江氏偵探社了嗎？

「怎麼了嗎？」

「這……聽說葉永杰待的那間徵信社，就是專門調查重大犯罪事件。」

「什麼？是這樣嗎？」

剛才王定謙將顧清雄的詐欺事件告訴何立昇時，並沒有說出江氏偵探社的特殊之處，所以何立昇並不知道這件事，因此顯得相當驚訝。

「聽說是的。」

「這麼說來，就是那間徵信社的人來找高經理囉？應該不是不可能，畢竟葉永杰也曾經來找過高經理。」

「看來似乎很有可能……高經理還有說什麼嗎？」

「他說偵探在調查事件，不知道爲什麼找上他，不過談完後確定和他沒有關係。關於偵探是在調查什麼，雖然我是有點好奇，不過我想那是他的隱私，所以也就沒有多問。而且既然高經理主動提起，應該也不會是什麼麻煩事才對。倒是我問了他家裡是不是需要幫忙，他回答說還好，所以我也只是告訴他，有需要幫忙的話儘管開口。」

「咦？社長爲什麼要問高經理這個問題？他家裡怎麼了嗎？」

「喔，是這樣的，我會想起這件事，並不是因爲記起有偵探來找高經理，而是我想到曾經接過高經理哥哥的電話，然後才去聯想到偵探的。」

「高經理的哥哥？」

「對，也是在那天早上，他哥哥打電話到雜誌社來。聽他說是打高經理的手機但是沒接，所以才打到公司來。那時高經理不在，所以我就問了是什麼事，我會轉告高經理，請他回電。」

「嗯。」

「他吞吞吐吐的，不過並沒有多說，只是說家裡有點困難，希望高經理能儘快回電。」

「家裡有點困難？結果並沒有說是什麼問題？」

「是啊。我聽起來似乎不是很好開口的事，所以也沒有多問，只是答應會立刻傳話。後來到了中午，高經理打電話來，他講完之後，我就順便告訴他，家裡有人打電話來。他很驚訝的回問：『我家？』」

「我從來沒聽高經理提過他家裡的事。」

「嗯，我也是。後來我再告訴他，他哥哥說家裡有點困難，不過他就只是說知道了，並沒有多說什麼。」

「高經理知道是什麼事嗎？」

「其實我有點好奇是什麼事，畢竟通常會說家裡有點困難，多半都和錢脫不了關係。因爲我知道他過去餐廳倒閉，本身就有負債了，如果家裡還有別的借款，那實在很辛苦。所以我就問了他是什麼事，看看我能不能幫忙。」

「那高經理怎麼說？」

「他只是說和錢有關，不過他自己能處理，所以我也就沒有再多說，之後就掛上電話。」

「這樣啊。他家的狀況看來也不是很好，再加上高經理又過世了，唉。」

「家家有本難唸的經，這也沒辦法。」

王定謙點點頭。

「總之就是這樣了，我也不知道這件事會不會有幫助，想說還是告訴你一下比較好。」

「嗯，謝謝社長。對了，社長，我打算和總編談殺人小說的事。」

「喔？爲什麼？」

「因爲高經理既然和社長提過，那麼也應該會把這件事告訴總編。畢竟雜誌的內容是總編在處理，他想要拿小說來投稿，一定要經過總編那裡。所以或許總編會知道什麼事情吧，我想問問看。」

「原來如此，你說的也對，是很有可能的。就問問看吧，說不定眞能得到什麼線索。」

「是。」

就這樣，王定謙結束了和何立昇的談話。

王定謙在下午快要下班的時候，找了個時間，到總編莊漢倫的辦公桌旁，先談了本期廣告的事情，談完後將話題轉向殺人小說。

莊漢倫是個外表看來頗爲粗曠的人，中等身材，但是相當結實，臉上無時無刻都留著鬍渣，他說那是造型，但王定謙總覺得是他懶得處理。

「總編，我前幾天在整理高經理的電腦。」

「喔。」

王定謙有點試探地問道。因爲高德忠事件的關係，他們平常在社裡已經不太會去提到高德忠。不過莊漢倫的臉色沒什麼改變，倒是讓王定謙鬆了一口氣。

「然後我就和社長聊了起來，結果社長提到一件事。」

「什麼事？」

「他說高經理發生事情前曾經提過，他從朋友那裡拿到一篇小說，想要放在我們雜誌上。」

「咦？有這回事嗎？我想想。」

莊漢倫想了一下。

「小說嗎？這麼說來，好像是有這樣的印象。」

「眞的嗎？」

「從朋友那裡拿到……你等等，我想一下。」

他站起身，從旁邊的櫃子裡拿出幾本《神秘世界》雜誌，放到自己的桌上。然後，他輪流看著每一本的封面，應該是正在回想吧。

「應該是這一本沒錯。」

莊漢倫拿出其中一本，封面上的插圖是好幾個飛碟。那一期談的是不明飛行物，所以總編就選了飛碟來作爲雜誌的封面插圖。那是今年六月號的雜誌。

「嗯？」

「我記得那時我正在看封面上的文字，所以看到這張圖就想起來了。那一天下午，這本雜誌剛剛印好，我請快遞從印刷場拿了一些回來。大家拿到雜誌之後，就開始檢查裡頭有沒有什麼問題。就是那時候，高經理拿著雜誌來找我，大概是他看了雜誌，突然想到吧。他說前幾天有朋友來找他，說是寫了小說，想問問看能不能刊在雜誌上。因爲那是他第一次這麼說，以前從來沒有發生過，所以我有點驚訝。倒是你們，怎麼又突然提起這件事？」

面對王定謙的提問，莊漢倫似乎相當疑惑。這也難怪，他可能覺得沒有任何理由就跑出這個問題，是相當奇怪的事情吧。

「其實沒有啦，只是好奇而已。因爲社長說高經理向他提過一次，之後就沒再提了，我想他可能也向總編提起過，所以才問問看。我也記得他從來不會去過問雜誌內容，覺得很好奇。」

「是啊，所以我才覺得驚訝。不過話說回來，他到最後也沒有給我看那篇小說就是了。」

「喔？這樣啊。」

「嗯，因爲他從來沒提過類似的事，所以我也有點好奇，想知道他朋友寫的是什麼小說，說不定眞的可以放在雜誌裡。只是後來我想起這件事，再去問他的時候，他就說小說內容不太適合。」

「不太適合是什麼意思啊？」

「好像就是不適合我們雜誌的屬性吧。因為我們放的小說都是恐怖小說或是有超自然現象的要素，如果不是這一類的小說，就不見得適合刊出來。」

「原來如此。這麼說來，高經理應該看過小說，他才會這麼說吧。」

「應該是吧。我記得他說，他原本以為是平常我們刊載的那類恐怖小說，後來朋友將小說交給他，他看完才知道原來是犯罪小說。朋友說是取材自某個刑案，也就是從眞實事件改寫的小說。」

王定謙沒想到會得到這個情報。取材自某個刑案？那篇殺人小說是以眞實事件為題材的？也就是說，小說裡描寫的難道眞的是葉永杰事件？

到目前為止，殺人小說是因為內容會讓人聯想到葉永杰事件，所以才讓人起疑，但是沒有人知道裡頭的內容是虛構還是眞實。但是從莊漢倫的口中，王定謙首次得知，殺人小說竟然是取材自眞實事件，這麼說來，小說內容與葉永杰事件的關聯性，看來似乎是愈來愈高了。

「既然如此，那的確不適合我們雜誌了。」

「是啊，因為他這麼說，所以我也沒什麼立場再去跟他要來看了。總之這件事情就是這樣，我倒是沒想到社長還記得。」

「因為高經理沒有和他提到是取材自眞實事件，所以社長覺得可以看看吧。」

「原來如此。眞實的犯罪事件，結果他自己也犯下殺人案……咦？」

莊漢倫說到一半，突然停了下來。他的舉動讓王定謙感到疑惑。

「怎麼了嗎？」

「我又想起一件事，應該沒記錯才對。那個時候我很驚訝，只是沒有說出來而已。」

「那是什麼事啊？和小說有關嗎？還是和高經理的案件有關？」

「都有關係。」

「咦？」

莊漢倫的回應讓王定謙非常好奇。

「我忘記他殺害的那個人叫什麼名字了。姓什麼？記得好像是一種顏色的樣子。」

「喔？」

王定謙沒想到，莊漢倫竟然會提到黃世良。

「我忘了，反正查一下報紙就知道了。重點不是他的名字，當他告訴我說，朋友寫的小說不適合放在雜誌上時，他也提到了那個朋友的名字。」

「這……該不會……」

「嗯，那時我還記得，所以後來知道他的案件，看到被害者名字的時候，更是覺得驚訝。他當初說的那位寫小說的朋友，就是被他殺害的被害者，名字一模一樣。」

黃世良就是寫小說的人，王定謙之前的猜測意外成真，而他也沒有想到，竟然是從莊漢倫這裡得到這個情報。

「原來是這樣啊。看來他們之間，還眞的是有不少糾紛啊。」

「是啊。我記得高經理是被他勒索，最後沒錢付了，所以才殺了他的吧。小說的事情搞不好也是這樣，那個人隨便寫一寫，就要求高經理拿來我們雜誌投稿，也想順便拿一些錢吧。眞是可惡的人啊。而且小說內容還是取材自真實事件？會不會就是那個人自己犯下的犯罪事件，而他竟然還寫出來。」

「啊，說不定眞的是這樣。」

這麼說來，黃世良與葉永杰事件，似乎眞的很可能有關係了。

「雖然殺人很不應該，不過老實說，我還是很同情高經理就是了。畢竟他也是被勒索的被害者，一定是走到絕路了才會這麼做吧。」

「唉。」

王定謙覺得，在和其他人談過後，好像總是會得到這種結論。高德忠在雜誌社裡和客戶之間，其實是人緣不錯的人，與他曾是詐騙集團，最後並成爲殺人犯，是非常強烈的對比。或許是因爲殺人犯的罪行太強烈，與他平常的老好人形象相距太遠，所以總是會傾向於將他視爲是被害者，只是不得不去殺人，才能弭平這中間的落差吧。

結束了與莊漢倫的談話，王定謙回到自己的座位。向他詢問殺人小說的事，果然是正確的選擇。

20

電話鈴聲響起時，沈柏彥正在電腦前上網。

他很快地走到客廳，接起電話。

「喂。」

「喂，是我。」方揚的聲音從電話中傳出。

「唷。」

「小王剛剛打電話來，說了一些事。」

「他已經問了雜誌社的人了？」沈柏彥問道。

「對，他問了社長和總編，得到一些情報。」

然後方揚說出從王定謙那裡聽來的情報，高德忠說出殺人小說是改編自眞實事件，而且寫小說的人就是黃世良。

「原來如此。還有別的進展嗎？」

「嗯，還有一件事，和江氏偵探社有關。」

「咦？是什麼事？」

「聽說曾經有偵探去找過高德忠。」

「偵探？不就是葉永杰嗎？」

「不，是在四個多月前，不是葉永杰。」

「四個多月前？還有另外一名偵探去找他？」

「對。」

「這……」

還有另一名偵探？

「是江氏偵探社的人嗎？」

「高德忠並沒有說出偵探社的名稱，不過是有可能的，因爲他說那名偵探所在的徵信社專門調查重大犯罪事件。再加上葉永杰過去曾經見過高德忠，所以非常有可能是江氏偵探社。」

四個多月前的江氏偵探社，成員和現在並沒有差別，完全相同。如果能知道特徵，就可以確定是哪個人了。

「有特徵嗎？是男是女？」

「是男人，而且是年輕人。」

「……那就是政明了。」

沈柏彥的心情相當複雜，他雖然持續調查這件事，但是心裡其實並不希望江氏偵探社中的任何一個人涉案。從雜誌社社長的線索看來，霍政明和高德忠有很高的機會曾經見過面，這一點代表了什麼意思，沈柏彥並不知道，但還是非常擔心。

儘管如此，還是必須繼續下去。就像是江連宗說的，必須調查清楚，放下這顆大石，也才能卸下這個重擔。不管霍政明爲什麼要和高德忠見面，既然曾經見過是事實，就必須知道其中的意義。

「我會找時間去問他，也只能這麼做了。」

「嗯。」

方揚沒有多說什麼。

第二天，星期五中午，沈柏彥先打了電話給江連宗，把霍政明曾經見過高德忠的事情告訴他。他需要江連宗的協助，雖然這似乎是節外生枝，應該直接找上霍政明，才能避免額外變數的困擾。江連宗知情後，會不會在某些地方發揮影響力，是沈柏彥無法預測的。

但是，沈柏彥還是覺得必須先知會江連宗。無論如何，江氏偵探社都是江連宗一手建立的，如果裡頭的人發生事情，江連宗必然都會想要知道。

沈柏彥對於自己私下展開調查，總覺得很對不起江連宗。江連宗待他向來都很不錯，他們之間從來就沒有發生過不愉快的事，就算自己可能把偵探社弄得一團亂，江連宗不但沒有生氣，反而還給他忠告，這讓沈柏彥感激在心。

所以沈柏彥必訴告訴江連宗，就算不知道江連宗與這兩起事件是否有任何關聯，都必須告訴他，這是最起碼的尊重。

在電話裡，江連宗並沒有太大的反應，或許現在事態還不明朗，不知道霍政明究竟扮演了什麼角色，所以他也沒有表現得太過激動，並不像沈柏彥在得知霍政明見過高德忠時那樣的驚訝。

「柏彥，你晚上過來一趟吧。」江連宗說道。

「我過去？」

「對，把這件事向政明問清楚。我不知道他爲什麼要見高德忠，是不是和高德忠殺人事件有關，目前還不得而知。但是無論如何，從你們現在查到的事情看來，政明和他見過面，這件事實在太過敏感。爲了找出眞相，還是當面和他說清楚比較好。」

「是。」

「那就和平常一樣的時間，七點，可以吧。」

「沒問題。」

就這樣，決定要向霍政明攤牌了。

沈柏彥的心裡七上八下，雖然有江連宗在，但他對於自己必須向霍政明詢問這個問題，還是感到非常沉重。

但是他不能不做，都已經查到這個地步了，總是要弄個水落石出才行。

晚上六點，沈柏彥準時離開公司。他其實還有很多事要處理，如果是平常，肯定會留下來繼續工作，但是今天不同，他必須儘早完成自己的任務。

沈柏彥也想弄清楚，霍政明究竟是不是與事件有關。雖然摻雜了個人的情感，但是他還是希望，霍政明和高德忠的見面是爲了別的事，與他們正在調查的事件是沒有關係的。

他坐上車，行駛在平常熟悉的路線上，很快就到了萬華。

停好車，走向江氏偵探社。

抵達偵探社時，還不到七點。

他推開大門，走了進去，就看見江連宗和霍政明坐在接待室的沙發上。

「嗨。」霍政明笑著和他打招呼。

沈柏彥有點尷尬地笑了一下。想到等一下會發生的場面，沈柏彥沒有辦法非常由衷地露出笑容。

「社長說你們有事要找我？」霍政明問道。

「呃……是啊……」沈柏彥回答。

「先坐下再說吧。」江連宗說道。

「好。思琦回去了？」沈柏彥問。

「嗯。」

江連宗和霍政明坐在長沙發上，於是沈柏彥在旁邊的短沙發上坐了下來。

「既然柏彥到了，那我就不多說廢話。政明，我有事要問你。」

江連宗的語氣相當嚴肅，讓沈柏彥不自覺地端正坐姿。

「你在四個多月前，去找過一個名叫高德忠的人，是嗎？」

「高……德忠？」

霍政明的表情顯得相當疑惑。

「那是什麼人？」

江連宗轉頭看向沈柏彥。

「柏彥，你來說吧，把所有的事情都告訴政明。」

霍政明也看向沈柏彥。於是沈柏彥點點頭，說道：「好，政明，事情是這樣的……」

沈柏彥將星期三對江連宗說過的話，又全部再向霍政明說了一遍。他說話的同時，也在觀察霍政明的表情，但是霍政明除了在聽到葉永杰的時候，表現得比較驚訝之外，對於高德忠的事件，並沒有什麼反應。

花了一段時間，沈柏彥將兩起事件都敘述完畢。

「原來是這麼回事，這兩個事件的確是非常相似。但有可能只是巧合吧?老大和那個叫高德忠的人，他們兩人應該沒有接觸才對……咦？」

霍政明的話說到一半，像是突然想到什麼事情一樣，沉默了下來。

「怎麼了，政明，你想到什麼了？」

「高德忠，這個名字，我好像有印象。」

霍政明低頭，像是正在思考。沈柏彥和江連宗互望了一眼。

「他們兩人的確見過面。」

江連宗說，然後他把餐館老闆顧清雄遭到詐騙的事件告訴霍政明。

「啊，我想起來了！是有這麼一件事沒錯！那是老大辦的最後一個案子。」

霍政明的聲音變大。

「對。你想起來了？」江連宗問道。

「沒錯，我在老大的調查筆記中看過，那個高德忠也是關係人。」

「所以你知道他？」

「嗯，社長說得沒錯，老實說，我是去找過他。」

「什麼！」

沈柏彥沒想到，還不用搬出何立昇所說的話，霍政明自己就先承認了。難道是因爲霍政明覺得內心坦蕩，沒有理由不說出來，還是他覺得遲早會被拆穿，所以搶先一步自己招認？沈柏彥目前還看不透霍政明的想法，只能繼續聽他說下去。

「因爲過了四個多月，我一時間也想不起來他的名字。所以有人知道我去找他嗎？」霍政明問道。

「對，是他們雜誌社的社長，高德忠和你見面時，打了一通電話，對吧？」沈柏彥說。

「電話？」

「好像是因爲和你見面的時間超出他的預期，所以他打電話回去，說等下不回公司，要直接去客戶那裡。」

霍政明沒有回應，像是正在思考。沈柏彥繼續說道：「剛好那天早上，他家裡的人打電話到公司找他，所以雜誌社的社長就趁著高德忠打電話回去時，順便轉告他，請他回電。雜誌社社長並不知道家人找他是爲了什麼，不過高德忠自己好像覺得和錢有關，所以也就說了出來。」

「電話？我想想……喔，好像是有這麼一回事。和錢有關？對，沒錯，他好像必須籌一大筆錢的樣子。」

「你還記得他打了電話嗎？」

「嗯，因爲他打完電話後和我稍微聊了一下內容，我覺得他也滿辛苦的，所以印象比較深刻。」

「辛苦？怎麼說？還有，他跟你說這些？這是他的家務事，居然告訴你？」

「因爲他講完電話後，臉色有點沉重，我很好奇就問他怎麼了。不過他只是稍微提一下而已，說是家裡有點事，需要籌一大筆錢，就這樣，並沒有再多說其他的。我也沒有理由問得太深入，畢竟那不關我的事。」

「的確是。他後來回雜誌社見到社長時，說有徵信社的偵探找他，因此社長才知道這件事。」

「原來如此。」

「你爲什麼要去找他？」

江連宗問道。這才是問題的核心，沈柏彥心想，終於可以知道霍政明行動的目的了。如果霍政明與高德忠事件有關，那麼他們兩人的見面，必然代表了不小的意義。

霍政明沒有立刻回答，而是先看著江連宗，然後低下頭沉默著。過了一段時間，似乎是已經整理好思緒，才開始說道：

「社長，我一直都在研究老大調查過的案件。」霍政明的語氣變得相當謹慎。

沈柏彥聚精會神地聽著。

「因爲他教了我很多，就算他已經走了，我還是很希望能夠從他經手過的案件中，再學到一些東西。」霍政明說。

「說到這個，永杰的遺物裡，留下非常多本的搜查筆記，是他進偵探社的兩年多內所寫下的，最後也給了你。你看的就是他那些筆記吧？」江連宗說道。

「對，謝謝社長把老大的筆記給我。」

「不用謝我，是永杰說要給你的。老實說，我並不知道他還留著那些筆記，因爲我們公司是規定在結案後就要銷毀所有調查資料的。」

「咦？是老大指名要給我的？可是他不是已經……」

「他在遺書裡這麼寫，大概是覺得會對你有幫助吧。」

「遺書？老大有留下遺書？」

「他有遺書給社長？」沈柏彥也同時問道。

霍政明似乎並不知道這件事，而且感到很驚訝的樣子。

「對，他在死前寄了遺書給我，要我幫忙處理身後事以及家裡的東西。唉，他只有孤身一人，到頭來也只有我能爲他處理這些事。雖然就算他不寫，我也會幫他做這些事，不過畢竟他是個一板一眼的人，又很重禮數，就連身後事也要先處理妥當，才去進行他的計畫。因爲是寄給我的，我沒有給其他任何人看過，也覺得沒有必要提，所以也就沒告訴你，只是把他的調查筆記轉交給你而已。」江連宗對霍政明說道。

「原來如此……」

霍政明有點愣住的樣子。

「關於那些調查筆記，其實當初我有點猶豫，不知道該交給你，還是乾脆銷毀。」江連宗說。

「是，我知道，社長那時對我說過。」霍政明說。

「社長曾經打算要銷毀那些資料？」沈柏彥問道。

「對，畢竟那些筆記不應該留著，不只是侵犯客戶的隱私，說不定哪天也會爲我們自己帶來麻煩。不過那些畢竟是他的遺物，他都走了，我也不忍心再毀掉那些東西。後來想想，說不定筆記的內容是可以給政明一些參考，所以才轉交給他，然後告訴他，只能自己閱讀，絕對不可以外流。」

「是，我還記得社長說過的話。那時社長沒說過有老大的遺書，我一直以爲是社長決定要給我的。」

「然後呢？你剛剛說會去看他的調查筆記。」

「喔，對。我有空的時候，就把他調查過的案件拿出來看。從他的調查記錄中，我覺得學到了不少技巧。然後，大概三、四個月前，我讀到他最後的一個案子。」

重點來了，沈柏彥心想。

「那就是顧清雄遭到詐騙的事件。讀了筆記之後，我第一次對老大經手過的案子感到疑惑。」霍政明說。

「喔？怎麼說？有什麼問題嗎？」江連宗問道。

「那個人叫高德忠吧。在老大的筆記裡，他很清楚的寫到，高德忠就是爲詐騙集團提供情報的人。」

「眞的嗎？」

沈柏彥很驚訝的問道。這是他第一次可以確定，高德忠的確在顧清雄事件中扮演了重要的角色。

「沒錯。」霍政明點頭。

「其實委託人一開始並不是懷疑高德忠，他們根本不知道高德忠和詐騙集團有關，也不可能知道。」霍政明說道。

「那他們究竟爲什麼會想到要調查這件事？應該有動機才對吧？」沈柏彥問。

江連宗與霍政明互望了一眼，然後江連宗說道：「這是客戶的隱私，其實不應該說出來的。不過算了，爲了把事情弄個清楚，還是告訴你吧，而且你也已經知道這麼多，不差這一點。政明，你來說吧。」

江連宗要霍政明繼續說下去，沈柏彥沒有開口，只是靜靜聽著。

「好。顧清雄的家人原本也以爲是單純的意外事件，只是後來他們在案發現場的那個天橋旁邊，有個老婦人告訴他們一件很可疑的事。」霍政明說。

「可疑的事？」沈柏彥問。

「嗯，是個在附近專門從事資源回收的老婦人。她在顧清雄死亡的那天晚上，正好經過那裡，不過是在天橋的另一邊。因爲是晚上，馬路邊有護欄，而且路燈的照明也不強，所以她並沒有看見躺在對面人行道上的顧清雄。」

「嗯。」

「但是在她走向天橋的時候，看見有兩個人出現在天橋的入口處，很快地往前跑走，應該就是從天橋上跑下來的。她那時候也沒有想太多，是後來她又經過天橋，聽旁邊的人說發生事情，她才想起那兩個人。」

「她沒有看到那兩個人的臉？」

「沒有，因爲她並不是正面面對著天橋的階梯，而是從另一邊走往天橋。因此她被階梯擋住視線，並沒有直接看到兩個人跑下天橋的樣子，而是在他們衝出階梯的時候才看到。而且她也只看到兩個人的背部，沒有看到臉。」

「這樣啊。」

「不過老婦人並不知道正確的時間，不能斷定那兩個人和事件有沒有關係，而且那裡也沒有監視器和其他目擊者可以佐證她的說法。但就算如此，家屬還是感到懷疑，說不定顧清雄是被人推下去的。再怎麼說，醉到腳步不穩而摔倒死亡，機率並不是那麼高，但如果是被人推下去，那就合理多了。」

「如果只是懷疑，那也不是不可能的事。不過也只有老婦人的證詞，沒有其他證據也不行。」

「對，所以當家屬找上警察時，警方只是認定那是意外事件，並沒有繼續調查的打算。中間的過程，家屬並不願意提，總之他們覺得沒辦法尋求公權力，只好自己想辦法，於是找上我們。」

「但是這麼不可靠的目擊證詞，有辦法找出確實的線索嗎？」

「所以老大並不是只專注在顧清雄的死亡事件，他覺得必須從源頭看起，將事件做全盤的調查，才有機會查到他死亡的眞相。」

「也就是說，要從詐騙事件開始吧。」

「沒錯。」

沈柏彥沒有想到，儘管偵探社內沒有留存報告，無法得知葉永杰調查的經過，但這部分竟然可以從他個人留下來的筆記中補足，實在非常意外。

「老大做了很多調查，但是因爲情報太少，到處碰壁，剛開始的時候並不順利，不過這些過程就略過吧，他的調查最後是在跳蚤市場有所突破。他到那邊去問有沒有人認識說要賣古錢幣給顧清雄的人，由於顧清雄常跑跳蚤市場，有不少人都認識他，所以很多人都看到他和賣古錢幣的人在談話。老大鍥而不捨的跑了好幾次，總算從中找到一個賣家，他的朋友見過那個賣古錢幣的人。」霍政明說道。

「咦？這是怎麼回事？」沈柏彥問。

「賣家本來不知道這件事，老大第一次去的時候，賣家只知道是要找賣古錢幣給顧清雄的人，但他無法提供線索。後來賣家向朋友提起這事，朋友說曾經見過那個人，於是他問了情況，之後在老大去跳蚤市場的時候，告訴他這個消息。

賣家的朋友偶爾會去逛跳蚤市場，那一天他正和賣家在聊天，他們看見顧清雄和賣古錢幣的人，兩個人在距離攤位稍遠的地方交談。賣家認識顧清雄，所以隨口跟朋友提起，說顧清雄很愛買古董，大概又是在和別的賣家談生意吧。

很巧的是，朋友曾經看過賣古錢幣的人，雖然彼此並不認識，不過倒是見過幾次面，有一點印象。老大知道這件事之後，立刻請賣家聯絡朋友，希望了解是在哪裡遇見的。中間經過幾次聯繫，最後老大請賣家的朋友幫忙，一起到他見過面的那個地方去找人。

雖然賣家的朋友不認識那個人，也不知道那個人是不是還會在那裡出現，不過對老大來說，這是唯一的線索，所以也只能延著這條線索繼續追查下去。第一次去繞了一圈，沒看到人。第二天再去一遍，還是沒有。老大麻煩別人兩天，雖然不好意思，但還是厚臉皮拜託對方跟他再去一次。第三天中午，總算被他遇到了。」

「政明，那個地方是哪裡？」沈柏彥問。

「青年公園。」霍政明回答。

青年公園？難道……

「那個賣古錢幣的人，就是黃世良吧。」沈柏彥說道。

「沒錯，就是他。你怎麼知道？」霍政明問道。

「我聽說他常在青年公園附近閒晃，所以才會猜是他。」

「嗯。老大想要從他口中套出情報，不過那個黃世良也不是省油的燈，沒那麼容易就說出口。只是他也說，想要問他事情，就花錢來買。老大察覺黃世良是個愛錢的人，於是花了錢，要他說出一些情報。」

「原來如此。花了不少錢吧？」

「這我就不知道了，他沒寫在筆記上。總之，黃世良說出，高德忠將顧清雄的生活習慣與作息等等資料告訴詐騙集團，然後那兩個主謀策劃整起計畫，再找了黃世良去跳蚤市場，最後完成詐騙行動。」

「果然，高德忠脫不了關係，他就是洩漏情報的人。」

「對。」

「那兩個去顧老闆的店裡詐騙的主謀呢？高德忠沒有提起？」

「老大有寫下那兩個人的名字，不過我記不起來了。但是我記得老大寫到，高德忠說那兩人後來離開台北，去了東部，而老大並沒有繼續追查下去。對他來說，高德忠應該比那兩個人還重要。」

「為什麼？我知道葉永杰去找了高德忠，但並不知道詳細的內容。」

「根據黃世良的說法，高德忠做的事並不只這些。那個黃世良根本不怕別人的威脅，因為他沒有什麼可以失去的，不像高德忠必須維護自己的社會地位。只有錢才能讓黃世良說出那些事，我想，老大應該花了不少錢，才買到這些情報的。」

「咦？黃世良說了什麼？高德忠不只是洩漏情報？」

「顧清雄是被殺的，兇手就是高德忠。」

「這……」

超乎沈柏彥的預期，他並沒有想到這個方向。他一直懷疑高德忠可能會是向詐騙集團提供情報的人，卻沒想過他竟然就是害死顧清雄的兇手。

「這是黃世良說的？他怎麼會知道？」沈柏彥問。

「因為事情發生的時候，他就在旁邊，是目擊者。」霍政明說道。

「他是目擊者？」

「對。剛剛社長提到，有個老婦人看見兩個人匆忙跑離天橋，那是讓家屬決定要委託調查的動機。」

「高德忠和黃世良就是那兩個人？」

「嗯，沒錯。事情是這樣的，那一天晚上，高德忠和黃世良見面，好像是因爲高德忠要付錢。然後他們經過那座天橋，正好遇到顧清雄從階梯走上來。」

「所以他們的碰面其實是意外發生，而不是顧清雄懷疑高德忠？」

「再怎麼說，高德忠都只是常客，而且顧清雄自己的習慣也不是秘密，很多人都知道，顧清雄的確沒有理由懷疑到高德忠頭上。」

「那見面又有什麼關係？」

「問題是黃世良，因爲黃世良就是在跳蚤市場說要把古錢幣賣給他的人。」

「原來如此！」

「事情發生之後，從家屬到警方都在討論這件事，顧清雄當然也很清楚，古錢幣的事才是詐騙的起點。還有，一定有熟人將他的事情告訴詐騙集團。他同時看見黃世良與高德忠，這兩個人剛好符合前面這兩個角色，他當然立刻就察覺事情的經過。」

「他一定很憤怒吧，而且還喝了酒，更加不可控制。」

「沒錯，顧清雄和他們開始爭吵，後來變成肢體衝突。他和高德忠互相拉扯，黃世良則是在旁邊冷眼旁觀。」

「這個人實在是……」

「結果，高德忠爲了擺脫顧清雄，很用力地推了他一把，但那是在天橋上，而且他們又是在階梯前發生扭打，顧清雄就這麼摔下去，撞到頭部的要害而死亡。」

眞相竟然是如此，沈柏彥實在沒有想到。

「這就是事情發生的經過，顧清雄死亡的眞相。因爲黃世良是目擊者，所以這個結果應該是很可信的。」霍政明說道。

「黃世良的證詞眞的可信？他不會說謊嗎？」沈柏彥問。

「黃世良說了一些現場的情況，如果他沒有目擊殺人，不可能會知道。更重要的是，殺人的是高德忠，和他沒有關係，他就算說出眞相也不會有損失，反而還可以賺到錢。」

「等一下，我想到一個問題。」沈柏彥問道。

「如果葉永杰從黃世良那裡，已經得到所有的情報，那麼他沒有理由去找張中誠，不是嗎？」

「張中誠？」

「就是高德忠的前同事，葉永杰也去找過他，還留下了名片。」

霍政明想了一會，然後才說：「我想起來了。那是因爲老大在第一次向黃世良購買情報時，只得知高德忠是洩漏情報的人，還不知道他就是兇手。」

「第一次？還有第二次？」

「對，但是在說出這點時，黃世良還透露出他知道別的事，有興趣的話再拿錢來買。」

「這個人眞是愛錢如命啊。」

「那是一筆不小的金額，老大在筆記裡這麼寫。從黃世良的態度看來，老大可能懷疑高德忠不只洩漏情報，說不定是殺人兇手，黃世良才有情報可以賣。但是沒有證據，他必須繼續調查。因此，他才會找上高德忠和張中誠，想要得到一些線索。」

「只是最後他還是付錢了？」

「嗯，因爲從他們兩人身上，還是查不到什麼線索。沒有辦法，他最後只能再找上黃世良。」

「原來如此。但是葉永杰最後的調查報告，卻沒有把高德忠寫上去，仍然認定是意外死亡。」

「我就是對這點感到疑惑，老大最後卻仍然以意外來結案，向委託人也是這麼報告的。」

「會不會因爲是沒有證據的關係？就算高德忠是兇手，但只憑黃世良的證詞，若是掌握不到其他證據，就沒辦法將他定罪？」沈柏彥問道。

「有可能，或許這就是他去找高德忠的原因。不過筆記上只寫他打算去找高德忠，後面的調查過程，老大就沒寫到了。」

「他並沒有寫到爲什麼要去找高德忠？」

「嗯，筆記到這裡就中斷了。我很疑惑，不知道之後發生了什麼事。而且事關我們偵探社的名譽，如果高德忠真是犯人，而老大卻判定爲意外，如果被人知道了，對我們的聲譽是很大的影響。」

「所以你才去調查？」江連宗問道。

「對，我不知道爲什麼老大要包庇高德忠，所以只能重新調查。」霍政明說道。

「這就是你去找高德忠的原因？」

「是，我覺得週遭的線索都已經被老大搜查過了，所以我打算直接從他身上展開調查，才去找他。老大在和他見面之後，一定發生了一些事，才會造成現在的結果，我想要弄清楚。」

「你怎麼不告訴我這件事？」江連宗的語氣相當嚴肅。

「對不起，社長，因爲我只是起疑，沒有眞正的證據，打算等調查到了一定程度，眞的有掌握到什麼證據的時候，才告訴社長。」

「好吧，我知道你的動機了。然後呢？你去找了高德忠？發生了什麼事？」江連宗問。

「我先打了電話給他。」霍政明說道。

「電話？不是直接去找他？」

「對，我先告訴他我的身分，還有我對於顧清雄的事件有些疑問，想要當面和他談這件事。」

「然後他答應了？」

「他剛開始的態度很明顯的是在警戒，不過畢竟主控權是在我的手上，他不知道拒絕我會發生什麼事，所以也只能答應。當然，我在電話裡並沒有說太多，只提起顧清雄，然後希望他能撥個十分鐘和我見面，就這樣而已。」

「然後他就和你見面了。是在雜誌社樓下的咖啡廳？」

「對，我打算直接到雜誌社去找他，他說樓下有一間咖啡廳，於是我們就約在那裡碰面。」

「是在你打電話的同一天？」

「不，隔了幾天吧，不是當天。我是希望在那天就能和他見面，不過他說那幾天非常忙，要和客戶見面吃飯之類的，所以我過了幾天才去找他。」

「見面的過程都很順利嗎？」

「嗯，那天中午，我先到了咖啡廳，高德忠過了一陣子後也出現。我從老大的調查報告裡看過他的照片，所以知道他的長相，於是他一走進來，我就向他揮手。我沒有多說廢話，直接就說，我們偵探社對顧清雄事件有些疑問，想要請教他一些事情。

當然我並沒有讓他覺得，我是把他當成嫌疑犯在對待，而是讓他以為，我只是在詢問關係人的證詞。他也問了我，顧清雄事件已經確定是意外，爲什麼現在還在調查。」

「那你怎麼回答？」

「我只是說，從調查報告看來，雖然已經確定是意外，但是有名委託人還是覺得有疑問，所以我們打算再重新詢問一次關係人。他也問了我，那個委託人是誰，因爲那只是我的藉口，所以我說沒辦法透露，請見諒。」

「他呢？他怎麼回答？」

「他只是回答沒什麼好說的，以前老大去找他的時候，他就已經把知道的一切都說出來了，所以沒有其他事情可以告訴我。我問他，經過這兩年的時間，有沒有發現一些當初不知道的情報，有可能是和顧清雄有關的？他想了想，然後說沒有。」

「結果還是沒能得到有用的情報？」

「嗯。後來他就拿電話出來，開始打電話。我稍微聽到他說的一些話，然後因爲他的臉色不太好看，所以才順便問一下。不然的話，我也不會知道他們在電話裡交談的內容。」

「原來如此。後來你還有問他什麼嗎？」

「不，沒有，我並不打算第一次和他見面就花太多時間，而且過了那麼多年，就算出現新證據，也不太容易能一下子就想起來。於是我就說感謝他抽空和我見面，希望他能幫忙想想，有沒有什麼事是和顧清雄有關的，有需要的話，我會再來麻煩他。然後我就離開了，整個見面的過程大概就是這樣。」

「嗯。後來還有再見面嗎？」

「不，就只見了那一次而已。之後我開始又有新的案子要辦，我想想是什麼……應該就是三峽那件商人被親戚殺害，卻僞裝成是強盜殺人的案子。」

「是那一件啊。」江連宗說。

「是啊。這幾個月來一直都很忙，所以我也暫時沒去管顧清雄的事件了，當然也沒和高德忠再見過面，就連他的名字，我都不太記得了。不過還好，和他見面的過程，還算是記得清楚。」

這就是霍政明與高德忠見面的經過了。沈柏彥總算聽到了完整的過程。

聽起來其實平凡無奇，並沒有什麼太出乎意料的事情發生。

依據霍政明的說法，他去找高德忠，沒談多久，也沒得到有用的情報。就只見了那一次面，一直到現在都沒再見過。

不過這是事實嗎？沈柏彥並不能確定。這是霍政明的片面之詞，沒有人可以證明。而高德忠已經死亡，當然更不可能確認這些話的眞實性。

「不過那個高德忠死了？而且還是殺人之後自殺，和老大一樣？這實在太巧了吧。」霍政明說。

「是啊。兩起事件是否有著關聯，或者其實只是巧合，眞相都還不明。」沈柏彥說道。

「但是這兩個事件，牽連到的關係人完全不同，竟然還能集中到你們的手中，這也算是相當巧合的事了。」

「話這麼說也是沒錯啦，我也覺得很巧，當初知道高德忠事件的時候，也是感到非常驚訝。」

「這麼說來，你是先知道老大的事情，之後才知道高德忠事件的吧。」霍政明對沈柏彥問道。

「對。」

「高德忠事件是別人告訴你的，但你一開始怎麼會知道老大的事？也是聽別人說的？」

沈柏彥微微皺了眉頭。關於這一點，他還是無法完全坦白的說出口。回溯到事件的最開頭，他是因爲聽趙思琦提到「會殺死委託人的偵探社」這個傳聞，以及葉永杰殺人後自殺的事，才去調查舊新聞，因而知道這件事。

但是如果全部說出，就必須觸及這個敏感的傳聞，而這個傳聞，趙思琦是在無意中聽到霍政明在電話裡說出口的。從這個角度來看，霍政明正是整起事件的源頭。

因此沈柏彥感到猶豫，他不知道說出這個傳聞，會造成什麼不可預知的影響。他不希望因爲自己魯莽的舉動，而破壞了整起事件的發展，於是，他決定不說出口。

「是這樣的，有一次思琦回總公司，聽到那邊的朋友說這個分部以前還有一位名叫葉永杰的探員，後來自殺了。思琦不太敢問你們，怕這件事是禁忌，又覺得很不安，所以告訴我。我答應要幫她查，就上網去查新聞網站，結果查到了舊新聞，因此才知道這件事。」沈柏彥說。

「原來如此，是思琦說的，難怪你會知道。」霍政明說道。

「是啊，不然我也沒有理由會聽到葉永杰的名字與發生的事。」

「好了，總之就是如此。」

江連宗像是要將今天的談話做個結束，然後繼續說道：「柏彥他們在調查這兩起事件，然後發現你和高德忠見過面，所以只能找你問個清楚。沒事就好，今天就到此爲止。政明，關於顧清雄的事件，改天有空的時候，你把之前調查的結果，向我報告一遍。雖然已經結案了，社內也沒有留著相關的調查報告與資料，不過我還是必須知道眞相，然後我再決定要怎麼做。」

「是。」

在霍政明的敘述下，補足了事件發展的經過。但是否如同江連宗說的，眞的沒事呢？沈柏彥心中仍然有著疑惑。

21

十二月六日，星期五，深夜十一點。

方揚接到沈柏彥的電話，聽他敘述今天晚上在江氏偵探社所發生的事。

從沈柏彥的話中，他發現了新事實。然後做出假設，再推翻。最後，結合之前得到的線索，進行推理。

原來如此。

他知道眞相了。

然後，方揚說道：「你可以幫忙安排一下嗎？我想去江氏偵探社找江連宗社長。」

「咦？這是怎麼回事？你爲什麼要去找他？」

「我已經知道事件的眞相。」

「什麼？眞的嗎！你剛剛聽我講了那些事，然後就知道眞相了？我說出了什麼重要的線索嗎？」

沈柏彥的口氣非常激動，看來他非常訝異。

「沒錯。不過在解謎之前，我必須去拜訪江社長，要先見他一面才行。」

「爲什麼？不是已經知道眞相了嗎，不能直接說出來，一定要先見他？」

「對。禮貌上總是要去拜訪。」

「禮貌？算了，我知道了，我先打個電話給社長，確認一下他的時間。等下再打給你。」

「好。」方揚掛上電話。

事件已經結束，接下來只要說出來就好。不過不能以眞相爲令牌，隨便踏入別人的領域，所以他必須先和江連宗見面，告訴他接下來會發生什麼事。這是方揚覺得必須要做的事。

雖然他也可以直接把所有的人都召集起來，在眾人面前解謎，然後抓出犯人，但是他卻覺得，如果什麼都沒說，就直接去到江氏偵探社，然後指出犯人，對江連宗來說是很不尊重的。他寧願先通知江連宗，然後再說明眞相。就算會因此而發生意外的情況，他也覺得是不得不做的。

他所要說明的眞相，必然會傷害到某些人，所以他只能這麼選擇。

或許這種打草驚蛇的舉動，會影響事件最後的發展，但他覺得無所謂。方揚原本就是旁觀者，他總是基於一種受人所托的責任感而去解開事件，但事實上這個責任感原本就是虛無的，並不代表他就必須站在正義公理的一方。而他自己，也很清楚這一點。

就算犯人因此而逃逸，那也沒關係，他只是負責解謎，就是這樣而已。他的正義感並不是那麼強烈的黑與白，他知道世事不能只被明確地分爲善與惡，中間還是有著許多階段的。

電話響了。

「喂，明天晚上六點半，在江氏偵探社，只有社長在。然後我跟你一起去。這樣可以吧。」

「好。」

「這是最後了吧？」

「對，最後了。」

方揚和沈柏彥道別，掛上電話。

第二天，方揚提前十分鐘，來到江氏偵探社的樓下。沈柏彥很快地也來到這裡，兩人一起上樓，走進江氏偵探社。

社裡只有江連宗在。

江連宗請他們坐在接待區的沙發上。他的目光銳利，打量著方揚。果然是從警察退休的人，方揚心想。

「社長，他是我的大學同學。」

「我叫方揚。」

方揚點頭向江連宗致意。

「我是這裡的負責人江連宗。柏彥說你有事要找我，是嗎？」

「對。是關於葉永杰事件還有高德忠事件，我們正在調查這兩起事件。」

「我知道。你也是一起調查的人嗎？」

「社長，關於這點……」在方揚還沒回答之前，沈柏彥搶先說道，「我們以前遇過一些事件，都是由方揚解決的，他有很多解謎的經驗。雖說我和另一個朋友都在調查這起事件，但其實只是蒐集情報而已，我們得到的線索，最後都是交給方揚。也就是說……」

「就是負責解謎的偵探，對吧。」

「是。」沈柏彥回答。

對於自己被冠上「偵探」的頭銜，方揚其實並不自在。他總是扮演解謎者的角色，只是他不太能夠自覺，這個角色對其他人來說，就等於是偵探。

江連宗看向方揚。

「那今天你來這裡，是爲了解謎嗎？你要說明那些事件的眞相？」江連宗問。

「不，今天來這裡，是先向社長打個招呼，說明一下經過。眞正要解謎時，再將相關的人都聚集起來，一次說明。」方揚說道。

「喔？有意思，我還是第一次聽到這種事。其實沒有必要這麼做吧，一般的偵探，不都是隨便就聚集起關係人，然後直接解謎，沒有必要事先打招呼吧。」

「我覺得那樣對社長並不尊重，所以決定先來見一面。」

「好吧。那爲什麼是來找我？」

「因爲在江氏偵探社中，就有一名與事件關係非常深的人。至少可以確定的是，在發生殺人事件時，他就在現場。」

江連宗和沈柏彥同時盯著方揚。

「方揚，那是誰？」沈柏彥問道。

江連宗雖然沒有說話，但是很明顯的，他也在等這個問題的答案。

方揚看著他們，然後說道：「那個人就是……」

22

會殺死委託人的偵探社。

從這個傳聞開始，事件會發展至此，實在是始料未及的。

既然事件是從殺人偵探社的傳聞開始，那麼這整起事件最後的場景，還是最適合在偵探社裡吧。

方揚不禁這麼想著。

眞相應該要怎麼公開，或者是否應該公開，對方揚來說，並不是一項容易的抉擇。

當然他並不認同殺人事件，無論如何，人都不應該殺人。但是對於犯人的處境，他卻也不得不感到同情。如果說出眞相，就表示有人必須離開現在的生活，接受法律制裁。但是，自己有這個權力嗎？方揚感到懷疑。

他一直都是非常矛盾的人。如果謎題可以只是謎題，他可以毫無保留地發揮他的能力，不斷解謎。這也是他容易一頭栽進歷史謎團的原因之一，因爲在研究那些千古之謎時，他所做的事不會牽涉到其他人。

但是現實生活中的事件卻並非如此。事件必然會與人有所牽扯，眞相的曝光，會直接影響到許多人的人生。方揚並不覺得自己有權力可以制裁別人，當然更不認爲自己有資格改變其他人的人生。

儘管他只是說出眞相，沒錯，就只是解開謎團而已，但那已經足夠破壞一切。

眞相具有改變事物的巨大能量。爲什麼最該知道眞相的人，總是最後一個知道？就是因爲當這個人知道眞相的時候，原本的狀態必然會遭到破壞。無論是說出眞相還是接受眞相的人，都無可避免必須承受眞相揭曉之後所帶來的衝擊。

但不管衝擊再大，都還是只能承受，方揚心想。至於犯錯的人該如何選擇下一步要走的路，那就不是他能夠干涉的了。他並不代表正義，也沒有制裁或審判的權力，但就算心裡非常清楚，也只能完成自己的使命，解明所有的眞相。

這是方揚必須要做的事。

二〇〇二年十二月八日，星期日，上午十一點。

方揚，沈柏彥，王定謙，江連宗，霍政明。

現在，與事件相關的人，都已經聚集在偵探社裡。

沈柏彥很快地將在場的人做了簡短的介紹，然後，方揚開始說道：

「我接下來要說明的，就是葉永杰事件與高德忠事件的眞相。因爲事件相當複雜，横跨了好幾個案件，爲了避免混亂，我想還是按照時間順序來一一說明，會比較容易理解。

「事件的起源，必須回溯到五年前。一九九七年，程明勳是詐騙集團的一分子，他的目標是體弱多病的老人，將號稱可以治療與預防不治之症的神水高價賣給對方，騙取金錢。當然，這些神水只是普通的自來水罷了，不可能具有神奇的療效。

「葉永杰的妻子因癌症過世，他與高齡七十一歲的母親同住。或許是因爲媳婦死去的關係，葉媽媽很擔心自己和兒子的健康，所以讓程明勳輕易地得逞，把她辛苦存下來的錢都騙走。

「終於，東窗事發，神水被踢爆只是自來水，但是被騙走的錢卻再也回不來。葉永杰的母親大受打擊，由於積蓄全被詐騙集團騙走，覺得無顏面對家人，再加上久病厭世，最後燒炭自殺。」

「唉，那實在是相當不幸的事。」江連宗說道。

霍政明也低聲回應：「老大眞是可憐。」

「葉永杰的妻子在一九九六年因癌症而病死，只剩下母親相依爲命。在母親死後，他已經沒有其他親人。可以想像的是，他一定對詐騙集團恨之入骨。這時，江社長出現了。因爲江社長就住在附近，再加上過去又是警察，會聽到消息是很自然的。社長，你在那之前並不認識他吧？」方揚說道。

「不認識，我是覺得很可憐，所以才和里長一起去探望他。」江連宗回答。

「葉永杰在幾個月後辭職，找上江社長並加入偵探社。」

「對。」

「但他那時已經四十歲了，而且沒有任何搜查經驗。」

「那無所謂，從頭學起就好了。」

「社長，應該不是這樣的。」

「什麼意思？」

「這些都只是表面上的理由，他會進偵探社，只有一個目的，就是找出害死他母親的人。」

沒有人說話，一片寂靜。

「偵探的工作和他原本的公務員差別太大，一切都要重新來過，對當時四十歲的他來說，是非常大的轉變，甚至可以說是賭注。只因爲無心工作，就毅然決然辭掉原本安穩的工作，從零開始，很難說得過去。但他若是要藉由這個工作來找仇人，那就變得非常合理了。而且從結果看來，他的確是殺了程明動，這可以佐證這個說法。」方揚說道。

江連宗無言，只是一直看著方揚。

「社長，你應該也知道吧。我想，當時葉永杰告訴你的，應該不是說他對偵探工作有興趣，因爲光是這樣可能不足以說服你。但如果他坦白說出想要找到害死母親的兇手，或許你就會願意幫忙了，也因此才讓他進偵探社。」

「是這樣嗎，社長？」沈柏彥問道。

江連宗沉默片刻，然後才說：「沒錯。他從一開始就說是要找出仇人，我也痛恨那些詐騙集團，所以決定幫忙。」

「可是他的目的是要殺人……」沈柏彥說。

「葉永杰必然不會老實說出口的，江社長大概認爲他是要將詐騙集團繩之以法，卻沒想到葉永杰竟然動用私刑殺人。」方揚說道。

江連宗嘆了一口氣，沒有說話。

「一九九七年進入偵探社後，想必葉永杰是從頭學習搜查技巧，一面工作一面找人。他展現了卓越的能力，或許他原本就很適合這一行，也或許他是爲了復仇而努力學習，總之，他在偵探社裡有著非常好的表現，破了不少的案子。不過神水集團被破獲後，程明勳不見蹤影，這條線就斷了，他應該找得很辛苦。終於，在二〇〇〇年時，他接到了一個案子。

「在那個事件裡，死者顧清雄被認定是意外死亡，但是家屬卻不相信。只是他們沒有辦法尋求公權力，於是找上了專辦犯罪事件的江氏偵探社，要求重新調查這個案子。葉永杰在調查之後，找到了高德忠，並且知道他過去曾是詐騙集團。而再從詐騙內容與活動範圍，他必然能夠發現，這和害死他母親的，極可能是同一個集團。

「皇天不負苦心人，從他在一九九七年進入偵探社，經過了超過兩年的時間，總算被他找到曾在同一個詐騙集團裡的人。而且事情的發展，正好合乎葉永杰的期望。不過話說回來，或許這樣反而是害了他也說不定。」方揚說道。

「這是什麼意思？」江連宗問道。

方揚繼續說：「講到這裡，我們必須先暫時讓焦點離開葉永杰，重新探討顧清雄死亡的事件。顧清雄事件表面上看來同樣也是已經結案的事件，他被認爲是在錢被詐騙集團騙走後，心情不好而外出喝酒，在走上天橋時，因爲酒醉而腳步沒踩穩，從階梯上跌落而死亡。

「不只是警方的調查結果，在偵探社的調查報告上，也將那個案子的結果認定爲意外，高德忠並非犯人。但是根據葉永杰的筆記可以得知，那個事件不是意外，顧清雄並不是喝醉酒後意外摔倒，他是在爭執中，被高德忠推落階梯因而死亡。高德忠才是眞正害死顧清雄的人。

「對葉永杰來說，這是最好的發展。原本就算他找到了高德忠，如他所願找出詐騙集團裡的人，也沒有辦法可以逼迫高德忠供出詐騙集團裡的成員。但是現在，他知道高德忠是殺人兇手，他可以用這個把柄來威脅高德忠，如果高德忠不希望自己的犯行曝光，就只能幫助葉永杰。」

「原來如此。等一下，我突然想到一件事。黃世良和高德忠都是詐騙集團裡的人，而且葉永杰也都接觸過這兩人，爲什麼葉永杰是威脅高德忠而不是黃世良？畢竟他是先找到黃世良的，如果能夠從黃世良就得到情報，也就沒有必要再多走這一步了吧？」沈柏彥問道。

「我也想過這一點，不過因爲當事人都已經死亡，只能推測。首先，黃世良沒有可以被威脅的理由，雖然他是假裝要賣古錢幣的人，他仍然可以辯稱自己根本不知道後續的詐騙事件，就算是明顯的謊言，也沒人能拿他怎麼辦。要從他口中套出情報，只有靠錢，而或許黃世良獅子大開口，葉永杰根本沒有能力負擔。相反的，高德忠是殺人犯，從來不曾曝光，是他最大的弱點。只要掌握這一點，就不怕高德忠不就範，而葉永杰甚至不需要付出代價。兩相比較，當然是選擇高德忠爲對象。」

「說得也是。」

「兩人達成協議，高德忠動用過去的關係，找出了葉永杰的仇人，那就是程明動。詐騙集團的規模並不大，或許高德忠並沒有花太多時間精力就能找出程明動。葉永杰也遵守他的承諾，在調查報告上，並沒有寫出眞相，而認定是意外事件。葉永杰威脅高德忠，藉此取得程明動的情報，這個環節就是連接兩起事件的眞正關鍵。」

「不過我們也因此做出錯誤的結論，這對委託人並不公平。這件事之後我再看看該怎麼處理，繼續說下去吧。」江連宗說道。

「嗯。顧清雄的事件到此爲止，結果是葉永杰得以與高德忠展開接觸，並且威脅高德忠。高德忠迫於無奈，爲了不讓自己殺人的事情曝光，只能聽從葉永杰的要求，找出害死他母親的人。葉永杰因而找到仇人，也就是程明動，然後殺了他。葉永杰是怎麼將程明動約出來的，既然當事人都已經死亡，也沒辦法得到正確的解答。或許是透過高德忠約出來，也或許是其他方法，例如用錢利誘之類的，這個細節無法深究，不過並不至於影響事件的發展。最後，葉永杰自殺，事件告一段落。」

方揚環顧四周，並沒有人打算開口的樣子，於是他繼續說：「葉永杰事件雖然看來已經解決，但是有些部分卻還是讓人疑惑。葉永杰的目的是復仇，他有必要自殺嗎？為什麼不逃跑？為什麼不自首？為什麼選擇的是最無法挽回的自殺？但是就算留下了這些問題，警方的調查裡，仍然認定葉永杰是殺人後自殺。只是因為還留有這些疑惑，所以就算有人認為葉永杰並非自殺，那也不意外。

「到目前為止，我沒有提到那篇殺人小說，因為事件就是因此才變得複雜。不過關於葉永杰是不是自殺，那篇小說是會造成聯想的，所以必須將這個因素納入考量。假設對葉永杰事件很熟悉的人，看見了那篇據稱是跟據眞實事件而寫成的小說，會有什麼想法？會不會認為其實葉永杰想殺的仇人有兩個，但他卻反而被其中一人殺死，並偽裝成自殺？」

「應該會吧，我當初也是這麼想的，只不過對象不一樣就是了。我以為是偵探殺了他們兩人，而不是偵探被殺。」王定謙回答。

「沒錯，因為高德忠事件與葉永杰事件的情況很類似，所以你會產生同樣的想法。無論如何，考慮小說的內容後，一樣會出現這個問題，那就是葉永杰究竟是不是自殺的？他眞的是自殺嗎？還是小說寫的才是事實？會出現這種疑惑是很自然的。而且人們常會偏向陰謀論，由於葉永杰並沒有自殺的動機，所以如果他其實是遭到殺害，之後兇手逃逸，這個論點或許反而更容易讓人接受。葉永杰事件是一切的起點，若不解明，就沒辦法更進一步。」

「他到底是不是被人殺害？」

「不是。就像警方所調查的結果，葉永杰殺死程明勳後自殺，這就是眞相。」方揚說道。

沒有人說話。

「最重要的線索，就是他的遺書。葉永杰留下遺書給江社長，請他幫忙處理身後的一切事宜，對吧？」方揚對著江連宗問道。

江連宗很快地回答：「沒錯。他的確寄遺書給我。」

「他的遺書裡也寫到，他的仇人就是程明動一人，是嗎？」

「對。事實上，他的母親決定自殺之前，也很清楚地告訴他，騙她錢的人只有一個，我從一開始就知道這件事。你怎麼會知道這件事？」

「因爲從蒐集到的線索看來，江社長並沒有採取任何行動。」

「咦？這是什麼意思？」沈柏彥問道。

「如果葉永杰在遺書裡寫到，他的仇人不只程明動，例如像是殺人小說裡的兩個人，那麼江社長必然會對事件產生懷疑。爲什麼葉永杰只殺了一個人？另一個仇人呢？如果他在遺書裡寫下兩名仇人，不可能只對一個人復仇，而放過另一個人才對。應該是這樣，對吧。」

「嗯，如果仇人不只一人的話，那的確是會起疑的。」

「然而江社長卻完全沒有懷疑，也沒有展開調查，可見犯罪現場並沒有讓他必須採取行動的地方，也就是說，和遺書的內容並沒有牴觸。」

「你說得沒錯。」江連宗回答。

「如果沒有遺書，那麼江社長有可能是不知道，所以才沒有進行調查。但是在知道葉永杰曾經寄了遺書之後，再考慮江社長的行動，就可以確定仇人只有程明動。如果仇人只有一人，葉永杰沒有理由殺害更多的人。

「當然還有一種情況，就是葉永杰只約了程明動出來，但是現場卻闖入其他人，最終將葉永杰殺害。這雖然不是不可能，不過若眞是如此，那麼那名兇手必須先搶下葉永杰手上的槍，硬是抓著他的手朝頭部開槍，才能在槍殺他之後僞裝成自殺。但是葉永杰是那麼容易被壓制的人嗎？應該不是。而且現場又沒有打鬥的痕跡，很難支持這個論點。所以，從仇人的人數，從現場情況，都指出葉永杰的確是自殺的。」

「但如果是這樣，又怎麼解釋剛才提到的疑惑？他有必要自殺嗎？爲什麼不逃走？」沈柏彥問道。

「社長，聽說葉永杰是個很有責任感的人，也很有正義感。」方揚說道。

「沒錯。」江連宗說。

「正直，嫉惡如仇。」

「對。」

「不能接受違法的事，無論有什麼理由，也不能夠犯罪。」

「對。」

「如果這樣的人不得不殺人的話，他會怎麼選擇自己的結局？」

沒有人回答，於是方揚繼續說：「對葉永杰來說，法律沒有辦法還給他公道。程明勳只是騙錢，他大概壓根沒想到被他詐騙的人會走上絕路。就算逮捕程明勳，讓他接受法律制裁，也不可能受到太重的刑罰，因爲他『只是騙錢』。但葉永杰卻因爲程明勳的『只是騙錢』而失去了母親，那是用任何東西都沒辦法彌補的。他絕對不是特例，換做是其他人，就算只是一瞬間，心中也一定都會浮現殺人的念頭。」

方揚的語氣變得嚴肅，然後說：「至少我就會。」

儘管方揚的表情並沒有變化，但他卻毫不諱言自己心中黑暗的想法。

所有人都看著他，每個人的臉上都浮現難以言喻的複雜神情。

「他動手了。問題在於，然後呢？基於心中的強烈仇恨，他必須殺死程明動，但他又是個正直的人，他不能接受有人破壞法律，就算是自己也不行。或許他根本不打算自首吧，因為那對他來說可能並沒有意義。人都已經殺了，就算入監服刑，罪惡也不會消失。必須行使私刑殺人，又不能容許破壞法律，所以只剩下一條路。」

方揚停了一下，然後才緩緩說道：「那就是自殺。」

方揚說完，沉重的空氣彷彿要將所有人壓垮。

「葉永杰的事件到此告一段落。各位有沒有什麼問題？」

江連宗嘆氣，但是沒有說話。其他人也沒有表示意見。

「從時間上看來，接下來出現的，是那篇內容記錄著偵探打算殺死委託人的小說。也就是高德忠告訴雜誌社的何立昇社長與莊漢倫總編，他的朋友黃世良寄來投稿的小說。」

方揚繼續說道：「這篇小說，在所有事件中，扮演著非常重要的角色。事實上，我從一開始就對殺人小說的來源感到非常疑惑。根據高德忠的說法，那是黃世良寄來要投稿《神秘世界》雜誌的。如果相信這個說法，那應該是黃世良寫的。而雜誌社的總編莊漢倫提到，高德忠以內容不符合雜誌屬性為由，認為小說並不適合刊登。也因此，在小王無意間發現小說之前，雜誌社裡沒有人看過這篇小說。小說究竟是誰寫的？正如高德忠所說，就是黃世良嗎？或者，高德忠只是假借黃世良的名義，事實上作者並不是黃世良？這種可能性也是存在的。」

「咦？不是黃世良？那麼會是誰？」沈柏彥問。

「高德忠曾經向何立昇提起，有偵探去找過他。當然，現在我們知道，那名偵探就是霍政明先生。」

方揚說完後，所有人的視線都集中在霍政明身上。

不過霍政明並沒有說話，只是看著方揚。

「此時，江氏偵探社的探員霍先生，在高德忠事件中出現了。有沒有可能，小說就是霍先生寫的，然後寄給高德忠？」

「這……眞的嗎？」沈柏彥以驚訝的口氣說道。

「政明，那篇小說是你寫的嗎？」江連宗詢問霍政明。

但是霍政明搖頭。

「不，我沒有寫那篇小說。還有你不用稱呼我是霍先生，直接叫名字就好了。」

方揚點頭，然後說：「好。那只是個假設，你的確沒有寫過那篇殺人小說。關於小說的來源，因爲還牽涉到其他的證據，爲了避免說明時太過混亂，所以先暫時擱置。不過你去找過高德忠，這件事卻是非常重要的。對我來說，這是手上所得到的最後一個線索，也因此才能得到眞相。」

「就是前天我和社長及政明見面時，所說的那些話，是嗎？」沈柏彥問道。

「對。」方揚回答。

「你到底從那天提到的事情裡看到了什麼？我完全搞不懂。」

「我發現了一個疑點。」

「疑點？」

「沒錯。」

「是什麼疑點？我也一點都看不出來。」江連宗說道。

「就是在他們兩位見面時，高德忠打給何立昇的那通電話。」

「但是那通電話裡，好像並沒有說到什麼重要的事情？」沈柏彥問道。

「對，那通電話的確沒有提到重要的事。就是這樣才奇怪。」

「方揚，到底是怎麼回事？」

「高德忠打電話回雜誌社，只是爲了要說他不回公司，要直接去找客戶。由於何立昇社長之前接到高德忠哥哥的電話，所以順便轉述。但是何社長並不知道是什麼事，因爲高德忠的哥哥沒有說出來，反而是高經理自己提到是和錢有關。但是三位在前天見面時，霍政明曾經說過，高德忠的家裡發生點事，需要籌一大筆錢。奇怪的是，那通電話中並沒有提到金額，霍政明卻知道那是一大筆錢。霍先生，你爲什麼會知道那是一大筆錢？」

「這……」

霍政明或許沒有想到方揚會提到這個問題，所以一時之間愣住了，並沒有馬上回答。過了好一陣子，才急忙說道：「那是高德忠說的。我有聽到他說那句話，然後因爲他的臉色不太對勁，我問他怎麼了，他才告訴我的。這沒什麼好奇怪的吧？」

「不，那是不可能的。」

方揚直視霍政明。

「在高德忠事件發生的那天下午，高德忠的家人又再次打電話給他。從時間上看來，極有可能就是高德忠在犯罪現場時接到電話。在那通電話裡，高德忠的家人第一次說出他們需要的金額，這點是在事件之後，何社長從警察口中聽到的。

「你沒說錯，那的確是一大筆錢，超過三百萬。在發生事件之前，高德忠只知道家裡需要用錢，卻不知道到底要花多少錢。也就是說，在他與你見面的時候，他根本不知道正確的金額是多少，所以更不可能會向你提起。不管你是不是在那通電話之後向他詢問，你都不可能在那一天得知這個消息。」方揚說。

霍政明的臉色變得非常凝重。

「會知道高德忠必須爲家裡籌一大筆錢，只有可能是在犯罪現場。霍先生，在事件發生的當時，你就在現場，對吧。」方揚說道。

霍政明依然看著方揚，也同樣沒有回應。

「政明在現場？難道……難道高德忠是你殺的？」沈柏彥以不可置信的語氣問道。

霍政明望向沈柏彥，卻還是緊閉雙唇，沒有說話。

「不，光憑著這點線索，不能直接導向他就是兇手。除非兇手自白，或是有目擊者之類的直接證據，才能夠證明他是兇手。我能憑藉的，只有剛才列出來的這些線索，只能依據這些線索來加以推理。而推理只能得到霍政明曾經去過犯罪現場的這個結論，沒有辦法再更進一步說明他是不是兇手。」方揚說。

「但是……」沈柏彥說。

「可以確定的是，霍政明在現場。如果從這一點出發的話，那麼會得到什麼樣的結果？

「從霍政明的角度來看，他有理由對葉永杰的死亡抱持疑惑。霍政明由葉永杰負責教導搜查技巧，就像是師徒一樣，他或許自認很了解葉永杰的個性，並不相信師父會自殺。再加上江社長不曾讓他看過遺書，那麼他會這麼想，應該是很合理的。」

「我從來沒有想過，要讓其他人看那份遺書。」江連宗低聲說道。

「或許就像霍政明說的，在葉永杰死後，他持續在閱讀葉永杰辦過的案子。如此一來，他遲早會看見顧清雄的事件。那是葉永杰承辦的最後一個案子，然後，他在其中發現了疑點。他發現顧清雄並不是意外死亡，而兇手就是高德忠。」方揚說道。

「等一下，如果是這樣，葉永杰爲什麼還要把筆記留給政明？那不就會讓政明知道，其實高德忠是兇手，而他卻以意外事故來結案嗎？」沈柏彥問。

「或許他的心思只專注在復仇上，當然更可能是他並沒有想到，自己筆記上洩漏出高德忠是兇手的眞相，竟然會引發霍政明的疑問，進而重新展開調查。葉永杰沒有辦法預測未來的事，也許他只是單純的覺得，自己的筆記可以給霍政明一點參考，所以就直接留給他吧。」

「我想你說得沒錯。」江連宗說道。

「永杰過去花了很多心思在栽培政明，他在自殺之前，一定也還在想著，要怎麼樣讓自己的遺物對政明有所幫助，也因此才會將自己的筆記留給他。」

「他的心思早就不在顧清雄事件上，當然也不會再多花工夫，去消除筆記上頭有關高德忠的事，更何況也沒有這個必要。」

方揚繼續說道：「但是這份遺物卻造成了意想不到的影響。霍政明發現筆記與正式報告之間的矛盾，必然會感到疑惑。如果顧清雄事件不是意外，爲什麼葉永杰要刻意以意外來結案？如果眞正的兇手是高德忠，那麼葉永杰是不是和高德忠之間發生什麼事情，才會刻意去隱瞞這件事？一方面懷疑葉永杰不可能自殺，一方面又在葉永杰最後的案子中發現疑點。於是，他去調查了案子裡的重要人物，也就是高德忠。」

「然後，霍政明去找了高經理，這件事也因而被社長知道？」王定謙問。

「沒錯。高德忠知道了霍政明的來意，手上又剛好有據他說是黃世良寄來的殺人小說。高德忠將小說拿給霍政明看，霍政明很可能會因而相信，那就是葉永杰事件被隱藏的眞相。葉永杰不是自殺，而是被他想殺的黃世良所殺，進而掩飾成自殺。到目前爲止，各位有沒有什麼問題？」

事件的說明暫時告一段落，由於接下來會是另一段的起點，所以方揚先停了下來，看著在場的其他人。

所有人都沒有回應，於是方揚輕輕吸了一口氣，繼續說。

「到剛才爲止的推理，都還不致於遇上瓶頸，問題是在後頭。在看到殺人小說，認爲葉永杰不是自殺，而是被殺之後，霍政明會怎麼做？事件最後的結果是高德忠與黃世良死亡，而我剛才也說過，霍政明曾經到過犯罪現場。他所扮演的角色是什麼？眞的是他殺了兩人，再將高德忠僞裝成是自殺嗎？這是我感到困惑的地方。」

「難道不是？從剛剛的推理看下來，這好像是最合理的解答吧。」沈柏彥說。

「重點並不是下手的可行性或是機會，而在於動機。如果高德忠和黃世良都是他殺的，那麼動機是什麼？爲什麼要殺人？」

「為了替葉永杰復仇？因為以為葉永杰想殺了黃世良，卻反而被黃世良所殺，所以他要為葉永杰報仇？」沈柏彥問道。

方揚看了霍政明一眼，霍政明沉著一張臉，眼睛看著地上，沒有反應。

「他眞的有必要為葉永杰復仇嗎？他有那麼強烈的殺人動機嗎？我不知道，只是很懷疑。就算他們的感情眞的深厚到他願意殺人來復仇，那有必要殺死兩個人嗎？仇人只有黃世良，沒有理由連高德忠也殺害。」方揚說道。

「為了封口？因為可以從高德忠身上，查出政明是重要的嫌疑犯。為了保護自己，於是殺了高德忠，不是嗎？」沈柏彥說。

「這些都只是推測，沒有證據可以支持。唯一可以確定的只有霍政明當時的確在現場，如此而已。除此之外，我還有一點搞不懂的，就是重現犯罪現場的理由。為什麼高德忠事件會像是葉永杰事件的翻版？眞的只是巧合？

「就算退一步想，假定霍政明是兇手，想要殺人，那麼他有非常多的方式可以選擇，可以在深夜的路邊，偽裝成是強盜殺人，也可以在毫無人跡的深山裡，神不知鬼不覺地完成。他有什麼必要去學葉永杰的做法，也在廢棄公寓裡犯案？還是他不想被調查，於是讓現場呈現出明顯的兇手與被害者狀態，這樣他就能夠逃脫罪嫌？有可能，但還是要有證據才行。為什麼要重現？除了殺人小說，這是讓我覺得非常疑惑的另一個重點。

「然後，我又回到了剛剛的問題。假設眞的是霍政明為了復仇而殺人，那麼他為什麼要殺死兩個人？就算他以為小說內容是事實，那麼仇人也只有黃世良，為什麼要連高德忠都殺？只是為了封口？」

方揚說。

「怎麼又回到了這一點了？」

「爲什麼仇人只有一個，卻要殺死兩個人？這不只是單獨的問題，包括殺人小說的來源，還有犯罪現場的重現，都是還沒有解決的問題。或許這些問題全都導向另一個解答，而那與現在所看到的，是完全不同的眞相。如果這樣的話，就能解釋爲什麼這些問題都還沒有得到解答了。」

「完全不同的眞相？」

23

「霍政明並沒有殺害高德忠與黃世良的理由。爲葉永杰復仇只是可能性之一，並不見得可以構成足夠強烈的殺人動機。霍政明缺乏殺人的動機，所以如果兇手不是他的話，會不會還有別人的存在？在他的背後，是不是藏著幕後黑手？」方揚說道。

「還有別人？」沈柏彥問。

「如果有人具有殺死高德忠與黃世良的動機，但是設計出全盤的犯罪計畫，假借霍政明的手去殺人，會不會有這種可能性？」

「方揚，這……眞的嗎？」

「既然從線索與動機看來，都無法斷定霍政明是否眞是兇手，所以只好另找突破點。假設眞有幕後黑手的存在，就能解釋爲什麼霍政明要殺死高德忠與黃世良，因爲他只是被人操控。由於葉永杰幾乎沒有親友，與他熟識而且可能參與事件的，也只有江氏偵探社的人而已。」

「喂……」

方揚沒有理會沈柏彥，繼續說：「江連宗社長和葉永杰是鄰居，對吧？」

「對。」江連宗回答。

「詐騙集團既然在葉永杰家裡進行詐欺，他們的行動可能不是只有葉家而已。或許那一帶的其他住戶，也曾經是他們詐騙的對象。雖然目前並沒有更多的證據，可以證明在那附近還有其他的受害者，但就地緣關係看來，如果詐騙集團在那裡還有其他的下手目標，也是不意外的。」

然後，方揚看著江連宗，說道：「聽說江社長的妻子因病而逝世……很抱歉，我不得不提到這件事，請見諒。社長因此辭去了警察的工作，然後接受徵信社老闆的邀請，成立了西區分部。」

「等一下！方揚！」沈柏彥叫道。

「你是在說，社長他的妻子，也是詐騙集團的……受害者？」

江連宗臉上的表情沒有改變，只是一直看著方揚。

「如果是的話，那又怎麼樣？」江連宗說。

「詐騙集團曾經在那一帶行動，高德忠和黃世良是其中的一分子，當然也有可能從事詐騙的行爲。如果因爲他們的詐騙而導致被害者死亡，那麼被害者的家屬，的確具有殺死他們的動機。」

沒有人說話。矛頭意外地轉向江連宗，或許讓所有人都相當震驚。

「然後，江社長，你想到可以利用葉永杰事件，因爲你心中設定的殺人兇手，就是霍政明。霍政明與葉永杰之間的感情深厚，你可能曾經察覺到，他一直都對葉永杰的死抱持著疑惑。如果利用一些跡象，讓他誤以爲葉永杰並不是自殺，而是被仇人所殺，那麼霍政明可能就會爲了復仇而去殺人。

「因此，你必須製造葉永杰並非自殺的假象。由於高德忠曾經與葉永杰有所接觸，他因而成爲計畫中的首要對象。你寫了那篇殺人小說，然後交給黃世良，要黃世良自稱是他寫的，然後交給高德忠。這應該不困難，只要用錢利誘黃世良，很容易就能達成目的。從結果看來，小說是從黃世良手中交給高德忠，這使得高德忠對雜誌社內宣稱，小說是他的朋友拿來投稿的。

「接下來是霍政明的部分。你可能早就注意到，霍政明會爲了學習葉永杰的辦案技巧，而持續閱讀他留下來的搜查筆記。江社長，你想辦法讓他注意到顧清雄事件，無論是明示或是暗示，這也不是困難的事。你應該有把握，只要霍政明開始看到顧清雄事件，必然會對事件起疑。

「之後，霍政明懷疑葉永杰與高德忠之間有所關聯，更進一步認爲葉永杰的死因不單純，於是他去找高德忠，想要問個清楚。至於高德忠，在得知霍政明的來意之後，他想到了黃世良所寫的小說。高德忠從小說的內容，認定黃世良與葉永杰事件有關。他早就想擺脫掉黃世良，這是個好機會，所以他將小說交給了霍政明。

「不過如果事情就這樣發展下去，霍政明只會去找黃世良，而不會對高德忠下手。你的仇人是這兩個人，所以勢必要讓霍政明誤認葉永杰的仇人人數。除了已經被殺的程明動，還有另外兩個人，只有讓霍政明這麼想，他才會認爲除了黃世良之外還有另一個仇人，也就是和黃世良聯手進行詐騙的高德忠。

「這大概也不難，做法很多，例如你可以假造遺書，在遺書裡寫清楚犯人的身分，故意讓霍政明發現，他很自然就會認定仇人有三個人。結果，就照著你的計畫，霍政明的確是復仇了，只不過不是葉永杰的仇，而是你的。」

江連宗盯著方揚，卻沒有說話。

而霍政明卻是一臉無法相信的表情，來回看著江連宗與方揚。他似乎有話想說，只是一直都沒有開口。

「如果……如果眞是這樣，爲什麼會是政明？爲什麼社長設計的人是政明？」沈柏彥有些遲疑地問。

「在那篇殺人小說裡，已經寫得很清楚了。」方揚說道。

「什麼？」

「要達成完全犯罪，有一個最簡單的方法，就是兇手殺死和他完全無關的人，那麼不管再怎麼調查，都不會查到他身上。」

「這是眞的嗎？」

「爲了解決霍政明沒有理由殺死高德忠與黃世良的問題，所以必須另找突破口。這個假設是我所設想過的事件型態之一，如果江社長是犯人的話，那會是什麼情況？就像剛才說的，有可能性存在，可以合理解釋部分的眞相，但卻沒有證據支持。既然沒有證據，就只能捨棄這個想法。

「而且最重要的是，爲什麼要重現犯罪現場，這個假設也沒辦法有效的說明這個問題。犯罪計畫是陷害霍政明，殺害高德忠與黃世良，但是看不出有重現葉永杰事件的必要性。如果江社長是幕後黑手，他不是實際執行的人，那麼最後現場呈現出的樣子，不見得會一切照著他的劇本走，很可能不是他能夠控制的。犯罪現場的重現，在這個假設裡也無法得到解釋。」

「所以這並不是眞相？」沈柏彥問。

「不是，這是我在到達眞相之前所思考過的假設，並不是事實。」方揚回答。

然後，江連宗輪流看著在場的所有人。

「你們還眞的以爲我是操控政明去殺人的犯人嗎？太不相信我的人格了吧。」

「社長……」霍政明抬起頭看著他。

「我太太是病死的沒錯，但她的死和詐騙集團沒有關係，並不是永杰的母親那種情況。我跟詐騙集團沒有瓜葛，也沒有必要去復仇。」

聽完之後，霍政明點了點頭，再度將頭低下。

「由於葉永杰事件的相關人物不多，在確定霍政明到過現場之後，就必須考慮江社長涉案的可能性。如果與江社長無關，也要明確的加以排除。這個設想不但沒有證據，也無法充分解釋事件，所以並不是眞相。江社長，爲了說明事件，我必須提出這個假設，很抱歉。」

「沒關係。」

江連宗揮揮手，對於方揚剛才所說的，他似乎並不在意。

「雖然這個假設是錯誤的，但是卻指向正確的方向。霍政明出現在現場，不過他並沒有動機殺害兩人。如果他是遭到別人的利用，動機是被捏造出來的，那麼不但不再是問題，反而變得非常合理。倘若眞有幕後黑手，設計了整起事件，所有的關係人都只是計畫中的棋子，那麼這一切的矛盾，也就可以完全得到解釋。」

「這麼說來，的確有幕後的主謀者存在吧，那個人到底是誰？」江連宗問道。

「那個人從頭到尾都躲過我們的目光。他策劃與執行整起事件，但是卻讓自己身處調查的範圍之外。而他的身分，也只有霍政明知道。你知道他是誰，但是沒辦法說出來，因爲那等於承認你就在殺人現場。」

霍政明沒有回應，只是臉上的表情顯得非常疲倦。

「那個人沒有被懷疑，原因很簡單，因爲他已經死了。」

偵探社裡只有方揚的聲音在迴盪，其他人都沒有說話。

「那個人，一手主導所有的事件，卻在最後死亡。」

所有人的視線都集中在方揚身上。

「這是他未完成的犯罪。」

眞正的犯人揭曉。

「他，就是高德忠。」

24

「高德忠事件一直給我一種怪異的感覺，與葉永杰事件比較起來更是明顯。由於這兩起事件如出一轍，所以更容易造成聯想。除了收到遺書的江社長可以明確得知葉永杰的確是自殺外，其他人或許都會有種疑問，爲什麼他要自殺？葉永杰的確有自殺的理由，這一點剛才已經說明了。

「問題在於，爲什麼高德忠要自殺？的確，他有殺害黃世良的理由。黃世良長期向他勒索，最後還向他要了一大筆錢，這些都是確定的事。但是這只構成殺人的動機，卻不至於成爲自殺的動機。

「事實上，在不斷了解高德忠的生平之後，我覺得他才是最不可能自殺的人。從餐廳倒閉負債好幾百萬，加入詐騙集團，意外殺人，進入雜誌社開始正當工作，長期遭到勒索，他的人生過得並不輕鬆。儘管如此，他還是活了下來，他曾經犯罪，他爲了錢奔波，這一切都是爲了活著。他是最想活下來的人，但最後卻選擇自殺。非常矛盾。

「之前假設江社長可能是犯人，是在於或許他有動機可以殺害高德忠與黃世良。這個假設是錯的，但路線並沒有錯，動機是事件的重要關鍵。高德忠有動機殺害黃世良，但是似乎沒有人有動機殺死他，包括他自己。於是我隱隱約約出現一種想法，這個想法沒有證據可以支持，但似乎可以合理解釋動機上的矛盾。」

方揚的話停了下來，偵探社裡變得沒有半點聲響。

「那個想法是？」沈柏彥問。

「擺錯位置了。」

看著其他人臉上困惑的表情，方揚繼續說道：

「高德忠在事件裡的位置是錯誤的，他不應該是殺人後自殺的兇手。如果將他抽出來，放入另一個人在兇手的位置上，不管兇手是誰，但高德忠不應該自殺的問題就解決了。這個想法很跳躍，看起來卻很合理。高德忠沒有自殺的動機，所以他沒有自殺。那麼，有證據可以佐證這個想法嗎？在沒有證據的情況下，這些都只是空想，就像假設江社長是兇手一樣，空想不代表事實。」

「他眞的沒有自殺？那證據是什麼？」沈柏彥問。

「那是一個破綻，那個矛盾扭轉了所有的眞相。」

「破綻？」

「最初的疑點在於，高德忠說這篇小說是取材自眞實事件，因此，我們很自然地就會將小說內容與葉永杰事件做出連結，以爲小說裡描寫的是我們所不知道的事實。不過剛才已經說明過了，葉永杰是自殺，他的仇人只有程明動，並沒有第二個人，所以不可能發生小說裡所描述的情況。也就是說，小說裡的內容全都是虛構的，根本不是取材自眞實事件。這麼一來，疑點就改變了。爲什麼高德忠會認爲這篇小說是基於眞實事件？」

「因爲是黃世良告訴他的？因爲小說也是黃世良給他的，所以如果他不知道葉永杰事件，當然就會相信黃世良說的話了，不是嗎？」王定謙問道。

「有可能，如果小說眞的是黃世良給他的話。」方揚說道。

「你這話的意思是？」

「張中誠，就是高德忠過去在《全球體育報導》的同事，他曾經提過在青年公園遇到了黃世良。」

「對，所以才知道黃世良的確很有可能是向高經理勒索了一大筆錢，也才導致高經理殺人。」

「重點並不在那裡。」

「咦？」

「黃世良告訴張中誠，在他們見面的兩天前，他才和高德忠碰面。在那之前，他們已經好幾個月沒有見面了。」

「對，他是這麼說的。」

「張中誠對黃世良有所提防，因為他似乎直覺就感到不對，再加上那時他剛領薪水，也怕遇上詐騙集團。」

「啊，他是這麼說的。」

「他在五號領薪水，遇上黃世良是在那之後幾天的事，而黃世良則是在他們遇見之前的兩天，才和高德忠連絡上。這樣算起來，黃世良與高德忠在幾個月沒有連絡之後，大約是在五號之後見面。」

「應該沒錯。這時間很重要嗎？」

「對。再來是高德忠，他找上《神秘世界》雜誌的總編莊漢倫，說前幾天有朋友找他，朋友寫了一篇小說，問他能不能刊登在雜誌上，他也說了那個朋友叫做黃世良。」

「嗯。」

「莊漢倫是在雜誌從印刷廠拿回來的那一天，聽到高德忠這麼說。通常每個月的雜誌都是在幾號拿回雜誌社的？」

「這其實不太一定，不過通常雜誌都會到最後一刻才印好，所以不是月底的最後一、兩天，就是月初的一號吧。啊！」

王定謙驚呼。

「在六月五號之後，黃世良才和高德忠見面，他們之前好幾個月都沒有連絡。而高德忠卻在六月一號左右詢問莊漢倫，問小說能不能放在雜誌上。高德忠怎麼可能未卜先知，在尚未和黃世良連絡之前，就已經知道黃世良寫了那篇小說？」方揚說道。

「也就是說，高德忠說謊？」

江連宗問道，方揚點頭。

「對。高德忠說前幾天黃世良告訴他有小說，但是在那時，他們應該已經幾個月沒見了。」

「有沒有可能是黃世良說謊？」

「黃世良是意外遇到張中誠的，他沒有理由對張中誠說謊。而且如果不是小王的出現，張中誠也不會說出這一段，這段經過很可能永遠埋沒在張中誠的記憶中，所以黃世良就算對張中誠說謊，也得不到任何效果。因此，問題還是出在高德忠身上。只是他沒想到，他的計畫卻會在黃世良的意外行動中出現破綻。」

「原來如此。」

「高德忠不可能預先得知小說的存在，所以他一定知道來源。由於他特地謊稱作者是黃世良，代表小說所扮演的角色必然相當關鍵，絕對不只是一篇因內容不符雜誌屬性而無法刊登的作品，否則他沒有必要說謊。在發現這一點之後，整起事件的眞相就變得非常清晰了。」

「如果小說不是黃世良寫的，那作者到底是誰？」江連宗問道。

「從目前得到的線索看來，並沒有辦法推斷小說是誰寫的。很可能不是高德忠寫的，小王說高德忠平常不讀小說，也沒寫過雜誌社的稿件，似乎不像是會寫文章的人。

「但無論如何，他說的話都與事實不符。他說作者是黃世良，以及小說內容是改寫自眞實事件，但關於這兩點，很明顯地他都知道並非如此。他說了謊，並且利用了這篇小說。

「那麼，爲什麼他要利用這篇小說？小說從頭到尾都沒有曝光，除了告訴何立昇社長與莊漢倫總編之外，沒有人知道有小說的存在，而且最後也沒有刊登，只是一直放在硬碟中。」

「既然這樣，那他的目的到底是什麼？」

「爲了他的犯罪計畫。」

「犯罪計畫？」

「沒錯。對高德忠來說，那次的意外殺人，是一切的起點。葉永杰找上他，逼使他不得不供出程明動的下落，但至少在那時，對他來說並沒有實質的損失。葉永杰殺死程明動，然後自殺，調查報告上認定是意外，高德忠並沒有被視爲兇手。

「但是意外殺死顧清雄，卻讓他開始被黃世良糾纏。高德忠每個月都會將錢交給黃世良，並不只是因爲兩人曾在詐騙集團，他不希望這段過去曝光的關係。並不是說這不夠嚴重，而是對高德忠而言，可能還不至於構成被威脅的理由。

「他是殺人犯，這才是眞正的威脅。如果曝光，不只是社會地位不保，他更必須接受法律制裁，以及後續接踵而來的賠償事宜。他只能努力讓事件不要曝光，否則他的下半輩子都毀了。」方揚說道。

「不是曾爲詐騙集團的過去，而是意外殺人？」沈柏彥問。

「對。黃世良兩年來不斷地向他勒索，他早就已經力不從心了，但是不給又不行。高德忠一定很想殺了黃世良，但是以他們之間頻繁的金錢往來，想也知道關係必然不單純，如果黃世良死了，警方很可能立刻就會找上門。沒辦法，他只好持續給錢。

「然後，黃世良也說了，他似乎打算要離開台北，而且透露會有一筆錢進帳。從高德忠死前那幾個月不斷籌錢的狀況看來，黃世良應該是在那時開口要了一大筆錢。也許那是最後一次勒索，也許不是，但對高德忠來說，他只能苦惱於無法籌出錢來。高德忠遲遲拿不出那一筆錢，而從黃世良開口後，應該是過了幾個月吧。這時，霍政明登場了。」

霍政明看著方揚，嘴唇緊閉著，沒有說話。

「霍政明看了葉永杰的調查筆記，得知高德忠就是兇手。不知道爲什麼，葉永杰爲高德忠掩飾眞相，之後就發生殺人事件。葉永杰的過去，以及高德忠曾是詐騙集團的一分子，從這些線索看來，霍政明很自然會認爲他們兩人之間必然發生過一些事情。然後，霍政明找上了高德忠。

「對高德忠來說，他的惡夢再現。在葉永杰死後，仍然有黃世良知道他殺人，就已經讓他幾乎無法負荷，而現在卻又多了一個人。他費盡心力想要掩飾的過去，似乎就快要紙包不住火了。

「霍政明對你們說的，除了在咖啡廳裡的談話之外，應該幾乎都是事實，可能只隱瞞了幾點。他的疑問在於，爲什麼葉永杰要包庇高德忠，因此他必須清楚的告訴高德忠，自己已經知道所有的事。可能是在電話中提起，也可能是在見面時談到。如果是見面，則必然不是在雜誌社樓下的咖啡廳，高德忠打電話給何立昇社長的那一次，而是在之前就已經見過面。」方揚說道。

「爲什麼？」

「因爲那通電話是高德忠故意安排的，所以他必然是先與霍政明有所接觸，確定霍政明是威脅，才據此擬定犯罪計畫，這點等一下會再說明。我想，霍政明去找高德忠，並不是爲了替葉永杰復仇，只是想知道眞相。就算葉永杰是被殺，也沒有任何讓霍政明足以放棄一切去復仇的動機。他可能懷疑葉永杰不是自殺，如果眞是如此，他想要找出眞相。」

「是這樣嗎？」

聽完方揚的話後，江連宗對著霍政明問道。

「我……」霍政明搖搖頭，然後說：「我只是想知道，那時候到底發生了什麼事。我去找他，只是想問出眞相而已。」

江連宗嘆了口氣，輕輕拍了霍政明的肩膀。

「在雜誌社樓下的咖啡廳，是你們第一次見面？」江連宗問。

「不，是第二次，在那之前我就已經打電話找他出來，也是在那時說出我知道他是殺死顧清雄的兇手。」霍政明回答。

「第二次見面，是高德忠找你的？地點也是他選的？」

「對。」

「果然沒錯。雖然你只想知道眞相，但是高德忠也有自己的考量。」

方揚繼續說道：「葉永杰事件和他無關，供出程明勳的下落不是必須接受制裁的事。但是麻煩的在後頭，霍政明知道他是殺人兇手，這一點令他芒刺在背，坐立難安。就算霍政明不打算讓這件事曝光，但是高德忠也不見得會相信他。再加上原本就一直存在的黃世良，高德忠下定決心，必須用自己的方法解決這件事，讓它一勞永逸才行。霍政明的出現是個變數，讓事情變得複雜，卻也提供了高德忠機會。於是，他開始展開計畫。」

「什麼計畫？」王定謙問道。

「他手上有虛構的殺人小說，刻意讓雜誌社社長與總編都知道有這份小說，並且說是朋友交給他的。最後又找到機會，特地說明小說裡的內容是改編自眞實事件。然後，他約霍政明到咖啡廳，而且故意找藉口打電話給何立昇，說有人來找他，並在事後補充說明那個人是偵探，好像正在調查什麼事情。

「這兩個舉動，目的在於讓別人知道，他手上有一篇取材自眞實案件的小說，以及有偵探在調查事件，而他自己則是關係人。完成這些準備動作之後，他將小說拿給霍政明。」

「咦？爲什麼這麼做？」

「小王，你看到小說時，很自然地將小說內容與高德忠事件做出連結，對吧。」

「是啊。」

「那就是高德忠的目的。他讓霍政明看這份小說，然後再強調，這是他的朋友依據眞實事件改寫的，霍政明當然會產生和你相同的反應，他很自然地認爲，小說裡的內容，就是葉永杰事件被隱藏的眞相。也就是說，你的反應，其實正是高德忠所期望得到的。只不過他所設定的對象，並不是你，而是他口中的偵探，霍政明。」

「原來如此。」

「霍政明看完小說，當然會產生疑惑，很可能也因而要求高德忠，讓他與黃世良見面。高德忠答應後，再和黃世良連絡。要約出黃世良很簡單，只要說他要給錢就好了。高德忠先找途徑去買了手槍，從警方的調查看來，那是從網路上買的。這點可以理解，從網路上比較容易隱藏身分，誰是買家都不意外，不會鎖定在高德忠身上，對他來說是最好的選擇。然後，他將霍政明與黃世良約到廢棄公寓。

「計畫進入最後階段。高德忠打算先殺死黃世良，然後再射殺霍政明，製造他自殺的假象。沒錯，他要重現葉永杰事件。兩個知道他過去的人同時死亡，他永遠都不必再受到威脅。」方揚說道。

「殺死所有知道他是殺人犯的人，這就是他的計畫？」沈柏彥問道。

「沒錯。」

「那爲什麼要寫成小說呢?如果不是高德忠寫的,那麼有必要冒著風險,找人代筆寫出來嗎?」

「高德忠需要讓霍政明對葉永杰事件產生疑問,但由於媒體上的報導都是正確的,無法達成他想得到的效果,於是只能虛構。要把他構想的情節化爲文字,寫成小說可能是比較容易的方式。至於找人代筆的危險性,或許高德忠認爲小說作者不會造成威脅,也或許高德忠覺得殺死霍政明和黃世良更爲重要。在線索不足與作者不明的情況下,只能猜測了。」

方揚說完後,沈柏彥問道:「就算犯罪計畫成功,難道警方就不會懷疑到他的身上嗎?就像你剛剛說的,高德忠不斷把錢給黃世良,如今黃世良死了,警方一定會首先懷疑被勒索的高德忠吧?葉永杰是眞的自殺,所以不會有問題,但是在他的計畫中,霍政明其實是被殺之後僞裝成自殺,和眞正的自殺是不同的。如果眞是那樣,霍政明的身上一定有打鬥的痕跡,而且高德忠也很可能留下一些曾經到過現場的微物證據,眞有這麼容易被誤認是霍政明自殺嗎?還有,如果這樣的話,那他反而應該掩飾他與這兩個人的關係,不是嗎?從他自己說出有殺人小說和有偵探找上門看來,根本就等於是在大肆宣揚,但假設他要殺死這兩人,不是應該儘量撇清才對?」

「這就是他爲什麼要重現犯罪現場的理由。」

「咦?」

「如果只是要殺死這兩人,還有其他更多的方法,沒有必要非得造成是殺人後自殺的情況。高德忠是在明確的設計下,爲了得到最好的效果,才選擇重現葉永杰事件。」

「爲什麼?」

「假設計畫成功,在現場會留下的就是兩具屍體。而從情況看來,很容易就會導向霍政明槍殺黃世良之後再自殺的結論。警方若是就此結案，那正中高德忠的下懷。但如果繼續調查，就一定會找上高德忠，因爲他遭到勒索，最具有殺死黃世良的動機。

「在警察找上門時，他打算將殺人小說交給警察，然後再說出霍政明曾經去找過他。這麼一來，可以讓警方得知霍政明正在調查葉永杰事件，而且可能因爲殺人小說而對葉永杰的死因產生懷疑，因而有動機殺害黃世良。另一方面，警方只要從霍政明的身分開始調查，就會查到江氏偵探社，也一定會再回溯到葉永杰事件，這是必然會發生的事。」方揚說。

「是嗎？警方一定會查到葉永杰事件？」沈柏彥問。

「因爲霍政明如果是殺人後自殺，江社長必定會立刻察覺到，這與葉永杰當初的情況幾乎是完全相同的。」

「的確是。」

「因此，警方當然也會發現，霍政明的犯罪現場，可說是葉永杰事件的翻版。」

「警方發現了這件事，然後呢？」

「在葉永杰事件中，一個人遭到槍殺，一個人自殺，自殺的葉永杰是偵探，而偵探是兇手。而在兩年後，似曾相識的場景，一個人遭到槍殺，一個人自殺，而自殺的霍政明，也是偵探。」

「啊！」

「沒錯，這就是高德忠重現犯罪現場的原因。過去的事件裡，偵探是兇手，所以在現在的事件裡，偵探也是兇手。他爲了埋下這個充滿暗示的陷阱，所以重現了整個事件。」

「這……」

「爲了強化自殺的結論，讓假的自殺事件，看起來像是眞的，這就是他重現犯罪的唯一理由。」最後的眞相終於浮現。

「對警方來說，答案因而變得非常清楚。霍政明爲了替葉永杰報仇，所以選擇和他同樣的犯罪方式，爲他殺死仇人，然後自殺。無論是從現場的狀況，還是從兩起犯罪之間的類似程度，都很可能得到『偵探就是兇手』的結論。這就是高德忠的計畫所希望完成的效果。而在這樣的情況下，就算眞的有高德忠曾經到過現場的線索，那也不能代表什麼，到過現場與殺人是兩回事，畢竟表面上他並沒有殺死霍政明的動機。再加上重現犯罪現場的心理陷阱，警方很可能根本就不會鎖定他。」

王定謙嘆了一口氣。他的心裡，大概是五味雜陳吧。從一開始想要讓高德忠得到清白，到現在確定高德忠才是幕後黑手，他的心情轉折肯定是非常大的。

「所以結論其實非常簡單。高德忠的目的只有一個，就是讓霍政明看起來是眞的自殺。」方揚說。

「但是結果卻不是這樣。」沈柏彥說。

「大概是他高估了自己的能力，殺死黃世良是很容易的，只要朝著他射擊就好，應該不致於發生太大的問題。但是殺死霍政明時，卻不能隨便就將他殺害，必須要僞裝成自殺才行，那可就沒有那麼簡單了。

「也許原本他是要趁著霍政明因爲目睹黃世良被殺而心情動搖時，一口氣殺害他。更何況只要高德忠手上有槍，就可以命令霍政明，他必然無法違抗高德忠的指示。在霍政明因爲被槍威脅而無法動彈的情況下，朝著他的太陽穴開槍，高德忠或許是這麼打算的。但是想必霍政明的抵抗出乎他的想像，結果反而是高德忠遭到殺害。

「計畫出現變化，出乎意料的行動，讓高德忠的計畫無法完成。因此，殺人小說失去了意義，犯罪現場的重現也失去了意義，兩起事件完全獨立，看不出關聯。高德忠的計畫無法徹底實行，卻發生對他而言最糟的結果。他的犯罪未能成功，以失敗告終。」

然後，方揚說道：「這就是整起事件眞正的經過。」

「政明，眞的是這樣嗎？」江連宗問。

霍政明看著江連宗，慢慢點頭。

「那個時候，就是高德忠要殺你的時候，發生了什麼事？」江連宗問道。

「那時……黃世良站在我的面前，突然間，我聽到很大的聲響，耳朵都快被震聾了。回過神時，我發現黃世良已經倒在地上，我趕忙蹲下去看他發生什麼情況……然後，我的眼角餘光發現旁邊有人，直覺反應就是不能待在原地，於是反射動作地往那裡撞過去。」霍政明說。

「然後呢？」

「他大概沒想到我會衝過去撞他，他手上的槍在撞擊時掉在地上，我很快地衝去撿了起來。那時我大概可以猜出是什麼情況了，高德忠想殺了我，把我當成是兇手，就像老大那時候一樣。」

「但是他不可能放你走，因為他已經殺了黃世良，沒有退路了。」

「對。槍在我的手上，他並沒有別的武器可以攻擊我。我不打算殺他，只是想拿著槍保護自己而已。可是……可是他一直走過來……」

「他……他往你走過去？他不怕你開槍？」

江連宗看來相當驚訝。

「對，他似乎不怕我開槍。除非他把槍搶回去，否則他沒辦法攻擊我，但是他好像不怕死一樣，慢慢走過來。我雖然拿槍指著他，但是……但是還是被他逼得不斷後退，我只能大叫『不要過來』，但他還是一直靠近……」

霍政明搖頭，臉上露出痛苦的表情。

「最後，我的背碰到了牆壁，沒有辦法再退了。終於，他也停了下來，然後他說……」

所有人都看著霍政明。

「他說：『我已經殺了黃世良，我也必須要殺死你才行，已經沒辦法回頭了。現在，不是你殺了我，就是我殺了你，沒有第二條路。』我對他說：『你去自首吧，我不知道你們之間有什麼恩怨，但是你不能一錯再錯。』他搖搖頭，說：『不可能，我不可能去坐牢，我都已經忍耐了這麼久，我不會去坐牢。要不就死在這裡，要不就是殺了你，只能這麼做。』」

「在那種情況下，他已經沒有退路，只能想盡辦法殺了你，唉。」

江連宗嘆氣，但是不知是為了霍政明，還是為了高德忠。

「我知道。他的眼神非常兇狠，我覺得，雖然手中拿著槍，但是優勢卻完全不在我這邊。我只知道，如果有一點點的猶豫，他一定會立刻衝過來殺了我。所以只能全神貫注，一直拿槍指著他，完全不敢動彈。

「……我不想殺人，雖然殺了他是那時我唯一能活下來的方法，可是我還是不想殺人。就算當了偵探，我也從來沒拿過槍，沒想到第一次拿槍，就是在這種情況。我的心裡很焦急，只能不斷說話。我問他是怎麼回事，他也一五一十的全部告訴我，包括他打算殺了我和黃世良，偽裝成自殺，還有殺人小說是他找別人寫的，目的也是爲了讓我上當。」

霍政明又搖了搖頭，表情仍然非常凝重。

「小說的作者不是高德忠？」江連宗問道。

「不是，他需要一個誤導我的道具，但又不會寫，於是他把故事情節告訴一個朋友，讓那個人寫成小說。」

「那個人是誰？」

「不知道，他說名字不重要，只稱呼那個人爲『小說家』。」

「小說家？」方揚沉吟。

「但小說家和計畫的關聯，好像也僅只於此，他沒有再多說什麼。」

「你們就這樣一直對峙？」沈柏彥問道。

「可能吧，我那時已經失去時間觀念了，也許只有一下子，可是我只覺得非常漫長。我現在仍然會做惡夢，夢見那時的場景，我和他面對面僵持著，一直到我大叫著醒來爲止……」

光是想像這樣的場景，就讓人不寒而慄。霍政明所承受的壓力，必然超乎他們所有人的想像。

「然後呢？你們是怎麼打破這個僵局的？你開槍……殺了他？」

「是那通電話。」

「電話？」江連宗問道。

「就是高德忠的家人，在那天下午打給高德忠的電話吧。電話裡提到了必須償還超過三百萬的負債。」方揚說道。

「沒錯，就是那通電話。」

「你就是在那個時候，才知道高德忠家裡負債的情況。」

「對。那時的情況非常怪異，我拿槍指著他，電話突然響了。他從褲子口袋裡拿出電話，在我面前接了起來。沒講幾句話，他就掛斷電話。然後，他的表情突然變了。」

「變了？」

「看來像是變得灰心，也像是非常疲倦。」

「因爲聽到大筆負債的事？」

「對，他把電話放進口袋裡，表情突然有點放空。我雖然覺得奇怪，但還是不敢大意，只是一直拿槍指著他。然後，他開口了，告訴我剛剛接到家裡的電話，說家裡欠了超過三百萬，他必須要把這筆錢籌出來。」

「他告訴你這件事？」

「我不知道爲什麼，他可能只是想要說出來。他說他累了，不管他怎麼做，總是被錢追著跑，永遠沒有辦法喘息。他說，他要做到什麼程度，才能夠擺脫這一切？就連下定決心要犯下殺人案，也還是沒有辦法嗎？

「我沒有回答，我不知道接下來會發生什麼事，所以還是只能維持原本的姿勢，一動也不敢動。他說完後，雖然我用槍指著他，他還是走了過來。我動彈不得，然後，他用手抓住我的手。」

或許是想起當時的情景，霍政明的聲音有點顫抖。

「他……他抓住你的手？」沈柏彥問道。

「嗯，一瞬間就發生了，我根本來不及反應。為了不要讓槍被搶走，我當然不斷抵抗，但是他的力氣大得出乎意料，我竟然沒辦法掙脫他的手。然後，我沒想到的是，他抓住我的手，然後把頭轉過去，將槍口指向他的太陽穴。」

「高德忠是自己……他用你的手將槍對準自己？」沈柏彥很不可思議似地說道。

「沒錯……他說：『你要是不殺了我，我就會殺了你，你沒有別的選擇。』我不知道過了多久的時間，可能只是一瞬間，但我總覺得時間靜止了。我的手上感覺到強大的握力，沒辦法掙脫。我手上緊握著槍，槍口對準前面這個人的太陽穴。如果我不殺他，這個人就會殺了我。腦子裡只剩下這個想法。然後……然後……我開了槍……」

霍政明臉朝下，用雙手抱著頭，肩膀顫抖著。

江連宗嘆了一口氣，就像是代替在場的所有人表達出心中的嘆息。

「原來那通電話才是讓他選擇死亡的最後一根稻草。」沈柏彥說道。

「他終於沒有辦法再承受這些重擔，開始覺得累了吧。」

江連宗說：「從他殺人開始，他就不得不為了脫罪而付出代價。永杰找上他，讓他不得不供出程明動。黃世良威脅他，他每個月都要付錢。最後，連政明也找上了他。不管他怎麼做，似乎都無法擺脫那個過去。最後，甚至還有一大筆債務需要他來償還。當最後的計畫都失敗時，他再也沒有力氣逃亡了吧。」

「嗯，我也這麼想。」方揚說道：

「當他的槍被你撞掉時，他可能就知道已經完了。在那種情況下，就算他把槍搶回來，現場也會留下打鬥痕跡，不容易再將你僞裝成是自殺。而警方也一定會找上他，他大概也沒辦法再脫罪了，除了逃亡，他可能沒有別的辦法。不過他還是想活著，只是人算不如天算，那通電話讓他揹上更沉重的債務。或許，在那個時刻，他終於感到絕望。」

「沒錯。」

江連宗點頭，繼續說道：「政明，然後你就離開現場了嗎？」

「不……那時我愣住了，腦袋一片空白……不知道過了多久，我看著他們兩人，想起老大的事，覺得如果將高德忠僞裝成自殺，那麼警察應該不會找上我吧。所以我先用手帕把槍上的指紋擦掉，再讓他的手握住槍，然後才離開……」霍政明說。

「原來如此。」

「但是還眞巧，那通電話正好在那個時候打過去，結果反而害死了他。」沈柏彥喃喃說道。

「什麼？」

「不，那不是巧合，那是高德忠計畫的一部分。」方揚說道。

「就像高德忠在咖啡廳裡打電話給何立昇，是爲了讓別人知道霍政明曾來找過他。犯罪現場的那通電話，也是他事先安排，在事前要他的家人在那個時候打來的。」

「他爲什麼要這麼做？」

「假設計畫成功，那時高德忠應該已經離開廢棄公寓，可能開車在路上，甚至到了其他地方。家人在那時打給他，可以讓他得到不在場證明，表示在案發時，他自己是在別的地方。」

「但是，這個不在場證明會不會太粗糙了？如果是打到行動電話，根本沒有辦法證明他在哪裡啊？

就算他在犯罪現場，也還是可以接到電話不是嗎？」

「那本來就不是精準的不在場證明，我想那只是作為保險，為了以防萬一而設計的。假設警方找上他，問他案發時刻時在什麼地方，他可以說在那天下午，家人打了電話給他，那時他在什麼地方。如果高德忠不是嫌犯，那麼警方沒有理由再進一步追查這件事。」

「原來如此，只是多增加一道保險而已。」

「有這通電話，總比那天下午沒有人和他連絡，沒人知道他在哪裡要來得好。或許他就是怕自己完全提不出不在場證明，才會安排這通電話。」

「卻沒想到，這通電話才是導致他死亡的原因。」王定謙低聲說道。

「方揚，在高德忠的計畫裡，政明自殺的動機是什麼？就算為了復仇而殺死黃世良可以成立好了，他也沒有自殺的動機啊？」沈柏彥問。

「如果計畫成功，認定是霍政明殺死黃世良，那麼自殺的動機並不重要，警方自然可以找一個合適的狀況套用進去。例如霍政明就像葉永杰，也是正義感強烈的人，無法容忍自己破壞法律。因為他重現了葉永杰的犯罪，連動機都重現是可以接受的。」方揚說道。

「說得也是。」

「或者也可以假定霍政明並不打算自殺，也不打算殺了黃世良，只是找他出來問個清楚。卻沒想到黃世良的抵抗超乎他的預期，他不小心殺害對方，自覺難逃法網，所以自殺，這種情況看來也是很合理的。從犯罪現場看來，他只可能是自殺，既然如此，就可以設想各種方式，只要能夠符合現場的情況即可。為什麼要自殺，這一點根本無關緊要，只要能夠確定兇手是霍政明，動機是什麼都可以。」

沈柏彥沒有回應，只是嘆氣。

「霍先生，我最後還有一個問題。」方揚問道。

霍政明抬起頭看著他。

「這個事件，若要追溯到源頭，是從『會殺死委託人的偵探社』這個傳聞開始。而最初聽到這個傳聞的人，是趙思琦，她無意中聽到你在電話裡提到這件事。但是事實上並沒有這件事，江氏偵探社當然沒有殺死任何委託人，爲什麼你會在電話中這麼說？」

「等一下，有這個傳聞？我怎麼從來沒聽過？」江連宗很快地問道。

於是沈柏彥將趙思琦告訴他的，再說了一次。直到現在，江連宗才首次聽到這個傳聞。

霍政明的表情有點困惑，好像在回想，過了一段時間才回答。

「那是高德忠打電話給我的時候威脅我的。」

「威脅？」

「他約我到那棟公寓去和黃世良見面時，我突然有種感覺，好像不應該去。我想到老大的事情，聽他說那是沒有人住的公寓，總覺得在那種地方見面不太吉利，所以想要換地方再見面。不過他說黃世良只有那個時候才有空，不可能換時間與地點。然後他威脅我，說聽過一個傳聞，內容是我們偵探社會殺死委託人，如果我不去，他只好讓這個傳聞繼續擴大，讓我們無法營業下去。我當然立刻反駁他，說從來沒有這樣的事。我想那大概是他編造出來，想要刺激我的吧，但是我總不能讓他眞的去散佈這個謠言，所以，我就赴約了。」

「原來如此。」

「在他告訴我這個謠言之後，我太驚訝，所以也回問了幾次，大概是那時被思琦聽到的吧。雖然我們不可能殺害委託人，但是老大殺人是事實，他大概也是從這裡才想到要編出這個傳聞的。就算大眾最終知道傳聞是假的，但是老大的事件卻一定會再被挖出來，對我們偵探社不是好事，所以我只能照他的話去做。」

霍政明說完，眼神變得非常空洞。

「政明，去贖罪吧。」

江連宗的手搭在霍政明的肩上。

「你殺了人，你必須面對這個事實，接受法律制裁。去贖罪，你才能夠繼續你的人生。否則你將會一生都為了掩飾過錯而費盡心力，就算你不被抓到，但你的人生也等於是毀了，這種例子我見得太多了。」

霍政明只是低頭無語。

「高德忠就是最好的例子，那個事件被認定是意外，反而是害了他。雖然他逃離法網，卻沒辦法躲過一輩子為此付出的代價。你必須去贖罪，你只能這麼做。」

江連宗說完，所有人都安靜無語。

方揚知道，他不需要再多說什麼了。

終於，事件落幕。

25

星期日晚上，沈柏彥來到方揚家中。

他拿著便利商店的塑膠袋，裡頭裝了一大堆飲料。有茶，有可樂，卻沒有啤酒，這倒是讓方揚有點意外。

「沒有酒？」

「酒是在開心的時候喝的。」

「喔。」

沈柏彥坐在沙發上，從袋子拿出一瓶可樂，轉開瓶蓋後，就往嘴裡灌。

看見沈柏彥，讓方揚想起上個星期日的情景。

在江氏偵探社，方揚解明了所有眞相。在方揚說完後，江連宗表示希望交給他來處理。既然眞相已經揭露，霍政明不可能不受制裁，必須要有所處置才行。再怎麼說，他都是殺死高德忠的兇手，這是不能改變的事實。

沈柏彥和王定謙也沒有異議，於是他們離開了江氏偵探社。對他們而言，事件已經結束。

過了一個星期，方揚開始忙於工作，已經解決的案件，沒有再過問的必要。

沈柏彥的來訪，也只是習慣性地來到這裡。只不過他似乎在煩惱著什麼事情，表情並不開朗。

「喂，方揚。」

沈柏彥說道。他坐在沙發上看著電視，視線沒有移動。

方揚轉頭望向他。

「如果你現在死了，會發生什麼事嗎？」

方揚用手搔搔頭，思考了一陣子，然後回答：「什麼事也不會發生。」

「我也是。」

沈柏彥淡淡地回應。然後，又問道：「你有什麼未完成的使命嗎？如果現在死了，結果只完成一半，從此以後再也沒有別人可以完成？」

「沒有。」方揚很快地回答。

「我也是。」

「什麼啊，想法突然變得這麼黑暗。」

「關於高德忠……」

「你還在想那個事件？」

沈柏彥沒有理會方揚，繼續說：「他策劃了那個事件，但是沒有完成，他大概是抱憾而終吧。不，這樣說不對，他是犯罪者，幸虧沒有完成，政明才沒有被殺死。只是我免不了會這麼想，如果是我，如果現在死了，我會不會遺憾有些事情沒有完成？」

方揚微微蹙眉，看著沈柏彥。

「雖然高德忠是個犯罪者，他的境遇還是讓我難免會去思考，我並沒有必須完成的使命，也不知道到底有沒有這樣的使命。就算我現在死了，也不會留下什麼未完成的事吧。」

方揚沒有回話。對於這位從大學時代到現在的好友，他當然非常了解。沈柏彥和他在某些方面很相像，他們都曾經面對過對自己很重要的人死去。死亡對他們造成的陰影與影響，無論多久都難以抹除。

雖然死亡的不是自己，但是不可否認的是，他們心中有些部分也隨之逝去。

「你打算做什麼？」

「不知道。」沈柏彥搖搖頭，然後說道。

「我只是覺得，我是不是也該去找找看，如果每個人都有必須完成的目標的話。」

「是嗎？」

「已經是大叔了也不會太晚？」

「大叔？」

「你不是說二十九歲就已經是大叔了？」

「二十九歲通常被稱為青年。」

「喂！你上次又不是這麼說的！」

「何必這麼計較。」

「哼。」

「偵探社的情況怎麼樣？你這星期有去上課嗎？」

從那天以來，方揚並沒有得到關於偵探社的任何消息。他想，大概也不會有什麼出乎意料的發展吧。

「我有去了一趟，不過是去關心後續發展，並沒有上課，社長應該也沒那個心情吧。星期一政明就去自首了，社長也跟著去，畢竟社長有些老同事在警察局裡，看在他的面子上，也不會有什麼太大的問題。然後，報紙上沒有報導，記者們不是不知道就是不感興趣吧，總之沒有引起什麼風波。」

「嗯。」

「不過就算發生這些事，我想，偵探社還是不會改變吧。也許再來一個新人，也許就維持這樣下去，但是只要社長還有心要經營下去，江氏偵探社應該還是會像現在這樣。」

「是嗎？那就好。」

「說到這個，我倒是想起來了。思琦知道所有的事情之後，她很生氣。」

「她在氣什麼啊？」

「因爲你在解謎的時候沒有找她，她覺得被排除在外，所以很生氣。不過也是啦，事件最開始是由她發現的，而且葉永杰的照片也是她拿來的，她覺得自己也應該來聽眞相才對。」

「叫她去跟江社長抱怨吧，社長也說不需要找她來。」

「她就是不敢向社長說這些，才對我抱怨的。而且少推給社長，你本來就不打算找他吧。解謎的那天，只將與事件有最直接關聯的人聚集起來就好，你是這麼打算的吧。」

方揚想起解謎的前一天。他和沈柏彥到偵探社去，和江連宗見面。方揚告訴江連宗，霍政明曾經到過犯罪現場，他與事件有著最直接的關係。不過方揚只說了這個結論，畢竟要解釋所有的眞相，必須花上好一段時間，他不打算說兩次，只想在所有人都集合起來時再一次說明。於是在那一天，江連宗只知道霍政明與事件有關，但仍然不知道發生了什麼事。

然後，他們決定要在第二天，找所有的關係人來到偵探社，由方揚解開眞相。除了他們三人之外，就只有霍政明與王定謙是關係人，所以由江連宗與方揚分別去連絡。

至於趙思琦，方揚的確不打算找她來，江連宗也是一樣的想法。不過相較於江連宗認爲這件事與趙思琦無關，方揚則是認爲，他無法預測霍政明會做出什麼事來，所以現場的人數能夠控制得愈少愈好，以免發生無謂的事端。

「反正她就是很生氣，而且要你補償她，她的氣才會消。」

「補償？要我補償什麼？」

「她說下次要來找你，要你說一些過去解決過的事件給她聽，當做是補償。」

「太麻煩了，我才沒興趣說那些已經結束的事情。啊，把小王介紹給她好了，小王也知道不少案件，讓他說就好了。」

「你竟然把小王拉下水。」

「反正他們也不認識，年輕人趁這個機會認識認識，多交流交流也不是壞事。」

「你以爲這是聯誼啊？說到小王，你後來有和他連絡嗎？」沈柏彥問道。

「嗯，我昨天才和他通過電話。這件事對他們雜誌社來說並沒有什麼影響，不過小王倒是有點沮喪。」

「是嗎？」

「他雖然嘴上說是想要找出眞相，但其實眞正的想法，是爲了還高德忠一個清白。從殺人小說出現以來，他就一直認定高德忠並不是兇手，於是很積極地想要爲他洗刷冤屈。結果沒想到眞相是如此，高德忠不但是兇手，甚至打算殺害兩個人。對他來說，知道這件事，是相當大的打擊。」

「說得也是。他比我們都熱心於調查這個事件，受到的衝擊也一定比其他人都大。」

「過了這麼多天，他已經漸漸平復心情，再加上工作也要開始忙了，我想他應該很快就會沒事的。」

「那就好。」

「然後小王也說，他想不起來他和高德忠共同認識的人裡，有任何人像是『小說家』。」

這是在事件落幕後，唯一一件讓方揚耿耿於懷的事。

「反正高德忠只有找他幫忙寫，看來和犯罪計畫沒有其他的關聯，所以大概只是個被利用的人吧，你也不要想太多了。對了，還有一件事，我一直在想。」

「什麼事？」

「就是高德忠的計畫，如果一切都照著他的計畫進行，沒有發生意外的話，會是什麼樣子。政明被當成是兇手，偵探社變得亂七八糟……」

「不可能的。」

「咦？什麼意思？」

「高德忠的計畫，從一開始就註定是不可能成功的。」方揚說道。

「這……眞的嗎？爲什麼？」

「很簡單。假設一切順利進行，霍政明認爲黃世良是兩年前殺害葉永杰的人，於是殺了他來復仇。」

「對，然後呢？」

「而殺人小說描述的是葉永杰事件的眞相，因此，葉永杰想要殺死兩個人，反而被其中一人殺害。」

「嗯。」

「你覺得江社長會怎麼想？」

「咦？社長？」

「他一定立刻就發現有問題。他知道葉永杰是自殺的，仇人也只有程明動一個人。因此，殺人小說寫的並不是眞相。那麼，爲什麼高德忠會宣稱那是眞實事件？這其中必定有問題。」

「啊，原來如此。因爲社長知道葉永杰的事，所以沒有人可以從中做假。」

「對，就是這樣。」

「也就是說，高德忠的計畫根本不可能成功，只要社長在，他是一定會失敗的。等一下，既然如此，那他爲什麼還會訂定這個計畫？」

沈柏彥說完後，思考了一下，又繼續說道：「因爲他不知道原來還有其他人是可以確定葉永杰是自殺的，是嗎？」

「沒錯。」方揚點頭。

「霍政明去找他，懷疑葉永杰的死因不單純時，高德忠誤會了。他以爲霍政明代表的是江氏偵探社，因爲霍政明有所懷疑，所以偵探社裡所有的人也有同樣的懷疑。這樣想並不奇怪，如果偵探社裡有其他人知道眞相，那麼這個疑惑在他們內部就可以解決了，沒有必要再去問高德忠。於是高德忠得到結論，葉永杰的死亡是可以拿來操作的。但他卻沒有想到，霍政明其實是單獨行動，眞正知道眞相的社長被矇在鼓裡，所以沒有機會說出眞相。高德忠以錯誤的前提來擬定計畫，結果當然是不可能成功的。」

「這實在相當諷刺。花了那麼多工夫，他卻不知道只是走向失敗。」

「高德忠精心策劃的犯罪，到頭來必然會失敗。而霍政明無意間造成的犯罪，卻幾乎成爲完全犯罪。人生總是這麼諷刺。」

然後，他們都沉默了下來，沒有說話。

犯錯的人必須贖罪，其他人則回到原本的生活。

方揚的身體沉入沙發內，他思考著沈柏彥一開始時所說的話。

未完成的使命？

如果眞有這種東西的話，那麼方揚的使命是什麼？

就算他自己並不積極，但是周圍的人卻似乎都很清楚。

偵探……嗎？

所以只要遇到無法解決的事件，就會交給他。儘管方揚通常沒有太大的興趣，但是只要決定插手，到頭來還是會解開。

他的人生，總是在不斷重覆著這樣的循環。

方揚看不見未來，但他可以確定，朋友們還是會繼續傳來各種事件，而他也會不斷解明眞相。

「下星期找小王出來聚一聚吧。」

「喔？好啊。要找思琦嗎？」

「還是約你要追的那個女孩？她叫什麼名字？」

「我沒有要追她。對了，她上次提到，在她住的地方，好像發生了奇怪的事。」

「奇怪的事？」

該不會又有謎團要找上門了吧。

算了。

方揚早就已經習慣。

無所謂，聽聽無妨。

要推理05　PG0907

要有光
FIAT LUX

殺人偵探社

作　　者	凌　徹
責任編輯	林泰宏
圖文排版	張慧雯
封面設計	王嵩賀

出版策劃	要有光
製作發行	秀威資訊科技股份有限公司 114 台北市內湖區瑞光路76巷65號1樓 電話：+886-2-2796-3638　傳真：+886-2-2796-1377 服務信箱：service@showwe.com.tw http://www.showwe.com.tw
郵政劃撥	19563868　戶名：秀威資訊科技股份有限公司
展售門市	國家書店【松江門市】 104 台北市中山區松江路209號1樓 電話：+886-2-2518-0207　傳真：+886-2-2518-0778
網路訂購	秀威網路書店：http://www.bodbooks.com.tw 國家網路書店：http://www.govbooks.com.tw
法律顧問	毛國樑　律師
總 經 銷	易可數位行銷股份有限公司 地址：新北市新店區中正路542之3號4樓 電話：+886-2-8219-1500　傳真：+886-2-8219-3383 e-mail：book-info@ecorebooks.com 易可部落格：http://ecorebooks.pixnet.net/blog

出版日期	2013年5月　BOD一版
定　　價	250元

Printed in Taiwan

國家圖書館出版品預行編目

殺人偵探社 / 凌徹著. -- 一版. -- 臺北市：要有光,
2013.05
面； 公分. --（要推理；PG0907）
BOD版
ISBN 978-986-89128-4-7（平裝）

857.81 102002150

讀者回函卡

感謝您購買本書，為提升服務品質，請填妥以下資料，將讀者回函卡直接寄回或傳真本公司，收到您的寶貴意見後，我們會收藏記錄及檢討，謝謝！

如您需要了解本公司最新出版書目、購書優惠或企劃活動，歡迎您上網查詢或下載相關資料：http:// www.showwe.com.tw

您購買的書名：＿＿＿＿＿＿＿＿＿＿＿＿＿＿＿＿＿＿＿＿＿

出生日期：＿＿＿＿＿年＿＿＿＿＿月＿＿＿＿＿日

學歷：□高中（含）以下　□大專　□研究所（含）以上

職業：□製造業　□金融業　□資訊業　□軍警　□傳播業　□自由業

□服務業　□公務員　□教職　□學生　□家管　□其它＿＿＿

購書地點：□網路書店　□實體書店　□書展　□郵購　□贈閱　□其他

您從何得知本書的消息？

□網路書店　□實體書店　□網路搜尋　□電子報　□書訊　□雜誌

□傳播媒體　□親友推薦　□網站推薦　□部落格　□其他＿＿＿＿＿＿

您對本書的評價：（請填代號　1.非常滿意　2.滿意　3.尚可　4.再改進）

封面設計＿＿　版面編排＿＿　內容＿＿　文／譯筆＿＿　價格＿＿

讀完書後您覺得：

□很有收穫　□有收穫　□收穫不多　□沒收穫

對我們的建議：＿＿＿＿＿＿＿＿＿＿＿＿＿＿＿＿＿＿＿＿＿

＿＿＿＿＿＿＿＿＿＿＿＿＿＿＿＿＿＿＿＿＿＿＿＿＿＿＿＿

＿＿＿＿＿＿＿＿＿＿＿＿＿＿＿＿＿＿＿＿＿＿＿＿＿＿＿＿

＿＿＿＿＿＿＿＿＿＿＿＿＿＿＿＿＿＿＿＿＿＿＿＿＿＿＿＿

請貼
郵票

11466
台北市內湖區瑞光路 76 巷 65 號 1 樓

秀威資訊科技股份有限公司 收

BOD 數位出版事業部

(請沿線對折寄回，謝謝！)

姓　　名：________________ 年齡：______ 性別：□女 □男

郵遞區號：□□□□□

地　　址：________________________________

聯絡電話：(日)________________ (夜)________________

E-mail：________________________________